www.tredition.de

AF197396

Paul ist über den Klimawandel erschüttert, den Wandel des Klimas in der Flüchtlingspolitik.

Von der Willkommenskultur zur Abschottungskultur. Und das nach nur einer Nacht. Der Silvesternacht in Köln.

Die Aussetzung des Familiennachzuges für „subsidiär Schutz-bedürftige" hält er für einen Skandal.

Er hat sein Herz auf dem „rechten" Fleck und versucht, nach wie vor den Flüchtlingen auf dem langen, dornenreichen Weg zur Integration zu helfen.

Aber es klappt nicht immer.

Manch einer bleibt auf der Strecke.

Christian Müller wurde 1952 in Langenhagen bei Hannover geboren. Und wenn er nicht gestorben ist, lebt er immer noch und arbeitet an einer Fortsetzung, die durch die Verlängerung der Aussetzung des Familiennachzuges zwingend erforderlich ist.

Christian Müller

Wir schaffen das,

aber nicht jeder ist Wir

www.tredition.de

Etwaige Ähnlichkeiten zwischen den in diesem Roman geschilderten Begebenheiten, Örtlichkeiten, Persönlichkeiten und Wirklichkeiten waren unvermeidbar, denn Dichtung und Wahrheit liegen oft dicht beieinander.

© 2018 Christian Müller
Umschlaggestaltung: Alexandra Lüdtke und Silvia Müller

Verlag und Druck: tredition GmbH, Hamburg

ISBN
Paperback: 978-3-7469-1802-0
Hardcover: 978-3-7469-1803-7
e-Book: 978-3-7469-1804-4

Prolog

Auf dem Hauptbahnhof in München steht ein junger Mann, der sich ein Plakat um den Hals gehängt hat, auf dem die Worte „Warum, warum?", zu lesen sind. Er steht dort schon seit mehr als zehn Minuten, aber niemand hat ihn, wie die spätere Auswertung der auf dem Bahnhof auf Gleis 7 installierten Videokameras ergibt, angesprochen.

Er holt sein Handy aus der Hosentasche und führt ein sehr kurzes Telefongespräch.

Plötzlich bückt er sich, holt aus dem vor ihm stehenden Rucksack eine Thermoskanne, übergießt sich mit der darin befindlichen Flüssigkeit, nimmt seelenruhig ein Feuerzeug aus seiner Hosentasche, zündet sich mit ruhiger, nicht zittriger Hand an und stirbt, noch ehe jemand eingreifen kann, ohne ein Sterbenswörtchen zu sagen.

Augenzeugen haben später übereinstimmend berichtet, dass der Mann wie ein Wahnsinniger kurze Zeit auf dem Bahnsteig hin - und hergerannt sei und wild um sich schlagend versucht habe, die Flammen, die ihn umschlungen hatten, zu löschen. Dabei habe er wie von Sinnen geschrien.

Allerding waren die Zeugenaussagen darüber, was der Mann geschrien hat, äußerst unbefriedigend, denn es gab hierzu die unterschiedlichsten Angaben: Manche Augenzeugen oder sollte man besser sagen Ohrenzeugen, denn es ging ja in diese Phase ihrer Zeugenvernehmung darum, was sie gehört, nicht darum, was sie gesehen hatten, haben bekundet, dass der Unbekannte „Warum, warum?", geschrien habe. Andere haben bei ihrer Vernehmung erklärt, die Worte „Allahu Akbar" vernommen zu haben und wieder andere wollten diese oder jene Worte gehört haben.

Wochenlang beherrschte der Suizid des unbekannten Mannes die Schlagzeilen der regionalen und überregionalen Presse.

Wer war dieser Mann? Warum hat er sich verbrannt? Warum hat er die Worte „Warum, warum?" auf das Plakat geschrieben?

Irgendwann wurde von einem schlauen Journalisten die Frage aufgeworfen, warum die Polizei nicht ein Foto des „Bahnhofsselbstmörders" veröffentlich habe, und die Polizei musste einräumen, dass ein

Malheur passiert sei. Die Videoaufnahmen, mittels derer man hätte ein Foto anfertigen und an die Presse geben können, seien versehentlich unwiederbringlich gelöscht worden.

Das Ganze roch nach Skandal, aber trotz hartnäckiger, teilweise illegaler Praktiken der eine Wahnsinnsstory witternden Journalisten und Fernsehreporter blieb die Identität des Brandopfers, das zugleich der Täter war, unbekannt, weil die mit dem Fall befassten zuständigen Polizeibediensteten die Öffentlichkeit hierüberüber im Unklaren ließen, sei es, weil sie die Identität des „Bahnhofsselbstmörders" nicht preisgeben wollten oder dies objektiv nicht konnten.

Es gelingt in Deutschland nicht oft, Namen von an spektakulären Ereignissen beteiligten Personen vor der Öffentlichkeit geheim zu halten, aber manchmal eben doch, wie der Fall der evangelischen Bischöfin Margot Käßmann vor einiger Zeit gezeigt hat, die von ihren Ämtern zurückgetreten ist, weil sie auf einer Trunkenheitsfahrt erwischt worden war, und bei der immer noch viele Jahre später darüber gerätselt wurde, wer ihr Beifahrer war; denn diese Information haben die seinerzeit zuständigen Polizeibeamten für sich behalten und nicht der gierig, mitunter auch mit illegalen Mitteln, nach neusten Informationen suchenden Meute der Journalisten offenbart.

Mal wurde in der regionalen und auch überregionalen Presse über die Selbstverbrennung unter der Überschrift „Es geschah am helllichten Tag", mal unter der Schlagzeile „So kann es nicht weitergehen", zumeist aber unter der Head – Line „Neues vom Bahnhofsselbstmörder", „berichtet", obwohl es über ihn gar nichts Neues zu berichten gab, sodass die Überschriften besser gelautet hätten : „Neue Spekulationen."

Irgendwann war dann der Vorfall auf dem Bahnhof in München in Vergessenheit geraten und landete im Nirwana der Berichterstattung durch die freie Presse und Medien, weil andere Ereignisse, wie das verbale Aufrüsten zwischen Trump und Kim Jong, die Folgen des Diesel - Skandals wegen manipulierter Messwerte, vergiftete Eier aus Hol-

land, der Sieg der Deutschen Fußballnationalmannschaft im Confed Cup oder der Austritt von Elke Twesten aus der Fraktion der Grünen und die dadurch erforderlichen Neuwahlen in Niedersachsen sowie die bevorstehende Bundestagswahl im Herbst 2017 bessere Themen zu sein schienen, um Auflagen oder Einschaltquoten zu erhöhen.

1

Maria und Paul Herbst sitzen auf dem erst kürzlich angeschafften roten, vor allem aber bequemen Sofa - sie wollen es sich im Alter auch einmal gut gehen lassen -, und sehen, wie viele andere Fernsehzuschauer auch, wieder einmal eine der im Spätsommer 2015 fast täglich im Fernsehen ausgestrahlten Sendungen über die Flüchtlinge, die in großer Zahl nach Öffnung der Grenzen seit dem 13. September 2015 nach Deutschland einreisen und eine Welle der Hilfsbereitschaft auslösen, wie beispielsweise in München, wo die Ankommenden in überschwänglichem Maße von der bayrischen Bevölkerung mit Getränken und Decken versorgt werden.

Maria, die die meiste Zeit ihres Lebens aufopferungsvoll in dem kleinen Ort Bad Vilbel in der Nähe von Frankfurt als Arzthelferin tätig war, ist seit einigen Monaten Rentnerin. Sie profitiert von der kürzlich durch die amtierende Regierung, der Großen Koalition, beschlossene Rentenreform zu Lasten der jüngeren Generation, der „abschlagsfreien Rente nach 45 Beitragsjahren" und genießt es, endlich auch einmal in materieller Hinsicht Glück in ihrem Leben gehabt zu haben.

Paul, der demnächst in den vorzeitigen Ruhestand gehen wird, lehrt noch an einer Fachhochschule für Soziale Arbeit das von den Studierenden nicht unbedingt geliebte Fach „Recht und Verwaltung", das inzwischen nicht mehr so heißt, weil auch an Universitäten und Fachhochschulen der Trend zu *„altem Wein in neuen Schläuchen"* nicht Halt gemacht hat und es seit einigen

Jahren keine Fächer mehr gibt, sondern nur noch Module, obwohl die Fachhochschulen weiterhin Fachhochschulen und nicht Moduleschulen heißen.

Nur in Hannover ist dieser Anachronismus offensichtlich aufgefallen, und die ehemalige, aus der „Evangelischen Fachhochschule Hannover" hervorgegangene Fachhochschule heißt seit einigen Jahren schlicht und einfach „Hochschule Hannover".

Die Denkfabrik in Hannover für angehende Akademiker hat damit im Zuge von Modernisierungsbestrebungen einen Namen erhalten, der so nichtssagend ist, wie der Name „Oberschule".

Früher war der erfolgreiche Besuch der „Oberschule" der Garant für einen gut bezahlten, wenn auch nicht immer glücklich machenden Arbeitsplatz. Durch das Abitur war damals der Weg geebnet, zumindest in materieller Hinsicht am Ende der Ausbildung auf der Sonnenseite zu leben, wohingegen durch die kürzlich erfolgte „(Um)Taufe" der bisherigen Hauptschule in Oberschule sich für deren Absolventinnen nichts geändert hat und ändern wird, da für sie nach wie vor Arbeitslosigkeit oder ein permanenter Kampf um das Existenzminimum vorprogrammiert ist.

Maria ist von der Berichterstattung über die Flüchtlinge sichtlich betroffen, schaltet den Fernseher aus und seufzt:

„Da muss man doch etwas tun und helfen, wenn die Flüchtlinge auch zu uns nach Oberursel kommen."

Paul pflichtet ihr bei, ohne sich darüber im Klaren zu sein, ob und gegebenenfalls in welchem Umfang er bereit wäre, sich für den Fall der Fälle zu engagieren.

Er hat zwar keinen Zweifel daran, dass die signalisierte Hilfsbereitschaft von Maria nicht bloßes Gerede ist und sie zupacken wird, wenn die Situation es erfordert, denn schließlich lebt er seit mehr als zehn Jahren mit ihr zusammen, und so ist es ihm nicht verborgen geblieben, dass sie schon oft anderen Menschen, nicht nur sporadisch helfend, zur Seite gestanden hat.

Er ist allerdings skeptisch, ob bei den vielen am Bahnhof in München stehenden Helfern die Welle der Begeisterung anhalten und deren Hilfsbereitschaft nachhaltig sein wird.

Seine Skepsis rührt daher, dass er sich an die Zeit der Maueröffnung vor mehr als 25 Jahren – damals war die Geburtsstunde der Ossi – und Wessiwitze -‚erinnert, als die „Brüder und Schwestern" aus der ehemaligen Deutschen Demokratischen Republik auch euphorisch von der Westdeutschen Bevölkerung begrüßt wurden, und wenig später „Ossis und Wessis" sich nicht nur beim Kampf um Arbeitsplätze und preisgünstigem Wohnraum mitunter fast feindlich gegenüberstanden.

Als Maria einige Tage später in der örtlichen Presse liest, dass in einer ehemaligen Fabrikhalle eine vom Deutschen Roten Kreuz betreute Flüchtlingsunterkunft aufgemacht ist und dringend ehrenamtliche Helfer gesucht werden, wendet sie sich nicht an die in der Zeitung genannte Vermittlungsstelle für Ehrenamtliche. Sie hat nämlich eine tiefe Abneigung gegen alles Bürokratische und fährt deshalb zu der Notunterkunft, wo sie ihre Hilfe vor Ort direkt anbietet. Diese wird dankbar angenommen.

Maria verbringt im Herbst 2015 viele Stunden in der Notunterkunft und hilft, wo Hilfe benötigt wird, sei es als Hilfskrankenschwester vor Ort beim Verarzten kleinerer Blessuren, sei es durch die Besorgung von notwendigen Bekleidungsstücken für den bevorstehenden Winter aus der langsam im Aufbau befindlichen Kleiderkammer oder durch Spielen mit den vielen Kindern in der trostlosen Notunterkunft, in der die auf engstem Raum lebenden Flüchtlinge keinerlei Privatsphäre haben, und die Kinder ein ärmliches Dasein fristen.

„Aber sie haben wenigstens ein Dach über dem Kopf und genug zu essen", sagt sie häufiger abends zu Paul, wenn dieser sich nach ihren Erlebnissen und Erfahrungen in der Unterkunft erkundigt. So erfährt Paul, der in seinem letzten Semester an der Fachhochschule noch viel zu erledigen hat, durch Marias Erzählungen viel Positives über die Flüchtlinge in seiner Heimatstadt Oberursel:

von deren Dankbarkeit und Höflichkeit, von ihren Versuchen, mit Hilfe ihrer Smartphones erste deutsche Wörter zu lernen, von der Freude und Bescheidenheit der Kinder, wenn Maria etwas mitgebracht hat und sei es nur einen Luftballon oder einige alte Tennisbälle, mit denen sie „Dosenwefen" spielen.

So vergeht Tag für Tag. Zwar ohne spektakuläre Ereignisse, aber mit vielen kleinen, positiven Erlebnissen, von denen Maria als eine der ersten Ehrenamtlichen berichten kann und auch im Bekanntenkreis gerne erzählt, ohne dass ihr Unverständnis oder gar Hass entgegenschlägt, wie sie das später leider des Öfteren ertragen muss.

2

Aber schon bald kommt die Wende:

In der Silvesternacht 2015/2016 sollen etliche Flüchtlinge in Köln gegenüber Frauen sexuell übergriffig geworden sein, was die Öffentlichkeit bewegt und auch in der veröffentlichten Meinung zu einem Meinungsumschwung führt. Der Beginn einer Entwicklung von einer Willkommenskultur zu einer Ablehnungskultur ist eingeleitet.

Der Slogan von Angela Merkel „Wir schaffen das" gerät mehr und mehr in die Kritik und viele äußern nicht mehr nur versteckt und hinter vorgehaltener Hand, sondern zum Teil mit geballter Faust die Meinung:

„So kann es nicht weitergehen."

Maria lässt sich davon allerdings nicht beirren und arbeitet auch nach den Vorkommnissen in der „legendären" Silvesternacht von Köln mit dem gleichen Engagement in der Notunterkunft weiter und sieht, ebenso wie Paul, mit Sorge, dass sich das gesellschaftspolitische Klima verändert.

„Mir sind *auch die Männer* in der Notunterkunft immer mit Respekt begegnet", nimmt sie die Flüchtlinge vor den seit der Silvesternacht immer häufiger im Raum stehenden, auch von guten Bekannten geäußerten Pauschalvorwürfen in Schutz, und hat manchmal das Gefühl, sich für ihr Engagement für Flüchtlinge rechtfertigen zu müssen.

Auch Pauls Haltung gegenüber Flüchtlingen hat sich seit der Silvesternacht nicht geändert.

Er ist allerdings davon überzeugt, dass die Integration der angekommenen und noch ankommenden Flüchtlinge weitaus schwerer sein wird, als dies nach den offiziellen politischen Verlautbarungen zu vermuten wäre, weil er bezweifelt, dass die Flüchtlinge in der Mehrzahl über eine gute Schul – und Hochschulausbildung oder Berufsausbildung verfügen.

Und seine Zweifel sind berechtigt, wie sich mehr als einundeinhalb Jahre später herausstellt, als im Sommer 2017 durch einen Bericht des Bundesinstituts für Berufsbildung (BiBB) bekannt wird, dass neunundfünfzig Prozent der Flüchtlinge, die in den Jahren 2015 und 2016 nach Deutschland gekommen sind, über keinen Schulabschluss verfügen.

Was er allerdings nicht geahnt hat, ist die erschreckende Tatsache, dass die geschönten Zahlen der Bundesagentur für Arbeit dadurch zu Stande gekommen sind, dass ein Viertel aller Flüchtlinge die Frage nach dem Schulabschluss unbeantwortet gelassen hat, und die Verantwortlichen der Bundesagentur für Arbeit bei der Erstellung der Statistiken davon ausgegangen sind, dass diese dann wohl eine Schulausbildung hätten.

Ein unglaublicher Skandal, der allerdings den Medien nur eine Randnotiz wert war, vielleicht, weil man sich damit abgefunden hat, dass allen Statistiken ohnehin seit jeher der Makel des Beliebigen anhaftet, was Winston Churchill schon vor mehr als achtzig Jahren zu der häufig im Zusammenhang mit Statistiken zitierten Aussage veranlasst haben soll:

„Trau keiner Statistik, die du nicht selbst gefälscht hast."

Paul jedenfalls hat schon im Herbst 2015 Zweifel an den offiziellen Verlautbarungen über den Bildungsstand der Flüchtlinge, und man hat ihn schon damals häufiger empört sagen hören:

„Woher wollen die das wissen? Die wissen doch gar nicht, wie viele Flüchtlinge angekommen sind und schaffen es nicht einmal, die Flüchtlinge namentlich zu registrieren. Aber sie behaupten, genau zu wissen, was für eine Ausbildung die Flüchtlinge haben. Das ist doch absurd", hatte er nicht nur einmal von sich gegeben, obwohl im Herbst 2015 die allgemeine Stimmung noch so war, dass man fast schon als rechtsradikal und ausländerfeindlich beschimpft wurde, wenn man es wagte, einmal eine kritische Äußerung von sich zu geben oder eine kritische Nachfrage zu stellen.

3

Im Januar 2016 beginnt für Paul ein neuer Lebensabschnitt, der Vorruhestand, für den er sich viel vorgenommen hat:

die Mitarbeit an einem juristischen Kommentar, zusammen mit einem Freund und Kollegen von der Fachhochschule, die Neuauflage eines anderen Buches mit einer hierfür gewonnenen jüngeren Kollegin als Co- Autorin, mehr Klavierspielen und vielleicht die Aufnahme neuer Lieder auf Tonträger in einem Tonstudio, falls ihm oder Daggi, mit der er seit mehr als zwanzig Jahren Musik macht, mal wieder eine neue Melodie und ein dazu passender Text einfallen sollte.

Als er eines Tages in den wöchentlich erscheinenden „Oberurseler Nachrichten" liest, dass im Gemeindehaus der evangelischen Kirche Deutschunterricht für Flüchtlinge angeboten werden soll und noch Ehrenamtliche gesucht werden, fühlt er sich angesprochen und fasst den Entschluss, mitzuhelfen.

Nicht, weil er Angst davor hat, sich als Pensionär zu langweilen, sondern weil er keinen Zweifel daran hat, dass eine der größten Herausforderungen der nächsten Jahre, die Integration der Flüchtlinge, nur dann gelingen kann, wenn diese die Chance bekommen und nutzen, Deutsch zu lernen.

Er nimmt sich allerdings vor, dass er auf keinen Fall für die Flüchtlinge juristisch tätig sein will, da er schließlich im Ruhestand ist und keine Ambitionen verspürt, sich in ein neues Rechtsgebiet wie das Asyl – und Ausländerrecht einzuarbeiten, zumal er auf Grund von Gesprächen mit seinem ehemaligen Kollegen, der Mitautor eines Kommentars zum Ausländerrecht ist, weiß, dass dieses Rechtsgebiet wegen ständiger Gesetzesänderungen einem undurchsichtigen Dschungel gleicht, und dass es verheerende und existenzbedrohliche Folgen für die Betroffenen haben kann, wenn man sich in dem Paragraphendickicht verirrt und als Rechtsbeistand einen Fehler macht.

Von daher beschließt er, Stillschweigen darüber zu bewahren, dass er Jurist ist, nachdem er zuvor Maria, deren Rat ihm oft sehr wichtig ist, gefragt hatte, ob sie dies in Ordnung finde, und diese ihn darin bestärkt hatte, sich auf keinen Fall für juristische Tätigkeiten einbinden zu lassen, weil sie weiß, wie schwer es ihm manchmal fällt, „nein" zu sagen.

Aber da er davon überzeugt ist, dass Sprache der wichtigste Schlüssel zur Integration ist, ist er bereit, zweimal wöchentlich Deutschunterricht für Flüchtlinge zu erteilen.

Deshalb notiert er in seinem Terminkalender für den 18.1.2016:

„Vorgespräch, Erster Termin: Deutsch für Flüchtlinge, Gemeindehaus, 16:00 Uhr."

Am Abend vor diesem Termin überlegt er zwar kurz, was morgen auf ihn zukommen wird. Da er sich aber den Ablauf partout nicht so richtig vorstellen kann und nicht weiß, was ihn erwartet und was man eventuell von ihm erwartet, findet er sich damit ab, alles auf sich zukommen zu lassen, obwohl dies seinen sonstigen Gepflogenheiten widerspricht.

4

Paul weiß zwar, dass es oft anders kommt, als man denkt, aber er ist dennoch ein Mensch, der versucht, sich auf Prüfungen und andere vergleichbare Situationen, bei denen er vielleicht von anderen Menschen gemustert wird, möglichst gut vorzubereiten.

Als er sich vor mehr als dreißig Jahren um eine Richterstelle beworben hatte, hatte er sich mit seiner damaligen Ehefrau Edeltraut durch Rollenspiele auf das Bewerbungsgespräch vorbereitet, was ihm die notwendige Sicherheit gab, um sich auch durch unvorhergesehene Fragen, wie beispielsweise die Frage, ob er denn etwa nicht „gedient" habe, nicht aus der Fassung bringen zu lassen.

Bei seiner erfolgreichen Bewerbung um die Professur an einer Fachhochschule für Sozialwesen hatte er etlichen Fragen nur deshalb souverän beantworten können, weil er sie bei seiner Vorbereitung antizipiert hatte, sich also hatte vorstellen können, dass man ihm in etwa genau diese oder jene Frage stellen werde, und so hatte er sich auch nicht aus der Ruhe bringen lassen, als ein Mitglied der Berufungskommission ihm beharrlich und mit aggressivem Unterton Fragen zu seiner Dissertation gestellt hatte.

In seiner Dissertation über einen bestimmten Paragraphen des Unterhaltsrecht zwischen geschiedenen und getrenntlebenden Eheleuten hatte Paul die These vertreten, und auf etwas mehr als zweihundert Seiten untermauert, dass einer Frau auch dann, wenn sie ihren Ehemann wegen eines anderen Mannes verlässt, ein Unterhaltsanspruch zustehen müsse.

Dies konnte ein penetrant auf seiner Dissertation rumhackendes Mitglied der Berufungskommission wohl nicht ertragen, weil es, so vermutete Paul, wohl ein durch Unterhaltszahlungen frustrierter Ehemann war, der von seiner Frau verlassen worden war.

Auf Fragen zu seiner Dissertation war Paul zwar nicht gefasst gewesen, aber da er diese selbst geschrieben hatte, und nicht, wie manch prominenter Politiker von einem Ghostwriter hatte schreiben lassen, konnte er mit fast stoischer Ruhe sachkundig die in zunehmend feindseligerem Ton vorgetragenen Fragen des gehörnten Ehemannes beantworten.

Viele Jahre später hat Paul von einem Mitglied der Berufungskommission erfahren, dass die Mehrheit von seiner ruhigen und kompetenten Art beeindruckt war, mit der er auf die zum Teil unverschämten Fragen des „Unterhaltsgeschädigten" geantwortet hatte, und dass er es letztlich diesem Umstand zu verdanken hatte, dass er auf Platz eins der Berufungsliste gesetzt worden war.

Auch bei seiner Bewerbung um die Professur hat sich somit eine seiner tief verinnerlichten Lebensweisheiten bewahrheitet, dass es gut ist, sich vorzubereiten. Denn nur dadurch, dass er auf die Fragen, die ihm zuerst gestellt wurden, gut vorbereitet war und von Minute zu Minute sicherer wurde, konnte er die späteren Fragen des Quengelgeistes ohne große Nervosität und Verunsicherung beantworten.

Allerdings war auch etwas oder viel Glück mit im Spiel, denn wer weiß, wie das Berufungsverfahren verlaufen wäre, wenn das unter seiner Unterhaltslast leidende Mitglied der Berufungskommission zu Beginn des Bewerbungsgesprächs seine Fragen gestellt hätte.

Es gehört eben immer auch Glück dazu, wenn man eine Situation erfolgreich meistert, in der andere über einen selbst Entscheidungen treffen.

Auch auf seine Psychologieprüfung im Rahmen des ersten Staatsexamens zum Grund – und Hauptschullehrer hatte er sich intensiv vorbereitet.

Er verfügte damals noch über die insbesondere von Sabinchen, der Ehefrau seines Freundes Dirk, bewunderte Fähigkeit, konzentriert zu lesen und gleichzeitig im Fernsehen einen Film, ein Fußballspiel oder einen olympischen Wettkampf zu verfolgen, eine Fähigkeit, die mit zunehmendem Alter allerdings langsam abzunehmen begann.

Er wollte ursprünglich die Prüfung bei einem Professor namens Scholz, bei dem er mit großem Genuss und Gewinn einige Veranstaltungen besucht hatte, absolvieren. Da er sich jedoch entgegen seinen sonstigen Gewohnheiten wegen der Ablenkungen, die eine kurzfristige Liebschaft mit sich brachte, erst auf den letzten Drücker für die Prüfung bei Herrn Scholz angemeldet hatte und auf dessen Liste schon zu viele Prüflinge standen, die sich bei dem allseits beliebten Professor prüfen lassen wollten, blieb ihm nichts anderes übrig, als sich einen anderen Prüfer zu suchen.

So kam er letztendlich zu Frau Koblinke, bei der er zuvor kein Seminar besucht hatte, und beging bei der persönlichen Anmeldung einen entscheidenden Fehler, als er dieser immer finster dreinschauenden Professorin, deren Vorlesungen nur von wenigen Studierenden besucht wurden, sagte, dass er eigentlich lieber die Prüfung bei Herrn Scholz habe machen wollen, dieser aber keine Prüflinge mehr annehme.

Schon auf dem Nachhauseweg war ihm klar geworden, dass es nicht besonders geschickt war, Frau Koblinke das Gefühl zu vermitteln, nur ein Notnagel zu sein.

Da er befürchtete, dass eine Voreingenommenheit von Frau Koblinke den Prüfungsablauf und das Prüfungsergebnis eventuell negativ beeinflussen könnte - er hatte noch vor Augen, wie sich deren Gesichtsausdruck verändert hatte, als sie hörte, dass er ursprünglich bei Herrn Scholz die Prüfung ablegen wollte -, hatte er Dirk gebeten, an der Prüfung als Zuhörer teilzunehmen, um gegebenenfalls einen Zeugen zu haben, falls Frau Koblinke aus gekränkter Eitelkeit heraus unfaire Prüfungsmethoden anwenden sollte.

Trotz guter Vorbereitung ging er mit einem etwas mulmigen Gefühl in den Prüfungsraum, und Dirk folgte ihm.

Eigentlich konnte nichts schiefgehen, denn Psychologie war neben Philosophie sein Lieblingsfach.

Mit Sigmund Freud, dem „Steckenpferd" von Frau Koblinke, die Jahr für Jahr zahlreiche Veranstaltungen zur Psychoanalyse anbot, die aber schlecht besucht wurden, weil sie das Wort „Vorlesung" allzu wörtlich nahm, indem sie einfach nur aus den Werken von Freud vorlas, hatte er sich intensiv beschäftigt, und auf die beiden mit der Prüferin vereinbarten Themen „Psychoanalytische Grundlagen der Erziehung" und „die Gestaltpsychologie von Köhler" hatte er sich gewissenhaft vorbereitet.

Nach einem kurzen Vorgeplänkel, ob Dirk überhaupt das Recht habe, an der Prüfung als Zuhörer teilzunehmen und dem durch Frau Koblinke nicht zu wiederlegenden Hinweis von Paul, dass sich dieses Recht aus der geltenden Prüfungsordnung ergebe, begann die eigentliche Prüfung.

Zunächst verlief diese, wie von Paul erwartet.

Er konnte seine vorbereiteten Thesen erläutern und auf Nachfragen, seiner Einschätzung nach sachlich fundiert, antworten.

Doch dann kam eine Frage, mit der er nicht gerechnet hatte, die noch dazu in schnippischen Ton gestellt worden war:

„Wann hat denn Freud seine Traumdeutung veröffentlicht?"

Paul antwortete, dass das um die Jahrhundertwende gewesen sein müsse, woraufhin Frau Koblinke ihn triumphierend tadelte:

„Das ist leider nicht richtig. Die Traumdeutung ist erstmals 1900 erschienen."

Paul war fassungs – und sprachlos.

Wenn er das Wirken von Freud in die Antike, das Mittelalter oder die Mitte des 19. Jahrhunderts verlegt hätte, dann hätte dies sicherlich zu denken geben müssen und einen Tadel sowie einen gravierenden Punktabzug gerechtfertigt.

Aber die Antwort, dass die Traumdeutung von Freud um die Jahrhundertwende erschienen ist, quasi als falsch zu bezeichnen, hielt er schon für eine Frechheit, aber er entschloss sich, das von seiner Großmutter so oft gehörte Sprichwort *„Reden ist Silber, Schweigen ist Gold"* zu beherzigen; denn ab diesem Moment war ihm klar, dass Frau Koblinke darauf aus war, ihm heimzuzahlen, dass er sie als Notnagel benutzte.

Interessiert sich diese Idiotin eigentlich auch für Inhalte und dafür, ob jemand das, was er gelesen hat, auch verstanden hat?, fragte er sich allerdings insgeheim, denn seiner Ansicht nach sollte das doch Gegenstand einer Prüfung sein.

Es folgten weitere Fragen und fast wie aus der Pistole geschossene, zutreffende Antworten von Paul.

Dann auf einmal die überraschende Frage, auf die er nicht gefasst war, mit der vermutlich aber auch kein anderer gerechnet und die ihn fast aus der Fassung gebracht hätte.

„Kennen Sie nicht das kleine rote Büchlein von Köhler?"

„Nein das kenne ich nicht."

„Sie müssen doch das kleine rote Büchlein von Köhler kennen! Kennen Sie das denn wirklich nicht?", fragte die selbstherrliche Frau Koblinke erneut, diesmal allerdings in noch vorwurfsvollerem Ton.

Paul merkte, dass sie ihn wieder aufs Glatteis führen, unbedingt Wissenslücken herausfragen wollte, die, protokollarisch festgehalten, eine schlechte Prüfungsbewertung rechtfertigen sollten.

„Nein, ich kenne das kleine rote Büchlein von Köhler nicht", entgegnete Paul fast schon resigniert, weil er befürchtete, dass diese im Prüfungsprotokoll vielleicht festgehaltene „Unkenntnis" ihm vielleicht zum Verhängnis werden könnte.

Aber dann kam ihm eine geniale Idee:

„Können Sie mir bittet sagen, welchen Titel das „kleine rote Büchlein von Köhler" hat. Ich versuche mir nämlich bei wichtigen Büchern, die im Laufe der Menschheitsgeschichte geschrieben worden sind, den Titel zu merken und natürlich auch die wesentlichen Inhalte, nicht jedoch die Farbe des Einbandes und das Format, in dem die Gedanken festgehalten sind - und auch nicht das exakte Erscheinungsjahr."

Das saß, denn nun war Frau Koblinke sprach – und fassungslos und zwar in einem Maße, dass ihr anzusehen war, wie sie krampfhaft versuchte, sich den Titel des kleinen roten Büchleins in Erinnerung zu rufen.

Aber er fiel ihr nicht ein.

Frau Koblinke befreite sich dann aus der peinlichen Situation dadurch, dass sie auf ihre Uhr schaute und die Prüfung für beendet erklärte, weil die in der Prüfungsordnung vorgesehene Prüfungsdauer von dreißig Minuten erreicht sei, obwohl die Prüfung tatsächlich nur fünfundzwanzig Minuten gedauert hatte.

Paul hat die Prüfung, sehr zu seiner Überraschung, mit „gut" bestanden und führt dies auch heute noch darauf zurück, dass er eben auch Glück gehabt hatte, nämlich das Glück, dass vermutlich die Zweitprüferin, eine selbstbewusste Akademische Rätin, bei der er einige Seminare über Gruppendynamik besucht hatte, den Mut besessen hatte, ihre ältere, in der akademischen Hierarchie über ihr stehende, aber nicht weisungsbefugte Kollegin, Frau Prof. Koblinke, in ihre Schranken zu weisen.

Gott sei Dank ist in der Prüfungsordnung der Pädagogischen Hochschule vorgesehen, dass mündliche Prüfungen in der Regel vor mindestens zwei prüfenden Personen abzulegen sind, hatte Paul damals gedacht.

Er hat erst später in seiner Eigenschaft als Vorsitzender des Prüfungsausschusses der Fachhochschule erfahren, dass in fast allen Prüfungsordnungen das „Zweitprüferprinzip" bei mündlichen Prüfungen verankert ist.

5

Sehr unsicher in Bezug auf das, was auf ihn zukommt, weil gänzlich unvorbereitet, begibt sich Paul zusammen mit Maria an dem in seinem Terminkalender notierten Nachmittag im Januar in das Gemeindehaus der evangelischen Kirche, wo offenkundig bereits einige andere ehrenamtliche Helfer, die weder Paul noch Maria kennen, auf die Flüchtlinge warten, um sie bei dem Erlernen der deutschen Sprache zu unterstützen.

Frau Jablonski, die Organisatorin, begrüßt die beiden in herzlichem Ton und bittet sie, an einem in der Mitte des Raumes befindlichen, größeren runden Tisch Platz zu nehmen.

Pünktlich um vier Uhr eröffnet sie das Vorgespräch und nach der obligatorischen Vorstellungsrunde, in der jeder Gelegenheit hat, sich, wie der Name schon sagt, vorzustellen (Name, Alter, Beruf; manch einer meint zwar, auch noch seine Hobbys oder anderes Wichtiges oder Belangloses mitteilen zu müssen, aber im Großen und Ganzen sind alle Vorstellungen ganz nach dem Geschmack von Paul, der lange Monologe und noch mehr ausufernde Selbstdarstellungen hasst), erklärt sie den insgesamt sechs anwesenden freiwilligen Helfern, wie sie sich den Ablauf vorstellt:

„Ich weiß, wie gesagt, nicht, wie viele Flüchtlinge nachher kommen werden. Wir haben ja vor zwei Wochen einen Kaffeenachmittag mit interessierten Bürgern und Flüchtlingen durchgeführt, zu dem fast vierzig Flüchtlinge und ungefähr gleich viele Oberurseler Bürger gekommen sind, und über das Projekt „Hilfe beim Deutschlernen", das heute Abend um sechs Uhr starten soll, informiert wurden."

Frau Jablonski macht eine kurze Atempause und fährt fort:

„Ich weiß, wie gesagt nicht, wie viele Flüchtlinge nachher kommen werden, und ich weiß auch nicht, welche Nationalität sie haben werden."

Wieder folgt eine kurze Pause.

„Und ich wusste bis vor wenigen Minuten auch noch nicht, wie viele ehrenamtliche Helfer für das von der evangelischen Kirche Oberursel ins Leben gerufene Projekt zur Verfügung stehen werden.

Wie ich sehe, sind wir, ohne mich, sechs Ehrenamtliche, so dass ich vorschlage, dass sich jeder von euch an einen Tisch setzt. Ich werde dann nachher die vermutlich nach und nach eintrudelnden Flüchtlinge so auf die Tische verteilen, dass möglichst in etwa gleich große Lerngruppen entstehen. Gibt es da irgendwelche Einwände?"

Präzise Ansage, keine Einwände und folgerichtig ein Tische- und Stühlerücken, bis sechs Tischgruppen entstehen.

Da es erst fünf Uhr ist, überbrücken sieben Ehrenamtliche die Wartezeit bis zum Eintreffen der Flüchtlinge durch Smalltalks.

Warten, warten, warten, - eine Zeit des Nichtstuns, die Paul schon immer gehasst hat.

Warten bei Karstadt, wenn seine Mutter ihn und seinen fünfjährigen Zwillingsbruder Jakob vor Karstadt in Frankfurt stehen ließ und sagte:

„Wartet hier, ich komme gleich wieder", und die Zeit wegen der bangen Frage, ob sie wiederkommt, unendlich schien.

„Karstadtgefühle" hat Jakob das später einmal bei einem seiner Besuche genannt, als er schon längst erwachsen war und nicht mehr in Oberursel wohnte.

Endlos langes Warten und die Frage der beiden verzweifelt wartenden „Brüderchen", wie sie oft von ihrem großen Bruder genannt wurden:

„Warum kommt sie nicht? Warum, warum?"

Warten auf Maria, wenn er wieder einmal abmarschbereit vor der Haustür stand, und sie noch einmal meinte, zurückgehen zu müssen, um noch einmal einen Schluck Mineralwasser zu trinken, den Labellostift zu suchen oder nochmals zu überprüfen, ob tatsächlich auch alle Fenster geschlossen sind.

Warten auf Edeltraut, seine erste Ehefrau, die Mutter seiner Kinder, wenn er bei dreißig Grad Celsius vor dem für den Urlaub abfahrbereiten Auto stand, in das er trotz unglaublich vieler Koffer so gerade eben noch alles untergebracht hatte, was sie meinte mitnehmen zu müssen, um einen angenehmen Urlaub verbringen zu können. Sie hatte ihn fast immer zur Weißglut gebracht, wenn sie noch einmal wegging und sagte, dass sie noch etwas vergessen habe, und dann mit einem Kosmetikköfferchen oder einem anderen wichtigen Utensil zurückkam, das auch noch Platz in dem vollgestopften VW Passat finden sollte und auch fand.

Wie viele Schweißtropfen mögen diese Situationen gekostet haben?

Warten, warten, warten.

Warten ist ätzend, zerstörerisch, destruktiv.

„Warte, warte nur ein Weilchen, dann kommt Haarmann mit dem...."

Aber:

Warten ist für Paul, nicht nur wegen seiner Erfahrungen aus der Kindheit, sondern auch deshalb so unangenehm, weil Zeit für ihn ein so kostbares Gut ist.

„Denkt an das fünfte Gebot, schlagt eure Zeit nicht tot."

So oder so ähnlich hat der von ihm so sehr geschätzte Erich Kästner wohl einmal formuliert, und damit für ihn den Nagel auf den Kopf getroffen.

Es ist bereits fünf nach sechs, und noch hat kein Flüchtling den Raum des Gemeindehauses betreten.

Paul wird langsam ungeduldig.

Warten bedeutet für ihn, zur Untätigkeit verurteilt zu sein, denn in der Zeit des Wartens ist er wie gelähmt und nicht in der Lage, etwas Sinnvolles zu tun, weil er immer mit dem Gedanken beschäftigt ist, dass es sich ohnehin nicht lohne, weil der Verursacher des Wartens, der Zu – Spät – Kommende, sicherlich gleich kommen werde.

Paul selbst ist immer sehr bemüht, pünktlich zu sein, weil er niemanden warten lassen will.

Deshalb kommt er fast nie zu spät. Aber einen Haken hat das Ganze:

Er kommt oft zu früh.

- Nicht in dem Sinne, wie manch Leser oder Leserin möglicherweise jetzt denkt.

Nein, er kommt oft zu früh zu Menschen, die er gut kennt.

Er klingelt dann schon mal zehn oder fünfzehn Minuten vor dem verabredeten Termin, davon ausgehend, dass das ja nichts ausmache, sich aber gelegentlich verschätzend, denn manchmal sind auch gute Freunde oder Bekannte nicht unbedingt erbaut von seiner zu frühen Pünktlichkeit.

Paul sieht auf der an der Wand hängenden, hässlichen Uhr, dass es inzwischen 18:12 Uhr ist, als die ersten Flüchtlinge nach und nach schüchtern den Raum betreten und sich an den ihnen von Frau Jablonski freundlich mit Handzeichen zugewiesenen Tisch setzen, an dem bereits jeweils ein ehrenamtlicher Helfer wartet und sie begrüßt.

Auf diese Weise entstehen sechs erste, der Größe nach in etwa gleich große Lerngruppen.

Nach kurzer Begrüßung und einigen allgemeinen Informationen in deutscher, arabischer und persischer Sprache durch Frau

Jablonski und zwei Dolmetscherinnen über wichtige Termine und sonstige Modalitäten beginnt die erste Deutschstunde.

An den Tisch von Paul haben sich nach und nach sieben Menschen gesetzt, die er zuvor noch nie in seinem Leben gesehen hat, und über die er in den folgenden zwei Stunden einiges, wenn auch scheinbar nicht viel, erfährt:

ihre Namen, das Land, aus dem sie kommen, ihr Alter sowie die Tatsache, dass Flüchtlinge aus Afghanistan häufig Persisch oder Dari und Flüchtlinge aus dem Irak und Syrien arabisch sprechen, womit auch schon die Länder genannt sind, aus denen die meisten Flüchtlinge gekommen sind, die im Gemeindehaus der evangelischen Kirche in Oberursel Deutsch lernen wollen.

Beim Verlassen des Gemeindehauses nach der ersten Deutschstunde erfährt er noch von einem jungen syrischen Flüchtling, der schon erstaunlich gut Deutsch und sehr gut Englisch spricht, dass er Ende 2014 nach Deutschland gekommen sei, dass er Angela Merkel und den Deutschen sehr dankbar dafür sei, dass er so herzlich in Deutschland aufgenommen worden sei und sich schon sehr darauf freue, demnächst sicherlich seine noch in Syrien lebende Frau wiedersehen und sie und seinen kleinen Sohn in den Arm nehmen zu können.

Das alles scheint nicht viel zu sein, aber dennoch:

Ein erster Anfang ist gemacht.

Und es ist ein guter Anfang, wie sich später herausstellt, denn es ist vermutlich schon bei der ersten Begegnung in den sechs Lerngruppen gelungen, Ansätze von Neugier und Lust auf Lernen zu wecken und diese später aufrechtzuerhalten, was sich daran festmachen lässt, dass viele Flüchtlinge in den nächsten Monaten ziemlich regelmäßig wiederkommen.

Paul führt das später, wenn er sich an die Anfangsphase des freiwilligen Deutschunterrichts für Flüchtlinge durch Ehrenamtliche erinnert, auch auf die ausgelassene und heitere Stimmung in dem Übungsraum mit den fünf, manchmal sechs oder sieben Tischen, je nachdem wie viele ehrenamtliche Lehrkräfte da waren, zurück, und auch darauf, dass an den Tischen jeweils ein zwar nicht *aus*gebildeter, aber, was viel wichtiger ist, ein zum Glück nicht *ein*gebildeter Ehrenamtlicher saß, und auch darauf, dass bei der anfänglichen Verständigung mit Handzeichen und Pantomime viel gelacht wurde.

Dennoch waren die ersten Wochen mitunter auch sehr chaotisch, was nicht verwunderlich ist.

Wenn nämlich viele Menschen unterschiedlicher Herkunft zusammenkommen, um eine ihnen fremde Sprache zu lernen und auf ehrenamtliche „Lehrer" treffen, die noch nie „ Deutsch als Fremdsprache" unterrichtet haben, dann ist das Chaos wahrscheinlich unvermeidlich.

Ständig wechselnde Lerngruppen, unter anderem dadurch bedingt, dass manchmal bis zu sieben neue Flüchtlinge zum Deutschkurs hinzukamen und versorgt werden mussten und mitunter nicht genügend ehrenamtliche Lehrkräfte zur Verfügung standen, führten nicht selten zu dem Gefühl, auf der Stelle zu treten und immer wieder von vorne anfangen zu müssen, weil man nie wusste, was man voraussetzen konnte, wenn man beispielsweise einen Flüchtling das letzte Mal vor sechs Wochen gesehen hatte. Nicht etwa deshalb, weil dieser unregelmäßig kam, sondern weil er mal von dem einen und mal von dem anderen ehrenamtlichen „Lehrer" betreut wurde.

So stellte sich sehr bald heraus, dass es sinnvoll ist, wenn die Lerngruppen nicht nach dem Zufallsprinzip, sondern nach bestimmten Kriterien zusammengesetzt sind:

Einzelunterricht für Flüchtlinge, die auch in ihrer Heimatsprache weder lesen noch schreiben können, und getrennter Gruppenunterricht (Gruppengröße zwischen drei und maximal fünf Personen) für arabisch und für persisch sprechende Flüchtlinge.

Auch zeigte sich sehr bald, dass es von Vorteil ist, wenn die Gruppen nicht manchmal durch den einen und manchmal durch den anderen ehrenamtlichen Helfer betreut werden, sodass das ursprünglich beinahe zwangsläufig aus dem Nichts entstandene Rotationsmodell nach und nach fast automatisch, also ohne aufwändige zeitraubende Teambesprechungen, durch ein Kontinuitätsmodell mit festen Lerngruppen und Lehrpersonen ersetzt wurde.

Diese, vermutlich von allen ehrenamtlichen Helfern als wünschenswert angesehene Veränderung, gelang relativ problem – und komplikationslos und wurde insbesondere durch zwei Umstände begünstigt:

einerseits wurde schon einige Monate nach Beginn des Deutschangebotes für die Flüchtlinge der Kreis der ehrenamtlichen Lehrkräfte größer, andererseits nahm die Anzahl neu ankommenden Flüchtlinge von Monat zu Monat ab.

6

Fast zwei Monate, sind vergangen, seit Paul und Maria begonnen haben, zweimal wöchentlich in den ihnen langsam schon sehr vertrauten Räumlichkeiten des Gemeindehauses der evangelischen Kirche den Flüchtlingen beim Erlernen der deutschen Sprache zu helfen. Die Umstellung auf das Kontinuitätsmodell ist erfolgt, und sie betreuen nunmehr ausschließlich Flüchtlinge aus Afghanistan, die in etwa das gleiche Sprachniveau haben und deren Muttersprache „Dari" ist und nicht das ebenfalls in Afghanistan als Amtssprache zugelassene „Paschto"

Sehr bald stellt sich für Paul und Maria die Frage, ob es nicht sinnvoll ist, die bisherige Zettelwirtschaft, nämlich das Arbeiten mit hektisch vor Kursbeginn oder während des Kurses jeweils kopierten Übungsblättern - wenn sich beispielsweise zu Beginn herausstellte, dass drei der fünf Flüchtlinge die Wochentage nicht kannten, weil sie Neuangekommene waren, dann ging man schnell in den Kopierraum und kopierte ein entsprechendes

Übungsblatt –, durch die Anschaffung eines geeigneten Arbeitsbuches zu ersetzen.

Aber die Suche erweist sich als sehr schwierig.

Paul hat sich in einer Buchhandlung in Frankfurt, die etwa fünfundzwanzig Kilometer von Oberursel entfernt liegt, fünf verschiedene Arbeitshefte besorgt, um sich einen Überblick zu verschaffen, welches Arbeitsbuch er für die Flüchtlinge, mit denen er in Zukunft kontinuierlich arbeiten wird, anschaffen will.

Bei dem ersten Arbeitsbuch welches er durchblättert, wundert er sich darüber, was sich die Autoren wohl dabei gedacht haben, wenn schon in einer der ersten Lektionen das „Fahren mit dem Taxi" oder „Wohnen im Hotel" abgehandelt wird und Worte wie „Fünf- Sterne- Hotel" auftauchen.

Glauben diese Idioten denn wirklich, dass das Worte sind, die ein Flüchtling braucht, um in den ersten Monaten oder Jahren sprachlich in Deutschland über die Runden kommen zu können?, fragt er sich zornig.

Ein paar Gedanken darüber, welche Wörter zum Grundwortschatz gehören sollten, um sich in einem fremden Land zurechtzufinden, hätten sich die „Herren und Damen Professoren" wirklich machen können, denkt er missmutig

Ob dieses oder jenes Wort zum Grundwortschatz gehört, darüber lässt sich sicherlich streiten. Aber die Worte „Fünf – Sterne – Hotel" und „Kaviar" gehören mit Sicherheit nicht dazu.

Paul erinnert sich an die Germanistikprofessoren Hinze und Gerold von der Pädagogischen Hochschule Hannover, an der er vor mehr als vierzig Jahren als Nebenfächer Musik und evangelische Theologie und zunächst als Hauptfach Germanistik und später dann Religionswissenschaft studiert und die Ausbildung zum Lehramt für Grund – und Hauptschulen absolviert hat.

Diese hatten unter anderem Vorlesungen für angehende Grund- und Hauptschullehrer angeboten, in denen es um das Versmaß in Goethes Faust ging, aber von Tuten und Blasen keine Ahnung davon gehabt, was Kinder im Alter von neun Jahren gerne lesen und interessiert, und das, obwohl es damals noch Kinder gab, die aus ihrer Vorschulzeit Bilderbücher kannten, und Kinder im schulpflichtigen Alter, die nicht nur wussten, was ein Buch ist, sondern sogar schon einmal eines gelesen hatten.

Heutzutage kann man sich nicht einmal mehr sicher sein, dass jedes Kind schon einmal ein ganzes Buch gelesen hat, denkt Paul, und ihm fällt eine kleine Episode ein, die sich vor längerer Zeit ereignet hat:

Vor etlichen Jahren war er zusammen mit seiner damals sechzehn Jahre alten Tochter Sarah bei deren früherem Kinderarzt.

Sarah wollte nämlich für ein Jahr im Rahmen eines Schüleraustauschs nach Amerika, und für die Erteilung der Einreiseerlaubnis war die Vorlage etlicher Gesundheitszeugnisse erforderlich, sodass Paul zusammen mit Sarah und Edeltraut, seiner damaligen Ehefrau, übereingekommen war, dass es am bestens sei, den früheren Kinderarzt von Sarah , mit dem sie immer höchst zufrieden gewesen waren, aufzusuchen, weil dieser im Besitz der geforderten Unterlagen, wie Impfbescheinigungen und anderer Untersuchungsbefunde, sein müsste.

Sarah hatte Paul gefragt, ob er nicht mitkommen könne, und dieser hatte sich breitschlagen lassen und sie begleitet.

Normalerweise hasst Paul den Aufenthalt in Wartezimmern, wie überhaupt das Warten an sich, aber an diesem Tag hat sich das Warten, das Warten auf den Kinderarzt gelohnt, denn er hat hierdurch sehr eindrucksvoll erfahren, was die Begriffe *„Vererbung von Bildungsarmut"* und *„bildungsferne Schichten"* bedeuten.

Denn er hat im Wartezimmer zusammen mit seiner Tochter folgendes erlebt:

Ein dicke, junge Frau und eine noch dickere, ältere Frau, vermutlich Mutter und Oma, sitzen im Wartezimmer, in dem sich ein etwa vier Jahre alter Junge austobt und mit Baukötzen um sich wirft, ohne dass die Mutter oder die Oma daran Anstoß nehmen.

Plötzlich sieht der Junge die hinten in der Ecke stehende Kiste mit Bilderbüchern, nimmt erstaunt ein Bilderbuch aus der Kiste, geht zur Mama und Oma und fragt neugierig:

„Was das ist?"

Die junge, akzentfrei Deutsch sprechende Mutter, die vielleicht einmal eine ähnliche Mutter hatte, ignoriert die Frage ihres Kindes und fordert es auf:

„Sag doch mal Pommes."

Sie klopft sich freudig auf die Schenkel, als das bemitleidenswerte Kind prompt reagiert:

„Pommes".

Dann animiert die noch dickere Frau ihren Enkel:

„Sag doch noch mal Pommes."

Und das Kind sagt erneut, stolz und sichtlich hochzufrieden, „Pommes", weil es offensichtlich kapiert hat, auf was es im Leben ankommt:

im richtigen Moment „Pommes" zu sagen.

Mama und Oma sind augenscheinlich sehr glücklich, dass ihr Kind schon über einen so umfangreichen Wortschatz verfügt und akzentfrei „Pommes" sagen kann, und es deutet viel darauf hin, dass das Kind, das vom Gewicht her vermutlich einmal in ihre Fußstapfen treten wird, sehr gerne Pommes isst.

Kurze Zeit später betreten eine gebürtige Frau aus Oberursel, die Paul flüchtig kennt, und ihr aus Afrika kommender, dunkelhäutiger Ehemann mit ihrem gemeinsamen, etwa vier Jahren alten Sohn, dem man anmerkt, dass er bezüglich der Hautfarbe genetisch einiges von seiner Mutter und einiges von seinem Vater mitbekommen hat, das Wartezimmer.

Das lebhafte Kind begibt sich zielstrebig zur Kiste mit den Bilderbüchern, nimmt ein Bilderbuch, läuft freudestrahlend zu seiner Mutter, setzt sich auf deren Schoß und bittet sie, ihm daraus vorzulesen.

Als die Mutter die Geschichte zu Ende gelesen hat, holt das Kind ein neues Bilderbuch und setzt sich auf den Schoß seines Vaters:

„Soll ich dir das Buch auf Deutsch vorlesen oder ins Englische übersetzen?"

„Au ja, Englisch", ruft das Kind begeistert, und sein Vater erzählt und erklärt ihm in englischer Sprache, auf jede Frage des neugierigen Kindes geduldig antwortend, was in dem Bilderbuch zu sehen ist, während das Kind von der dicken Frau und der noch dickeren, älteren Frau wieder im Wartezimmer rumtobt.

Sprache ist der Schüssel zur Integration, denkt Paul, als er sich an diese Begebenheit erinnert.

Deshalb ist es ihm so wichtig, dass er möglichst ein Arbeitsbuch für seine Flüchtlinge findet, das am besten geeignet ist, die Tür zur Integration zu öffnen und den langen Weg dorthin zu ebnen.

Nach konzentriertem Querlesen in den anderen vier Arbeitsbüchern kommt Paul zu dem Ergebnis, dass jedes der fünf Bücher seine Schwächen hat.

Bei dem einen Buch ist es der „merkwürdige" Grundwortschatz, bei anderen das völlige Fehlen von Übungen zur Grammatik, ohne die man seines Erachtens eine fremde Sprache nicht lernen kann. Bei manchen Arbeitsbüchern ist zwar die Auswahl der zum Grundwortschatz gehörenden Worte seines Erachtens durchaus in Ordnung, aber leider werden im Vokabelteil bei den Substantiven die Artikel nicht mitangegeben, was Paul sehr ärgerlich findet, da er von Anfang an, auch als er noch ohne ein bestimmtes Arbeitsbuch mit den Flüchtlingen gearbeitet hatte, viel Wert darauf gelegt hatte, dass die Flüchtlinge die Substantive zusammen mit den jeweils dazugehörigen, bestimmten Artikeln lernen.

So hatte Paul oft auf Gegenstände, die im Raum standen oder die auf den von ihm mitgebrachten Memoriekarten abgebildet waren, gezeigt und gefragt:

„Was ist das?"

Und wenn ein Flüchtling hierauf geantwortet hatte „Birne", dann hatte er dem Flüchtling empfohlen, sich nicht nur den Begriff „Birne" zu merken, sondern auswendig zu lernen „die Birne, „der Apfel", und so weiter.

Nach sorgfältigem Vergleich entschließt sich Paul nach Rücksprache mit Maria für die Anschaffung des Arbeitsbuches, das einige in der Flüchtlingsarbeit ehrenamtlich tätige Pensionäre verfasst haben und nimmt sich vor, zu den jeweiligen Kapiteln eigene ergänzende Übungsblätter anzufertigen, sofern dies seiner Meinung nach erforderlich sein sollte.

7

Am Freitag, dem 18. März 2016 sitzen zwei junge Männer in einer kleinen Zweizimmerwohnung in der Geschwister–Scholl–Straße in Oberursel am Küchentisch und frühstücken.

Für einen der beiden ist dieser Tag ein schicksalsträchtiges Datum.

Tjark hat zwei Semester Englisch in Afghanistan studiert und ist Ende 2014 aus Furcht um sein Leben aus Afghanistan geflohen, als die Taliban erfahren haben, dass er neben seinem Studium stundenweise für in Afghanistan stationierte amerikanische Truppen als Dolmetscher gearbeitet hat.

Malek kommt aus Syrien und ist im Spätherbst 2014 vor den Bomben des Assadregimes geflüchtet, nachdem es ihm zuvor gelungen war, seine Frau Anisa in der Nähe von Damaskus bei Freunden in Sicherheit zu bringen.

Es wäre zu gefährlich gewesen, seine im siebentem Monat schwangere Frau mitzunehmen, aber er hat ihr versprochen, dass er sie und das hoffentlich gesund zur Welt kommende Kind nach Europa holen werde, wenn er dort als Flüchtling anerkannt sei, da er wusste, dass nach der Genfer Flüchtlingskonvention das Recht auf Familiennachzug besteht, wenn man den Flüchtlingsstatus bekommt. Auch hatte er gehört, dass in Deutschland sogar auch andere Flüchtlinge, die beispielsweise wegen des Bürgerkriegs fliehen, ein Recht auf Familiennachzug haben, obwohl ihm der Begriff „subsidiäre Flüchtlinge" nicht bekannt war.

Tjark, der extrovertierte Student aus Afghanistan, und Malek, der verträumte, unter der Trennung von seiner Frau leidende, introvertierte Mann aus Syrien, haben sich in einer Notunterkunft kennengelernt und angefreundet, obwohl sie doch so unterschiedlich sind wie die Protagonisten in Herrmann Hesses Roman „Narziss und Goldmund".

Wenngleich die Muttersprache von Tjark Farsi ist und die von Malek Arabisch, konnten sie sich von Anfang an gut verständigen, denn sie sprechen beide sehr gut Englisch.

Die trostlose Zeit in der Notunterkunft haben sie vor allem dazu genutzt, sich gegenseitig beim Erlernen der deutschen Sprache mittels Sprachprogrammen auf ihren Smartphones zu helfen, sodass sie schon nach kurzer Zeit in der Lage waren, sich relativ gut in Deutsch zu unterhalten.

Dies mag mit ein Grund dafür gewesen sein, dass es ihnen schon im Sommer 2015 gelungen ist, gemeinsam die Zweizimmerwohnung in der Geschwister-Scholl-Straße in Oberursel anzumieten.

In der ersten Januarwoche 2016 hat Tjark einen Bescheid des Bundesamtes für Migration und Flüchtlinge erhalten.

Er gehört seitdem zum Kreis der „subsidiär Schutzberechtigten", also zu den Flüchtlingen, die nach Ansicht der zuständigen staatlichen Stelle in ihrem Heimatland zwar nicht individuell verfolgt worden sind, aber wegen eines Bürgerkrieges einer Gefahr für Leib und Leben ausgesetzt sind, und deshalb zunächst für ein Jahr eine Aufenthaltsberechtigung haben. Tjark hat ein sonniges Gemüt und ist optimistisch, dass diese später um zwei Jahre verlängert werden wird.

Deshalb ist es für ihn auch kein Problem, dass ihm nicht ein besserer Aufenthaltsstatus zuerkannt worden ist, also die Flüchtlingseigenschaft oder die Asylanerkennung mit einem von vornherein dreijährigen Aufenthaltsrecht, zumal er ein Mensch ist, der nur von Tag zu Tag denkt und in den Tag hinein lebt. Sein Motto lautet *„Carpe diem"*, obwohl er diesen alten lateinischen Spruch, *„Genieße den Tag"*, mit Sicherheit nicht kennt.

Er schwebt ohnehin im siebenten Himmel, seit er sich vor einiger Zeit in eine Schwedin auf dem Weihnachtsmarkt in Oberursel verliebt und diese ihn schon nach wenigen Tagen eingeladen hat, sie in Schweden zu besuchen. Er weiß, dass er als „subsidiär Schutzberechtigter" ins Ausland reisen darf, da er noch im Besitz seines afghanischen Passes ist, und ihm ist auch bekannt, dass er sich beim Jobcenter die erforderliche Erlaubnis für den Auslandsaufenthalt besorgen muss. Aber er ist sich sicher, dass dies kein Problem sein wird, da er sich auf seinen Charme würde verlassen können.

Und es ist ihm tatsächlich vor einigen Tagen gelungen, seine „persönliche Fallmanagerin" zu becircen.

Er hat die Erlaubnis erhalten, in der Zeit von 23. März bis zum 5. April 2016 nach Schweden zu fahren, um seine neue Flamme zu besuchen.

Natürlich hat er seiner „persönlichen Ansprechpartnerin", Frau Doro Knut, nichts von dem wahren Grund seiner geplanten Schwedenreise offenbart, sondern ihr eine Geschichte über einen schwer kranken Freund aus seiner Schulzeit aufgetischt, welche die ein bisschen in ihn verliebte Frau Knut ihm ohne weiteres abgenommen hat.

Während Tjark optimistisch einer rosigen Zukunft entgegensieht, in der es für ihn bergauf geht, ist Malek seit längerer Zeit an manchen Tagen sehr schweigsam, weil er manchmal sorgenvoll einen noch langen, dornenreichen Weg vor sich sieht, bis sein sehnlichster Wunsch, mit seiner Familie in Frieden zusammenleben zu können, in Erfüllung gehen wird.

Gelegentlich überkommen ihn sogar leise Zweifel, ob dies jemals geschehen wird.

Seit Anfang Januar leidet er zudem an schweren Schlafstörungen.

Seit Tjark ihm erzählt hat, dass er eine Entscheidung des Bundesamtes für Migration und Flüchtlinge erhalten hat, ist er sehr beunruhigt, weil er selbst immer noch keinen Bescheid von der Behörde mit dem langen Namen bekommen hat, obwohl er einige Wochen vor Tjark nach Deutschland eingereist ist und seine Anhörung beim Bundesamt für Migration und Flüchtlinge sogar zwei Monate vor der von Tjark stattgefunden hat.

An manchen Tagen ist Malek so verzweifelt, dass es ihm schwer fällt, aufzustehen, denn er hat irgendwie das Gefühl, dass sich durch die Silvesternacht in Köln 2015/2016 einiges geändert hat und vielleicht der Familiennachzug erschwert werden wird.

Und sein Gefühl hat ihn nicht betrogen:

Ende Januar 2016 haben nämlich die Bundeskanzlerin Angela Merkel, CSU-Chef Horst Seehofer und der Parteivorsitzende der SPD, Sigmar Gabriel , also die drei Chefs der großen Koalition - Triumvirat kann man das nicht nennen, denn unter den drei Mächtigen war ja eine Frau -, beschlossen, dass der Familiennachzug für Flüchtlinge mit „subsidiärem Schutz" für zwei Jahre ausgesetzt werden soll, und schon Mitte März wurde dieser Beschluss in ein Gesetz gegossen, das unter dem Label *„Asylpaket II"* bekannt geworden ist.

Am 18. März 2016, dem schicksalsträchtigen Tag für Malek, sitzen dieser und Tjark am Küchentisch und frühstücken.

Tjark legt die GBZ, die Großbuchstabenzeitung, die er seit einiger Zeit zu lesen versucht, weil er mitbekommen hat, dass das, was in dieser Zeitung in großen Buchstaben täglich zu lesen ist, gar nicht so schwer zu verstehen ist, auf den Tisch und sagt zu Malek:

„Hoffentlich wirst du als Flüchtling anerkannt. Sonst kannst du deine Frau und deinen Sohn die nächsten zwei Jahre nicht nach Deutschland holen."

Malek wird kreidebleich.

„Hier steht", fährt Tjark fort, nimmt die Zeitung wieder in beide Hände und liest:

„ *Asylpaket II:*

Nach dem kürzlich auf die Schnelle beschlossenen „Asylpaket II" ist der Familiennachzug für solche Flüchtlinge für eine Übergangsfrist von zwei Jahren ausgesetzt, die nach dem 17. März 2016 nicht die Flüchtlingeigenschaft nach der Genfer Flüchtlingskonvention, sondern lediglich den „subsidiären Schutz" zuerkannt bekommen. Dies hat zur Folge, dass sie erst ab dem 18. März 2018 binnen einer Drei-Monatsfrist einen Antrag auf privilegierten Familiennachzug stellen können. Privilegierter Familiennachzug bedeutet, dass es einem Flüchtling erlaubt ist, seinen Ehegatten und seine minderjährigen Kinder nach Deutschland zu holen, ohne dass diese über ausreichende deutsche Sprachkenntnisse verfügen müssen und ohne dass ein Nachweis darüber erforderlich ist, dass die Sicherung des Lebensunterhaltes ohne Inanspruchnahme staatlicher Sozialleistungen gewährleistet und ausreichender Wohnraum vorhanden ist."

Noch bevor Malek ganz begriffen hat, was Tjark ihm gerade vorgelesen hat, klingelt es. Malek verlässt die kleine Küche und bestätigt dem vor der Wohnungstür stehenden Postboten mit seiner Unterschrift, dass er einen gelben Briefumschlag erhalten hat.

Nach kurzem Zögern öffnet er hastig das Kuvert und als ihm klar wird, was er gerade gelesen hat, bricht für ihn eine Welt zusammen.

Tränen fließen, endlos viele Tränen, denn er hat nur den Status eines „subsidiär Schutzberechtigten" erhalten.

„Familie nicht kommen kann bald", schluchzt Malek.

Mehr als eine Stunde versucht Tjark ihn zu trösten, aber es gelingt ihm nicht.

Malek zieht sich weinend in sein Zimmer zurück.

Erst am nächsten Morgen beruhigt er sich etwas, weil er hofft, dass ein Anwalt ihm helfen wird.

Einige Tage später macht sich Tjark zu seiner Reise nach Schweden auf.

Er hat zwar für den schüchternen Malek vor seiner Abreise noch einen Termin bei einem Rechtsanwalt organisiert. Aber dennoch hat er ein schlechtes Gewissen, ihn alleine zu lassen. Letztlich aber hat die Sehnsucht nach seiner Schwedin den Sieg über den mit einem schlechten Gewissen verbundenen Zweifel, ob er Malek allein lassen kann, davongetragen.

8

Mit der Anschaffung des Arbeitsbuches für den Deutschunterricht im Frühjahr beginnt eine Zeit intensiven und kontinuierlichen Lernens mit einigen Flüchtlingen aus Afghanistan.

Paul, der sich früher nie Gedanken über „Deutsch als Fremdsprache" gemacht hat, wird relativ schnell bewusst, dass die Deutsche Sprache nicht leicht zu erlernen ist:

sechs unterschiedliche Zeitformen, verschiedene Fälle, drei verschiedene Artikel, die Groß – und Kleinschreibung, um nur einige Klippen beim Erlernen der deutschen Sprache zu nennen.

Wie viel leichter erscheint da die englische Sprache, bei der, abgesehen von den Zeitformen, die genannten Stolpersteine nicht existieren.

Paul ist fest davon überzeugt, dass für die Integration zunächst der mündliche Sprachgebrauch von größerer Bedeutung sein dürfte als die Schriftsprache. Deshalb stehen bei seinen Unterrichtsstunden der spielerische Umgang durch Hören und Sprechen in Alltagssituationen im Vordergrund.

Da im mündlichen Sprachgebrauch normalerweise nur zwei Zeitformen existieren, nämlich das Präsens und das Perfekt, und die übrigen Zeitformen faktisch ausgestorben sind, lässt Paul diese Zeitformen weitestgehend aus seinem Unterricht weg und überspringt die jeweiligen Lektionen, in denen sie vorkommen; denn wer benutzt schon beispielsweise das Futur I bei einer Unterhaltung.

Niemand sagt doch:

„Morgen werde ich ins Kino gehen."

Er hat keinen Zweifel daran, dass die meisten Menschen diese in der Zukunft liegende Aktion im Präsens, nämlich mit den Worten, „morgen gehe ich ins Kino" ausdrücken, und er ist fest davon überzeugt, dass dennoch jeder trotz des im Präsens benutzten Verbs Bescheid weiß, dass der Besuch des Kinos in der Zukunft liegen wird.

Paul weiß zwar, dass zum Beispiel der korrekte Umgang mit den Fällen, wie beispielsweise dem Genitiv, von Bedeutung sein kann, denn es ist schon ein Unterschied, ob jemand sagt: „Er wurde im Haus *vom Bäcker* ermordet oder ob jemand äußert, er wurde im Haus *des Bäckers* ermordet.

Auch die richtige Groß – und Kleinschreibung kann mitunter wichtig sein, wie ihm noch aus einer seiner ersten Vorlesungen während seines Studiums an der Pädagogischen Hochschule in Erinnerung ist.

Er hatte die ersten beiden Semester Deutsch als Hauptfach für das Lehramt an Grund – und Hauptschulen studiert, ehe er auf das Fach „Religionswissenschaft" umgestiegen war, und der Germanistikprofessor Hinze, vielleicht war es auch Professor Gerold, er erinnert sich nicht mehr so genau daran, an die Tafel die beiden Sätze geschrieben hatte:

„Helft den Armen vögeln."

„Helft den armen Vögeln."

Und erst beim zweimaligen Lesen dieser beiden Sätze war ihm aufgefallen, dass deren Aussagegehalt doch sehr unterschiedlich ist.

Sogar Fehler bei der Zeichensetzung können sinnenstellend sein.

Hierauf hatte er während seiner aktiven Zeit als Professor im Rahmen seiner Vorlesungen über das Familienrecht die Studierenden immer wieder hingewiesen, wenn er versuchte, ihnen die Trennungsfristen im Scheidungsrecht zu erklären:

„Wenn beide Ehegatten geschieden werden wollen, also bei der einverständlichen Ehescheidung, ist ein einjähriges Getrenntleben erforderlich, während bei der sogenannten streitigen Scheidung, also wenn ein Ehegatte geschieden werden will, und der andere Ehegatte der Scheidung widerspricht, erst bei einem dreijährigen Getrenntleben das Scheitern der Ehe vermutet wird."

Von daher hat er immer dann, wenn er diese Fallvariante erläutert hat, an die Tafel geschrieben:

„Er will, sie nicht (streitige Scheidung, drei Jahre Getrenntleben)

Und danach hat er den Focus der Studierenden auf das Komma zwischen „er will" und „sie nicht" gelenkt, indem er das Komma weggewischt hat, so dass an der Tafel nicht mehr der Satz stand „Er will, sie nicht" sondern der Satz „Er will sie nicht."

Nicht alle, aber wohl die meisten seiner Studierenden haben den Unterschied, seiner Einschätzung nach, verstanden, was er daran festgemacht hat, dass zwar nicht alle, aber viele an dieser Stelle seiner Vorlesung immer herzhaft gelacht haben.

„Seine Studierenden" - er nannte die Studenten und Studentinnen, die seine Seminare oder Vorlesungen besuchten „seine Studierenden" mit einer Selbstverständlichkeit, mit der er die Teilnehmer an seinem Deutschunterricht im Gemeindehaus der evangelischen Kirche „seine Flüchtlinge" nennt, nicht, weil er einen Hang zum Besitzergreifen hat, sondern weil er sie, schlicht und einfach ausgedrückt, in hohem Maße wertschätzt.

Denn er ist sehr beeindruckt, mit welchem Engagement „seine Flüchtlinge" sich abrackern, um Deutsch zu lernen.

Sie scheinen auch gerne zum Unterricht zu kommen, denn sie lassen sich diesen nur entgehen, wenn ein dringender Grund sie an der Teilnahme hindert, wie etwa ein Termin beim Arzt, Sozialamt oder Jobcenter.

9

Von Woche zu Woche erfährt Paul mehr und mehr über das Schicksal „seiner Flüchtlinge" aus seiner Lerngruppe, über deren Fluchtgründe und Fluchtrouten sowie über ihr Leben in Deutschland, denn er hält sich nicht sklavisch an die Kapitelvorgaben des von der evangelischen Kirche kostenlos zur Verfügung gestellten Arbeitsbuches, das alle seine Schüler inzwischen besitzen und fast jedes Mal mitbringen, sondern greift oft spontan auf, was die Flüchtlinge zu Beginn der jeweiligen Unterrichtseinheiten äußern, und gibt ihnen Gelegenheit, die Alltagsprobleme anzusprechen, die sie gerade bewegen.

So erfährt er beispielsweise, dass fast alle Flüchtlinge im Sommer 2015 über die Balkanroute über Ungarn und Österreich nach Deutschland gekommen sind, vor ihrer Flucht mehr oder weniger lange im Iran gelebt haben, Muslime Schiitischen Glaubens sind und keine Probleme damit haben, dass die Deutschstunden im Gemeindehaus einer christlichen Kirche stattfinden.

Die drei Ehemänner, die in der Lerngruppe von Paul sind, haben nichts dagegen, dass ihre Ehefrauen auch mal alleine zum Deutschkurs kommen, wenn sie selbst verhindert sind, weil sie zum Beispiel einen Termin beim Sozialamt oder Arzt wahrnehmen müssen, was für Paul ein Indiz dafür ist, dass ein relativ tolerantes Verhalten zwischen den verheirateten Ehemännern und ihren ein Kopftuch tragenden Ehefrauen besteht.

Von Woche zu Woche, so der Eindruck von Paul und Maria, die eine andere Gruppe von Flüchtlingen unterrichtet, wird die Beziehung zwischen den Flüchtlingen und den nicht eingebildeten und ausgebildeten, ehrenamtlichen Deutschlehrern von beiden Seiten aus immer vertrauensvoller und entspannter.

So traut sich Paul in einer Stunde im August 2016 Leila Rahimi, eine sehr selbstbewusste junge Frau, die aus Afghanistan kommt und ein Kopftuch trägt, in Gegenwart ihres Ehemannes Ali und der anderen Kursteilnehmer die Frage zu stellen, ob sie sich vorstellen könne, das Kopftuch abzulegen, wenn das von ihr verlangt werde, um Arbeit zu bekommen und sie nur in Deutschland bleiben dürfe, wenn sie Arbeit habe.

Die befragte Einundzwanzigjährige, die, wie Paul zuvor durch mehrere Gespräche und Begegnungen mitbekommen hat, entgegen dem herkömmlichen Rollenverständnis diejenige ist, die für sich und ihren Ehemann die erforderlichen Behördengänge erledigt, antwortet, dass sie das schon schaffen werde, wenn es nicht anders gehe, aber dass es zur Zeit ja noch nicht notwendig sei.

Eines Tages im Oktober 2016 holt Samir Nazemi, der zusammen mit seiner Frau Kira von Anfang an zu seinem Schülerkreis gehört, zu Beginn des Unterrichts einen gelben Briefumschlag aus seinem Rucksack und Paul ahnt, von wem Samir Post bekommen hat. Er hat nämlich vor einigen Wochen von seinen Schülern erfahren, dass diese schon seit längerem sehr beunruhigt sind, weil noch keiner von ihnen das „große Interview" hatte.

„Was meinst du mit „großem" Interview?", hatte er Samir, der als erster diese Sorgen geäußert hatte, damals gefragt, und im Laufe des Gesprächs hatte sich herausgestellt, dass die Flüchtlinge mit dem Wort „Interview" die Anhörung beim Bundesamt für Migration und Flüchtlinge meinten, und dass es ein „kleines" Interview gibt, das alle aus seiner Lerngruppe bereits hinter sich haben und bei dem die Flüchtlinge über die Fluchtwege befragt werden, und einen zweiten Termin, das sogenannte „große" Interview, bei dem es um die Fluchtgründe geht.

Auch hatte er sich danach durch das Internet und einige Broschüren, die den ehrenamtlichen Helfern von verschiedenen Institutionen zur Verfügung gestellt worden waren, schlau gemacht und erfahren, dass das „kleine" Interview über die Fluchtwege etwas mit der Frage zu tun hat, ob ein Asylbewerber wegen des Dublin II – Abkommens wieder in das Land abgeschoben werden kann, in dem er zuerst den Boden eines Mitgliedstaates der Europäischen Union betreten hat, damit ausschließlich dort sein Asylantrag zuständigkeitshalber geprüft werden kann, und dass es in dem „großen" Interview um die Fluchtgründe geht, also um die inhaltliche Frage, ob Asylgründe bestehen oder die Flüchtlingseigenschaft zuerkannt werden kann.

Er hatte dabei auch erfahren, dass die Ladungen zu den Anhörungen und die Bescheide des Bundesamtes für Migration und Flüchtlinge immer mit einem auffälligen gelben Briefumschlag verschickt werden und „seinen" Schülern deshalb schon seit Wochen mehrmals erklärt, dass sie unbedingt jeden Tag in ihren Briefkasten schauen und sofort zu der sie betreuenden Sozialarbeiterin gehen müssen, wenn sie einen gelben Briefumschlag erhalten.

Wie von Paul vermutet, enthält der gelbe Briefumschlag, den Samir ihm gibt, ein Schreiben des Bundesamtes für Migration und Flüchtlinge, aus dem hervorgeht, dass die Eheleute Nazemi am 26. Oktober 2016 um acht Uhr einen Anhörungstermin in Gießen haben.

„Kannst du mitkommen zu Interview und helfen?", fragt Samir zaghaft, und durch Pauls Antwort wird eine neue Dimension seiner ehrenamtlichen Flüchtlingsarbeit eingeleitet, weil nunmehr auch eine Begleitung auf juristischem Boden beginnt, den er sich eigentlich vorgenommen hatte, nicht zu betreten.

10

Als Paul vom Deutschkurs nach Hause kommt, trägt er zunächst in seinen Terminkalender unter dem 26.10.2016 ein:

„Anhörung mit Samir und Kira um 8:00 Uhr in Gießen."

Dann ruft er Willi an, den er persönlich zwar nicht kennt, aber dessen Telefonnummer er neulich durch eine E-Mail der städtischen Integrationsbeauftragten mit wichtigen Anschriften, E-Mailadressen und Telefonnummern erhalten hat.

Willi, ein 78–jähriger Busfahrer, der leidenschaftlich gerne Auto fährt und sich immer noch nicht damit abgefunden hat, dass er schon pensioniert ist, hat sich nämlich in eine von der Integrationsbeauftragten kürzlich erstellten Liste der in Oberursel tätigen ehrenamtlichen Helfer aufnehmen lassen und ist dort mit dem Angebot „Flüchtlinge mit seinem PKW zu Anhörungsterminen zu fahren" verzeichnet.

Durch diesen Anruf erfährt Paul, dass man für die Autofahrt von Oberursel nach Gießen mindestens zwei Stunden einplanen sollte, da es vor dem Kasernengelände, auf dem die Anhörungen stattfänden, nur wenig Parkplätze gebe, dass alle Flüchtlinge für acht Uhr geladen würden, dass man mitunter beträchtliche Wartezeiten in Kauf nehmen müsse, dass es offensichtlich keine nachvollziehbaren Kriterien gebe, wann man an der Reihe sei, dass er Glück habe, dass die Anhörung in Gießen sei und nicht anderswo (manchmal seien Fahrzeiten von bis zu vier Stunden einzuplanen) und dass es sich empfehle, auch etwas zum Essen und zum Trinken mitzunehmen, da man dort nichts kaufen könne.

Darüber, ob man bei den Anhörungen auch Fragen stellen darf, erfährt Paul durch den Anruf bei Willi, der vielen Oberurselern auch unter dem Spitznamen „Kutscherwilli" bekannt ist, weil er es liebt, andere von hier nach dort zu kutschierten, vorausgesetzt, man erstattet ihm das Benzingeld, allerdings nichts, was auch nicht verwunderlich ist, da Willi die Flüchtlinge ja nur *zu* den Anhörungen und nicht *bei* den Anhörungen begleitet.

So recherchiert Paul abends intensiv im Internet und stellt fest, dass er als Beistand zwar das Recht hat, während des Anhörungstermins Fragen an den betreuten Flüchtling zu richten - er hatte dies schon vermutet, denn der Begriff des Beistandes ist ja eindeutig im Gesetz geregelt-, aber dass es dennoch nicht nur vereinzelt vorkommt, dass die Interviewer den Beiständen dieses Recht absprechen, was sogar schon zu einer kleinen Anfrage des Bundestagsabgeordneten Beck von den Grünen im Deutschen Bundestag geführt hat.

Bei seinen Internetrecherchen wird von den Quellen, die er als seriös einschätzt, immer auch darauf hingewiesen, dass es sinnvoll sei, sich auf den Anhörungstermin vorzubereiten, indem man sich schon einmal vorab mit den häufig bei den Anhörungen gestellten, fünfundzwanzig im Anhang abgedruckten Fragen beschäftige.

Man solle allerdings auch die Wahrheit sagen und, wenn man etwas nicht mehr oder nicht mehr genau wisse, dies zum Ausdruck bringen.

Da der Anhörungstermin bereits in vier Tagen ist, ruft er am nächsten Morgen sofort Arian Tabatabei an, den er vor kurzem auf einer Party kennengelernt und – ebenso wie dessen Ehefrau Diana –, auf Anhieb sehr sympathisch gefunden hat, und fragt, ob er oder Diana am Nachmittag, Abend oder am nächsten Tag als Dolmetscher bei einem „fingierten Anhörungstermin" helfen können.

Arian, der gebürtige Iraner, der bereits seit achtzehn Jahren in Deutschland lebt und ebenso wie seine im Iran geborene Frau Diana seit etlichen Jahren die deutsche Staatsangehörigkeit besitzt, sagt sofort für morgen Nachmittag zu und fragt, ob Diana auch mitkommen könne, worauf Paul erwidert, dass er sich sogar freue, wenn Diana mitkäme.

Auch Samir und Kira waren ohne Zögern mit einem Vorgespräch einverstanden, und so sitzen einen Tag später nachmittags drei Ehepaare friedlich und sich gut verstehend im gemütlich eingerichteten Wohnzimmer von Paul und Maria.

Sechs Menschen mit unterschiedlichen Eigenschaften, Gewohnheiten, religiösen Bindungen, Hoffnungen, Sehnsüchten und Staatsangehörigkeiten:

Paul, der zweifelnde, nicht praktizierende Christ, der noch Mitglied der evangelisch – lutherischen Kirche ist, bei der er lange gearbeitet hat und die nun seine Pension bezahlt, obwohl er schon seit vielen Jahren keinen Gottesdienst mehr besucht hat;

Maria, die schon vor langer Zeit aus der Kirche ausgetreten ist und mit Religion „nichts am Hut hat", wie sie oft betont, obwohl sie Papst Franziskus eigentlich ganz gut findet;

Arian und Diana, die aus dem Iran stammenden, deutschen Staatsangehörigen, die sich selbst als Agnostiker bezeichnen, also nicht wissen, ob es einen Gott gibt, aber es auch nicht ausschließen;

Samir, der zwar Muslim ist, aber schon längst seinen Glauben verloren hat, und der zwar kein Schweinefleisch isst und keinen Alkohol trinkt, aber während des Ramadan nicht fastet und auch schon lange keine Moschee mehr von innen gesehen hat; Samir ist sehr tolerant gegenüber seiner kopftuchtragenden Ehefrau Kira, die als gläubige Muslima schiitischer Ausprägung drei Mal täglich betet, während des Ramadan fastet und einmal wöchentlich eine Moschee in Frankfurt aufsucht.

Paul und Arian trinken im Laufe des Abends mehr als nur ein Glas Wein, wohingegen Diana, die gerne noch ein zweites Glas oder zumindest Gläschen Wein getrunken hätte, sich nur ein Gläschen Wein gönnt, weil sie noch Auto fahren muss.

Maria, Samir und Kira trinken Tee, weil sie den Genuss von Alkohol ablehnen, aber sie nehmen keinen Anstoß daran, dass am Tisch auch Menschen sitzen, die Alkohol trinken.

Maria und Diana, die Vegetarierinnen sind, helfen beim Grillen der auf dem Tischgrill liegenden Fleischspieße, auf die sich die anderen schon freuen.

Nach dem Essen, bei dem viel geredet und gelacht wird, übernimmt Paul die Rolle des Interviewers und an Hand des Fragenkatalogs aus dem Internet werden Samir und Kira von Paul befragt und berichten über ihr Leben in Afghanistan, ihre Fluchtgründe sowie ihre Fluchtroute, wobei die Erinnerungen an viele schreckliche Erlebnisse zwangsläufig dazu führen, dass so manche Träne vergossen wird.

Aber den anderen Vieren gelingt es an diesen Stellen immer wieder, Samir und Kira mit Erfolg zu trösten.

Nach Beendigung der „fingierten Anhörung" wird noch kurz besprochen, wer welche Getränke und welches Essen zu der in zwei Tagen stattfindenden echten Anhörung mitbringt, und dass Paul und Maria übermorgen um fünf Uhr Samir und Kira von deren Wohnung abholen werden.

Diana hat sich bereit erklärt, Samir und Kira nach Hause zu bringen und bei der Verabschiedung an der Haustür ist man sich einig, dass es gut war, sich auf den Anhörungstermin vorzubereiten.

Nur Paul hat, wie so oft, Zweifel, ob alles gut gehen wird, aber er behält diese selbstverständlich für sich und verabschiedet sich von seinen Gästen mit den aufmunternden Worten:

„Es wird schon alles gutgehen."

Und es ging alles gut:

Sie konnten pünktlich losfahren, kamen trotz eines kleinen Staus rechtszeitig in Gießen an, weil sie einen gewissen Zeitpuffer für unvorhergesehene Schwierigkeiten eingebaut hatten und schon um fünf Uhr losgefahren waren, was Paul wieder einmal in seiner Ansicht bestärkte, dass man immer Unvorhergesehenes einkalkulieren sollte.

Sie mussten zwar mehr als drei Stunden warten, aber die Anhörung verlief in etwa, wie sich Paul das erhofft hatte. Die Fragen aus dem Fragenkatalog wurden, wenn auch in anderer Reihenfolge gestellt. Samir und Kira hatten glaubwürdig geantwortet. Der Interviewer war sachlich und freundlich und hatte von Anfang an keine Einwände dagegen, dass Paul als Beistand auch gelegentlich ergänzende Fragen stellte.

Paul hatte bei den insgesamt sechs Stunden dauernden, getrennt durchgeführten Anhörungen von Samir und Kira durchweg ein gutes Gefühl, zumal es mit dem engagierten Interviewer, der sich, wie sich in den Pausen herausstellte, freiwillig für ein Jahr als Jurist vom Ausländeramt zum Bundesamt für Migration und Flüchtlinge hatte abordnen lassen, genügend Gesprächsstoff von Jurist zu Jurist gab.

Nur als der Interviewer am Ende der Anhörung sagte, dass nicht er die Entscheidung treffen werde, sondern eine andere Person – zu diesem Procedere der Trennung zwischen Interviewer und Entscheider sei man vor einiger Zeit in Gießen übergegangen, da manche Interviewer vielleicht zu emotional auf die oft unter Tränen vorgetragenen Schilderungen der Fluchtursachen und Fluchtwege reagiert hätten -, kamen ihm Zweifel, ob Samir und Kira den ersehnten Flüchtlingsstatus erhalten werden.

Als Paul spät abends wieder zu Hause war und seiner jüngsten Tochter telefonisch von dem Verlauf der Anhörung berichtete, und als diese daraufhin erzählte, dass sie während ihres Praktikums beim Bundesamt für Migration und Flüchtlinge im Rahmen ihres Erststudiums ruhige, nette Interviewer erlebt habe, die dann aber dennoch knallharte, ablehnende Entscheidungen getroffen hätten, bekamen seine Zweifel neue Nahrung und ihm wurde wieder einmal bewusst, dass man eben auch Glück im Leben braucht.

So drückte er, ohne dass es jemand sehen konnte, der Familie Nazemi beide Daumen.

Aber es sollten noch etliche Monate vergehen, bis er wusste, ob die Familie Nazemi die notwendige Portion Glück hatte.

11

Malek sitzt in der Küche am Frühstückstisch, aber wie so oft in den letzten Monaten, - allein.

Er starrt aus dem Fenster.

In seinem Zimmer nebenan läuft der Fernseher, den er immer nach dem Aufstehen einschaltet, weil ihm durch die Stimmen im Hintergrund das Gefühl vermittelt wird, nicht ganz allein zu sein.

Es ist schon mehr ein halbes Jahr her, als Tjark nach Schweden zu seiner Angebeteten gefahren ist. Anfangs hatte Tjark noch öfter angerufen und Malek hatte ihm jedes Mal, nicht ganz der Wahrheit entsprechend, versichert, dass es ihm gut gehe, um seinen Freund, der sich in Schweden offensichtlich sehr wohl fühlt, nicht zu beunruhigen. Aber so nach und nach sind die Anrufe immer seltener geworden. Allerdings hat Tjark immer rechtzeitig seinen Mietanteil auf das Konto von Malek überwiesen, sodass dieser jeden Monat pünktlich dem Vermieter die sehr hohe Miete in bar geben konnte.

Bei seinem Abschied hatte Tjark noch zu ihm gesagt:

„Das kann doch nicht zu deinen Lasten gehen, dass die beim Bundesamt für Migration und Flüchtlinge so lange gebraucht haben, um über deinen Asylantrag zu entscheiden. Es hat mehr als einundeinhalb Jahre gedauert, bis sie dir endlich Bescheid gesagt haben. Dass am selben Tag, an dem du den Bescheid bekommen hast, der Familiennachzug auf zwei Jahre ausgesetzt wurde, kann doch nicht dazu führen, dass du jetzt deine geliebte Frau und dein Kind die nächsten zwei Jahre nicht wirst sehen können. Wenn die etwas schneller gearbeitet hätten, dann wärst du vielleicht in ein paar Wochen glücklich mit deiner Familie zusammen. Das ist nicht gerecht, du musst dir einen Anwalt nehmen."

Und nach einer kurzen Pause hatte er hinzugefügt:

„Ich habe dir schon einen besorgt und einen Termin vereinbart. Versprich mir, dass du da hingehst."

„Ja", hatte er geantwortet und war wenige Tage nach der Abreise von Tjark beim Anwalt Groß.

„Da machen Sie sich mal keine Sorgen", hatte dieser gesagt.

„Ich werde für Sie Klage einreichen und dann noch einstweiligen Rechtsschutz beantragen. Sie werden ihre Familie sicherlich schon in ein paar Monaten, vielleicht sogar in ein paar Wochen wiedersehen."

Malek war erleichtert nach Hause gegangen, weil er ja, wie der Anwalt ihm versprochen hatte, bald seine Frau Anis wiedersehen und sein fünfzehn Monate altes Kind Ben zum ersten Mal in seinen Arm nehmen können würde, sein Kind, das er nur von Fotos kannte, die ihm manchmal von Anis auf sein Smartphone übermittelt wurden.

Malek wusste damals nicht, dass sein Anwalt Groß ein großer Angeber war, der zu der Gruppe derjenigen gehört, die immer großspurig etwas versprechen, aber nie halten, was sie versprochen haben, die alles zu wissen vorgeben, aber in Wirklichkeit nichts können, außer „Sprüche zu klopfen", und, wo immer sich eine Gelegenheit dazu bietet, „auf die Pauke zu hauen", womit sie sogar manchmal Erfolg haben, weil es durchaus Menschen gibt, die sich von diesen Schaumschlägern einseifen lassen.

Und Rechtsanwalt Groß war ein solcher Schaumschläger, der sich seine beiden Staatsexamina durch seinen reichen Papa hatte erkaufen lassen.

In Deutschland kann man sich fast alles erkaufen:

Das Abitur hat so manches, nicht sonderlich begabtes Ärzte- oder Juristenkind schon in den sechziger und siebziger Jahren des letzten Jahrhunderts nur dadurch erworben, dass die sehr gut bemittelten Väter ihre minderbemittelten Kinder auf ein Internat in Bad Sachsa im Harz geschickt haben.

Auch juristische Staatsprüfungen können erkauft werden, wie ein großer Skandal in Niedersachsen gezeigt hat, der im Jahre 2016 mit einer Verurteilung eines Richters zu fünf Jahren Haft sein Ende gefunden hat.

Und auch ein Doktortitel kann erkauft werden, wie nicht nur der tiefe Fall eines Politikers und Vaters mehrerer Kinder gezeigt hat, der sein von vielen Bundesbürgern als Kavaliersdelikt eingestuftes Verhalten damit zu rechtfertigen versucht hat, dass er wegen der Doppelbelastung als Vater und Politiker nicht genügend Zeit gehabt habe, eine eigene und eigenständige wissenschaftliche Arbeit abzuliefern.

„Die gekaufte Republik" könnte der Titel eines Sachbuchs lauten, das noch nicht geschrieben ist, aber unbedingt einmal geschrieben werden müsste, -vielleicht sogar der Titel einer Dissertation.

Rechtsanwalt Groß war ein Großmaul – das war Muhammed Ali zwar auch, der größte Boxer des zwanzigsten Jahrhunderts, vielleicht sogar aller Zeiten -, aber Muhammed Ali konnte boxen wie kein anderer zuvor, wohingegen Rechtsanwalt Groß so dumm war, dass er sich nicht einmal erklären konnte, wieso die

Leute über ihn lachten, wenn er auf die Frage „Wie geht es Ihnen?", antwortete:

„Ich kann nicht klagen."

Rechtsanwalt Groß konnte nicht einmal das Wichtigste: Klagefristen richtig errechnen. Dazu muss man nämlich zwei der vier Grundrechenarten im Zahlenraum bis hundert beherrschen, und auch noch ein paar Unterschiede zwischen Sonn – und Feiertagen, Werktagen, sowie einige sonderbare Regelungen darüber beachten, was passiert, wenn ein Feiertag auf einen Werktag fällt. Dies alles stellte offensichtlich schon eine Überforderung für Rechtsanwalt Groß dar.

Malek hat jedenfalls etwa drei Monate nach dem Besuch bei Rechtsanwalt Groß durch seine Sozialarbeiterin erfahren, dass sein Anwalt nicht fristgerecht Klage eingereicht hatte, mit der Folge, dass er deshalb unabänderlich nur den Status eines „subsidiär Schutzberechtigten" hat und von daher noch lange würde warten müssen, bis er seine geliebte Frau wiedersehen und sein Kind endlich einmal in den Armen würde halten können.

Er hatte bitterlich geweint und laut geschrien „Warum, warum?", und sofort versucht, Tjark zu erreichen.

Und als sein neuer Freund, der nach dem Tod seines besten Freundes im Mittelmeer seine wichtigste Bezugsperson geworden ist, nicht erreichbar war, war ihm erstmals der Gedanke gekommen, dass sein Leben keinen Sinn mehr hat. Seitdem stellte er sich immer häufiger die Frage, warum er eigentlich noch weiterleben soll.

Was musste er auf der Flucht nicht alles ertragen, um dem Tod in seinem Heimatland zu entkommen und seiner Frau sowie seinem damals noch ungeborenen Kind in Zukunft ein besseres Leben, ein Leben ohne ständige Angst und Schrecken, zu ermöglichen.

Hunger, aber das war gar nicht mal so schlimm: fünf Tage nichts zu essen zu haben.

Durst. Drei Tage hatte er nichts zu trinken gehabt. Das war schon schlimmer.

Die Folter im Gefängnis in Ungarm und das wohl Schlimmste: - die Vergewaltigung durch diesen fettwanstigen Gefängniswärter.

Dann die Todesfahrt über das Mittelmeer, das eigentlich eher den Namen „Totes Meer" verdient als das kleine Meer in Israel, das Mineralien enthält, die eine heilende Wirkung bei Hauterkrankungen wie Neurodermitis und Schuppenflechte entfalten, sodass sogar von der gesetzlichen Krankenkasse Kuraufenthalte für Orte an diesem „Toten Meer" bewilligt werden.

Auf dem eigentlichen „Toten Meer" oder besser gesagt „Meer der Toten" war vor seinen Augen sein bester Freund ertrunken.

Als dieser aus dem völlig überladenen Boot gefallen, geschubst oder von selbst gesprungen war – Malek weiß auch heute noch immer nicht, wie das alles geschehen konnte, er weiß nur, es geschah am helllichten Tag –, hatte er versucht seinen Freund aus dem Wasser an Bord zu ziehen und geschrien:

„Nimm meine Hand, nimm sie, wir schaffen, wir schaffen das."

Aber ihre Hände hatten sich verfehlt, und sein Freund hatte es nicht geschafft.

Malek hingegen hat es geschafft, er ist in Deutschland angekommen, hat viele Hürden auf seinem Weg nach Deutschland und in Deutschland gemeistert.

Er hat gekämpft, immer wieder zu sich und seinem Freund während der langen, gefährlichen Flucht aufmunternd, ja aufputschend gesagt „Wir schaffen das" und nach dessen Tod sich selbst ermutigt mit den Worten:

„Ich schaffe das, ich muss das schaffen, schon wegen Anisa und Ben."

Aber je länger ein Kampf dauert, desto müder wird derjenige, der ihn kämpft, und so ist auch Maleks Gefühl, es zu schaffen, mehr und mehr einem anderen Gefühl gewichen, dem Gefühl der Hilflosigkeit und Ohnmacht, und er hat in den letzten Wochen immer öfter einsam schluchzend leise vor sich her gemurmelt:

„Ich schaffe das nicht, ich schaffe das nicht, - es schafft mich."

Zu dieser Veränderung seiner Gefühlslage hat auch der Umstand beigetragen, dass seit einiger Zeit im Fernsehen und in den Printmedien ständig von Obergrenze, CSU, AFD und PEGIDA die Rede war. Es solle mehr abgeschoben werden, die EU – Außengrenzen sollten besser geschützt werden, man müsse und werde die Fluchtursachen bekämpfen.

Das war seit einiger Zeit der täglich im Fernsehen zu hörende, fast einmütige Tenor in Gesellschaft und Politik, - und Malek ist nicht dumm. Er weiß, dass das alles auch ihn betrifft, denn er ist sehr sensibel und spürt die Änderungen des gesellschaftlichen Klimas.

Er versteht zwar nicht alles, aber er bekommt doch mit, dass er in Deutschland nicht (mehr) gerne gesehen wird, und dass auch seine Frau und sein Kind, wenn sie denn überhaupt irgendwann einmal nachkommen sollten, mit Sicherheit nicht so willkommen geheißen werden, wie noch die vor einem oder zwei Jahren angekommenen Flüchtlinge, zu denen auch er gehört hatte.

Malek sitzt in der Küche am Frühstückstisch, aber wie so oft in den letzten Monaten,- allein.

Er starrt aus dem Fenster.

In seinem Zimmer nebenan läuft der Fernseher.

Plötzlich nimmt er eine Musik wahr, eine Musik, die er inzwischen kennt, weil er die Sendung, die diese Musik täglich mehrmals ankündigt, oft sieht, und man dabei einiges lernen kann:

„Die Tagesschau"

Er dreht sich unwillkürlich um und starrt jetzt nicht mehr aus dem Fenster, sondern auf den Bildschirm.

In einer „Extraausgabe der Tagesschau" wird über den Terroranschlag in Berlin berichtet, bei dem nach ersten Schätzungen neun Menschen ums Leben gekommen und noch mehr Menschen verletzt worden sein sollen.

Malek ist schockiert. Er verabscheut jede Form von Gewalt und seine Gedanken sind sofort bei den Angehörigen der Toten und den noch um ihr Leben kämpfenden Verletzten.

Aber seine Gedanken sind auch bei Ben und Anisa, weil er ahnt, dass jedes Attentat mit islamistischem Hintergrund geeignet ist, die Lebenssituation von Flüchtlingen in Deutschland zu verschlechtern, und weil er befürchtet, dass sich durch dieses Attentat die Chancen, dass sein kürzlich an den Ministerpräsidenten gerichtetes Gnadengesuch positiv beschieden werden wird, verschlechtert haben.

12

Die unrühmliche Silvesternacht von Köln hat sich nicht wiederholt.

Ein Jahr später ist es, Polizeiberichten zu Folge, relativ ruhig geblieben, was seinen Grund darin haben könnte, dass die Sicherheitsvorkehrungen verstärkt worden sind.

Auch bei Paul und Maria ist Silvester dieses Jahr ganz anders als noch ein Jahr zuvor, als sie in trauter Zweisamkeit vor dem Fernseher gesessen und einen Film angeschaut haben und Maria im Anschluss daran erst durch das Feuerwerk aufgewacht ist.

Denn im Gemeindehaus findet dieses Jahr eine Multikultifete statt, zu der auch Paul und Maria gehen, obwohl sie eigentlich schon seit mehr als einem Jahrzehnt keine Partygänger mehr sind, was Maria einmal trefflich mit der Formulierung erklärt hat:

„Ich brauche kein Remmidemmi mehr."

Sie haben lange überlegt, ob sie hingehen sollen, aber sich dann doch dazu durchgerungen, in der leisen Hoffnung, dass vielleicht auch einige ihrer Flüchtlinge da sein werden.

Und sie sind fast alle da, manche sogar mit ihren Kindern, wie Samir und Kira mit ihrer vierzehnjährigen Tochter Tamina und deren fünf Jahre jüngeren Schwester Ariana.

Auch Arian und seine Frau Diana, die beiden Dolmetscher aus dem Iran, die schon seit langer Zeit in Deutschtand leben, sind gekommen, und Paul und Maria erleben eine sehr schöne Silvesternacht wie schon lange nicht mehr:

In einem Raum wird getanzt und es ist laute Musik zu hören.

Zwar keine klassische Musik, die Paul so sehr liebt, aber gute Rockmusik und - ganz fremde Klänge:

Musik, zwar nicht aus *„Tausend und eine Nacht"* – diese Musik muss ja erst noch geschrieben werden, oder sollte die *„kleine Nachtmusik"* von Mozart bereits die Ouvertüre hierzu sein? -, aber Musik aus verschiedenen Ländern, sodass die anwesenden Kurden, Yesiden, Syrer, Afghanen, Iraker, Iraner und Afrikaner sich zumindest kurze Zeit nicht heimatlos fühlen, sondern seit langem wieder einmal Heimatgefühle entwickeln können.

Sie haben Grund zur Freude und den Eindruck, dass sie den Deutschen willkommen sind, als diese mit ihnen die Tanzbühne betreten und nach ihren Lieblingssongs tanzen.

Später „revanchieren" sie sich, indem sie ihren neuen Freunden nach und nach auf die Tanzfläche folgen, als das Lied *„I can get no satisfaction"* gespielt wird, das Lied, von dem sie spüren, dass es offensichtlich eines der Lieblingslieder der deutschen Gäste ist.

Paul tanzt mit Maria, die in ihrem Element ist. Sie fühlt sich offensichtlich sehr wohl und tobt sich elegant und dynamisch auf der Tanzfläche aus.

Eigentlich würde er viel lieber mit ihr engumschlungen nach einem Blues tanzen oder nach einem der wenigen ihm bekannten langsamen Lieder der Stones, „As tears go by", und ihm fällt ein Spruch ein, den er erst kürzlich gelesen hat:

„Während des Tanzes denken die Beine an die Melodie, die Hände nicht unbedingt."

Neben ihnen tanzt die selbstbewusste Kira, die ein Kopftuch trägt, mit ihren beiden Töchtern Tamina und Ariana, die kein Kopftuch tragen, und Paul wundert sich etwas, dass er Samir nirgendwo sehen kann.

Als die letzten Töne des Klassikers der Rolling Stones verklingen, verlässt Paul die Tanzfläche, um in den anderen Raum zu gehen, wohlwissend, dass Maria nichts dagegen hat und mit großer Leidenschaft weitertanzen wird.

Paul ist froh, dass es diesen zweiten Raum gibt, denn er hasst Feten, auf denen man von lautstarker, zum Teil schlechter Musik so zugedröhnt wird, dass jede Unterhaltung unmöglich ist.

Er setzt sich an einen Tisch, an dem schon einige andere sitzen, die er kennt:

Samir, der Flüchtling aus Afghanistan, den er kürzlich bei seiner Anhörung begleitet hat, Arian und Diana, die beiden Dolmetscher aus dem Iran, die schon lange in Deutschland leben, Samira, die Witwe und alleinerziehende Mutter von vier minderjährigen Kindern, die von Anfang an zu seinem Deutschkurs in der Kirche gehört, sowie zwei jüngere Männer, die er nicht kennt und die ihm als Mustafa und Mohammad vorgestellt werden.

Nach kurzer, aber sehr herzlicher Begrüßung, wird Paul von Arian darüber aufgeklärt, dass man sich gerade über das schreckliche Attentat des islamistischen Terroristen Anis Amri vom neunzehnten Dezember auf dem Weihnachtsmarkt am Breitscheidplatz in Berlin unterhalten habe, bei dem zwölf Menschen ums Leben gekommen sind und achtundvierzig Menschen zum Teil schwer verletzt wurden.

„Meinst du, dass das den Flüchtlingen, die noch keinen Bescheid vom Bundesamt für Migration und Flüchtlinge bekommen haben, schaden wird", fragt Arian und Paul antwortet:

„Wenn ich ehrlich sein soll, dann muss ich das leider bejahen. Schau mal, mit jedem Attentat verfestigt sich bei vielen Deutschen die Ansicht, dass die Flüchtlinge nur Unheil über Deutschland bringen und mit jedem Attentat werden die jetzt schon Vielen mehr."

Und nach einer kurzen Pause und dem betretenen Schweigen der am Tisch sitzenden Flüchtlinge und der beiden Dolmetscher fährt er fort:

„Und wenn ich mir überlege, wer da so alles als Entscheider im Bundesamt für Migration und Flüchtlinge im Schnellverfahren „ausgebildet" und jetzt tätig ist, dann muss ich an Heinrich Heines *„Denk ich an Deutschland in der Nacht, werd` ich um den Schlaf gebracht"* denken. Von daher befürchte ich, dass es vermehrt zu ablehnenden Bescheiden kommen wird."

Da Diana quasi simultan übersetzt hat, haben Samir, Samira und die beiden jungen Männer, von denen Paul nur die Namen kennt, genau verstanden, was Paul gesagt hat, und als er ihre traurig-ängstlichen Gesichter sieht, sagt er instinktiv beschwichtigend:

„Aber ich bin optimistisch, denn ich gehe davon aus, dass viele Flüchtlinge, deren Antrag abgelehnt wird, gegen die ablehnenden Entscheidungen klagen werden, und dass die Mehrzahl der Richter nicht, wie im Dritten Reich, versagen, sondern unabhängig urteilen wird. Irgendwie glaube ich an den Rechtsstaat und dazu gehört nun mal eine unabhängige Justiz. Zumindest gibt es ja, wenn ich das richtig einschätze, inzwischen schon etliche Gerichtsurteile, bei denen die Flüchtlinge vor Gericht ihr Recht bekommen haben, auch wenn man natürlich vor Gericht mitunter eine gehörige Portion Glück braucht."

„Aber wir können doch nichts dafür, dass es Terroristen gibt, wir finden das doch auch schlimm, und das hat Allah auch nicht gewollt", sagt Samira und ergänzt verzweifelt:

„Was können wir tun? Ich habe gehört, wir sollen uns distanzieren. Aber wie, ich weiß nicht wie? Man hält uns sonst für Sympathisanten."

Paul versucht, sie zu beruhigen

„Wer von den Muslimen verlangt, dass sie sich permanent distanzieren, der muss sich schon die Frage gefallen lassen, warum er nicht die fast eine Millionen friedlichen Besucher von Fußballspielen der 1. und 2. Bundesliga für heimliche Sympathisanten der vielleicht hundert Ultras hält, die Woche für Woche in und um die Fußballstadien herum gewalttätig sind. Denn diese Millionen friedlichen Fußballbegeisterten gehen ja auch nicht jede Woche auf die Straße, um gegen die sinnlose Gewalt dieser Chaoten zu demonstrieren."

Paul erinnert sich, dass er vor mehr als vierzig Jahren häufig dem ungerechtfertigten Vorwurf ausgesetzt war, heimlicher Sympathisant der „Roten Armee Fraktion" zu sein, nur weil er es gewagt hatte, kritische Fragen zu den Haftbedingungen der RAF – Terroristen und zu den Beschränkungen der Rechte ihrer Verteidiger zu stellen. Er behält seine Gedanken jedoch für sich und antwortet stattdessen auf Samiras Frage:

„Ich weiß, dass ihr Gewalt ablehnt und ihr müsst dies nicht Woche für Woche unter Beweis stellen. Es ist wichtig, dass ihr so schnell wie möglich die deutsche Sprache lernt, denn das ist der Schlüssel zur Integration. Und da habt ihr wirklich schon viel erreicht."

„Ja", pflichtet ihm Arian bei.

„Seht mich an. Ich lebe jetzt seit achtzehn Jahren in Deutschland und das verdanke ich in erster Linie dem Umstand, dass ich schnell Deutsch gelernt habe. Ein iranisches Sprichwort besagt, dass Berg und Berg nicht zusammenkommen, aber Mensch und Mensch."

Und nach kurzer Pause fügt Arian hinzu:

„Aber Menschen kommen einander nur näher, wenn sie sich verstehen und dazu ist nun einmal die Sprache so wichtig."

„Aber Deutsch ist so schwer".

Kaum hat Samir das gesagt, steht einer der beiden jungen Männer auf.

Paul, der ein sehr schlechtes Namensgedächtnis hat, meint sich zu erinnern, dass es Mustafa ist, der Flüchtling aus Syrien, der vorhin kurz erwähnt hat, dass er sich so sehr nach seiner Frau und seinem Kind sehnt und nicht weiß, wie er die noch lange Wartezeit bis zum Wiedersehen überstehen soll.

Mit einem geheimnisvollen Lächeln fordert er die am Tisch Sitzenden auf, mitzukommen:

„Ja, Deutsche Sprache, schwere Sprache, aber es gibt eine Sprache, die jeder versteht - die Musik-, kommt, lasst uns tanzen."

Erst spät nach Mitternacht verlassen die letzten Gäste, zu denen auch Mustafa gehört, der sich die Traurigkeit von seiner Seele wegzutanzen versucht, und bei vielen Gästen Spuren hinterlassen hat, die Party im Gemeindehaus der evangelischen Kirche.

Zu ihnen gehören auch Paul und Maria, die seit langem einmal wieder miteinander getanzt haben.

13

Malek, der sich mehr und mehr zurückgezogen hat und nur noch für unbedingt notwendige Erledigungen seine Wohnung verlässt, hat beim Einkaufen an der Kasse von Aldi zufällig durch ein Gespräch von zwei Jugendlichen, die er flüchtig kennt, mitbekommen, dass Sylvester im Gemeindehaus der evangelischen Kirche eine Party stattfinden soll, zu der auch Flüchtlinge herzlich eingeladen sind.

Er erinnert sich, dass er schon einmal im Gemeindehaus war, wenn auch vor längerer Zeit. Er hatte sich damals sogar am Ende kurz mit einem Deutschen unterhalten, dessen Name ihm allerdings entfallen ist und den er ganz nett gefunden hat. Warum er das Angebot des kostenlosen Deutschunterrichts nicht wahrgenommen hat, vermag er eigentlich gar nicht zu sagen. Vermutlich, weil damals ja noch Tjark, der nun schon seit ungefähr neun Monaten in Schweden ist, mit ihm zusammengewohnt hat, mit dem er genug Gelegenheit hatte, Deutsch zu lernen.

Zu Hause angekommen, steht für ihn nach kurzer Überlegung fest, dass er nicht zu der Party gehen wird.

Das Attentat am Breitscheidplatz in Berlin vor einigen Tagen hat ihn zu sehr schockiert und seine Befürchtungen, dass sein Gnadengesuch abgelehnt wird, noch gesteigert, sodass er sich bei seiner depressiven Verfassung beim besten Willen nicht vorstellen kann, zu einer Feier zu gehen.

Kurz bevor in der Silvesternacht die Knallerei beginnt, steckt er sich Watte in die Ohren, schaltet das Licht aus, zieht sich die Bettdecke über den Kopf und schläft dank zweier Schlaftabletten ein. So bleiben ihm die schlimmen posttraumatischen Erfahrungen aus der Silvesternacht 2014/2015 erspart, als er erst kurze Zeit in Deutschland war und das unerträgliche Gefühl hatte, dass wieder eine Bombe nach der anderen ganz in seiner Nähe einschlägt.

14

An einem frostigen Tag im Januar steigt Paul in die Bahn von Oberursel nach Frankfurt, um einen alten Freund zu besuchen.

In dem fast leeren Zug sitzt am Ende des Wagens ein junger Mann und Paul erschrickt, als er das Trostlosigkeit und Traurigkeit ausdrückende Gesicht des jungen Fahrgastes erkennt.

Es ist Mustafa, den er erst kürzlich auf der Silvesterparty flüchtig kennengelernt hat, und der versucht hat, sich seinen Seelenfrust wegzutanzen.

„Darf ich mich zu dir setzen?"

Nach einer kleinen Pause hört Paul die resigniert und depressiv klingende Stimme Mustafas:

„Ja, wenn du willst."

Paul setzt sich neben ihn und spürt, dass sein Gegenüber vergeblich damit kämpft, seine Tränen zu unterdrücken.

Schüchtern traut sich Paul zu fragen:

„Möchtest du reden? Kann ich dir irgendwie helfen?"

Nach einem kurzen, aber heftigen Weinkrampf wischt sich Mustafa die Tränen aus seinem Gesicht, und Paul erfährt, dass er gestern die Nachricht erhalten habe, dass seine Frau bei einem Verkehrsunfall ums Leben gekommen sei – „ stell dir vor, bei einem Verkehrsunfall und nicht durch Bomben von Assad" -, und dass sein Kind, das bei den Großeltern in der Nähe von Damaskus lebe, ihn nun doch besonders bräuchte und wegen dem „Scheiß" mit der Aussetzung des Familiennachzuges nicht nach Deutschland kommen könne, weil er nur „subsidiären Schutz" bekommen habe, dass er aber auch nicht nach Damaskus könne, weil er sofort getötet werden würde, weil er aus der Armee von Assad abgehauen sei. Er habe einen großen Fehler gemacht, dass er, anders als viele seiner Bekannten, nicht gegen den Bescheid des Bundesamest für Migration und Flüchtlinge geklagt habe, und er sei sich nicht einmal sicher, ob nicht sogar noch über den März 2018 hinaus die Aussetzung des Familiennachzuges verlängert werde.

Er könne nicht mehr, wisse nicht mehr weiter. Niemand könne ihm mehr helfen. Nur Allah vielleicht, aber langsam verliere er auch den Glauben an seinen Gott.

Paul hat die ganze Zeit schweigend zugehört und ist schockiert.

Plötzlich steht Mustafa auf und deutet an, dass er mal auf die Toilette müsse.

Als er nach zehn Minuten immer noch nicht zurück ist und der Zug gerade nach seinem Halt am Hauptbahnhof Frankfurt wieder anfährt, macht sich Paul Sorgen, dass Mustafa sich etwas angetan haben könnte und aus dem fahrenden Zug gesprungen ist. Aber dann sieht er durch die Fensterscheibe des anfahrenden Zuges, wie Mustafa auf dem Bahnsteig Richtung Rolltreppe geht.

Paul ist fassungslos.

Nicht nur auf der Weiterfahrt, sondern noch viele Monate später quält ihn die Frage, was er wohl falsch gemacht haben und was der Grund dafür sein könnte, dass Mustafa, von dem er weder die Anschrift noch die Telefonnummer kennt, so plötzlich das Weite gesucht hat.

„Warum, warum?"

Die Frage, die ihn so oft in seinem Leben quält, ist wieder allgegenwärtig.

15

Die nächsten Monate sind geprägt von dem bangen Warten auf die Entscheidungen des Bundesamtes für Migration und Flüchtlinge.

Maria arbeitet nach wie vor einige Stunden ehrenamtlich in der Kleiderkammer und hat Anfang 2017 zusammen mit zwei anderen engagierten Frauen eine Kinderbetreuung für Kinder von Yesiden, die seit kurzem mit ihren Eltern in einem Container in Oberursel untergebracht sind, aufgebaut.

Das Spielen mit den Kindern macht ihr viel Spaß und Paul, der manchmal zur Kinderbetreuung mitkommt, bleibt nicht verborgen, dass Maria ein außergewöhnliches Talent besitzt, die Herzen der Kinder zu erobern. Diese freuen sich nämlich jedes Mal überschwänglich, wenn sie Maria kommen sehen, laufen mit Begeisterung „Maria, Maria" rufend auf sie zu und wollen unbedingt von ihr in den Arm genommen werden.

Paul erteilt weiterhin Deutschunterricht und hilft einigen Flüchtlingen bei Behördengängen und als Beistand bei den Anhörungen.

Dabei macht er die Erfahrung, dass die Anhörungen sehr unterschiedlich sind:

die Wartezeit bis zu den Anhörungen und auch die Dauer derselben schwanken zwischen einer Stunde und fünf Stunden. Die Atmosphäre bewegt sich zwischen vertraulichem Gespräch und unterschwellig aggressivem Verhör. Manchmal muss er fast kämpfen, um seine Rechte als Beistand wahrnehmen zu können, und manche Interviewer haben offensichtlich Kenntnisse über die Provinzen in Afghanistan, die dortigen aktuellen Verhältnisse und die Sicherheitslage sowie über den Islam und wissen, dass die Schiiten zu einer Minderheit gehören, wohingegen andere Mitarbeiter des Bundesamtes nicht einmal zu wissen scheinen, auf welchem Kontinent Afghanistan liegt.

Die Frage, die Paul in dieser Zeit von seinen Flüchtlingen am häufigsten gestellt wird, „wann kommt das Schreiben vom Bundesamt für Migration und Flüchtlinge und warum dauert es so furchtbar lange?", kann er nicht beantworten, aber er ahnt, wie quälend das Warten sein muss, wenngleich er weiß, dass es ein Unterschied ist, ob man selbst zum Kreis der unmittelbar Betroffenen gehört oder nur mit viel Empathie versucht, sich in die Situation eines Betroffenen hineinzuversetzen.

Da Paul sensibler ist, als die meisten seiner Bekannten vermuten, leidet er mit seinen Flüchtlingen mit.

Die Wartezeit ist für ihn zwar nicht durchgängig, wie bei seinen Flüchtlingen, aber zumindest mitunter, eine Leidenszeit, denn es gibt durchaus Tage, an denen er verzweifelt ist und sich fragt, ob er bei den Anhörungen seiner Schützlinge, alles richtig gemacht, die richtigen Fragen zur rechten Zeit gestellt und im richtigen Moment geschwiegen hat.

So, wie es auch nicht immer klug ist, auf Elternsprechtagen alles anzusprechen, was man am Unterricht und Umgang eines Lehrers mit seinem Kind nicht für richtig hält, da dieser es dem Kind, das man schützen will, durch seine Machtposition sehr leicht heimzahlen kann, ohne dass dies später nachweisbar ist, war es vielleicht auch nicht immer klug und gut, in dieser oder jener Situation bei den Anhörungen diese oder jene Zwischenfrage gestellt zu haben, auch wenn sie vielleicht gut gemeint und berechtigt war:

Das Gegenteil von „gut" ist halt, zumindest manchmal, „gut gemeint".

Da Paul ein Mensch ist, der, was nur wenige ahnen, geschweige denn wissen, dazu neigt, Erfolge eher auf den Faktor „Glück gehabt" zurückzuführen und Misserfolge eher als persönliches Versagen zu verbuchen, wartet auch er mit sehr gemischten, zumeist bangen Gefühlen auf die Bescheide des Bundesamtes für Migration und Flüchtlinge, denn er weiß, dass es ihn sehr belasten würde, wenn einer seiner Flüchtlinge einen Ablehnungsbescheid erhalten sollte.

Aber noch etwas anderes macht ihm sehr zu schaffen, eine Frage, die ihn quält:

Wo wohnt Mustafa, der so verzweifelt war, als er ihn im Zug angesprochen hatte, und der so plötzlich und überraschend aus dem Zug verschwunden ist? Wie kann er ihn erreichen?

Trotz intensiver Nachfragen bei seinen Flüchtlingen und anderen ehrenamtlichen Helfern ist es ihm nämlich nicht gelungen, irgendetwas über Mustafa in Erfahrung zu bringen.

Niemand scheint ihn zu kennen. Niemand weiß, wo er wohnt, niemand hat seine Handynummer und niemand hat ihn seit seinem Tanz im Gemeindehaus in der Silvesternacht, wo er vielen wegen seines expressionistischen Tanzstils aufgefallen ist, gesehen.

Wenn Paul sich, aus welchem Grunde auch immer, an Mustafa und die merkwürdige Zugfahrt erinnert und sich fragt, warum Mustafa „so mir nichts dir nichts" aus dem Zug ausgestiegen, ja fast geflohen ist, geht es ihm sehr schlecht und er leidet, leidet sehr, denn er befürchtet, dass sich Mustafa wegen des Asylpakets II und der damit einhergehenden Aussetzung des Familiennachzuges etwas angetan haben könnte, vermutet es, aber weiß es nicht.

Bei dem Gedanken, einen möglicherweise begangenen Suizid nicht verhindert zu haben, obwohl vielleicht die Möglichkeit hierzu bestanden hätte, kommen Erinnerungen an seine Gefühlslage in der ersten Zeit nach dem Suizid seines Vaters wieder hoch, als er sich nicht nur einmal die Frage gestellt hat, ob die quälende Frage nach dem „Warum, warum?" dazu führen kann, dass sich der so Fragende entschließt, das Gleiche zu tun wie der, der die Frage ausgelöst hat.

Der Suizid als Reaktion auf einen Suizid.

16

Samir geht, wie schon so viele Tage zuvor, nun schon zum wiederholten Male zum Briefkasten, um nachzuschauen, ob ein Brief in einem gelben Briefumschlag angekommen ist. Seine für ihn zuständige Sozialarbeiterin Elvira sowie Paul und Maria, die ihn schon seit längerem ehrenamtlich unterstützen, haben ihm nämlich schon vor einiger Zeit dazu geraten, jeden Tag einen Blick in den Briefkasten zu werfen und sich sofort mit ihnen in Verbindung zu setzen, wenn er einen Brief in einem gelben Briefumschlag bekommen sollte. Sie haben ihm das regelrecht eingetrichtert, und Samir, der großes Vertrauen zu ihnen hat, ist ihrem Rat gefolgt.

So geht er auch heute zum Briefkasten und erschreckt, denn heute ist er da, der gelbe Briefumschlag, der vielleicht über sein Schicksal und das seiner Familie entscheidet.

Samir weiß, dass in dem Briefumschlag vielleicht eine gute Nachricht oder eine Hiobsbotschaft enthalten ist, obwohl er das Wort Hiobsbotschaft nicht kennt und von Hiob noch nie etwas gehört hat.

Die lange Wartezeit auf diesen Brief im gelben Umschlag war unerträglich.

Hoffen und Bangen haben sich täglich, manchmal stündlich abgewechselt, und seine Gedanken und auch die seiner Ehefrau Kira sowie seiner ältesten Tochter Tamina kreisten ständig um die Frage, welche Entscheidung das Bundesamt für Migration und Flüchtlinge wohl treffen wird.

Samir hat durch Freunde und über das Internet erfahren, dass die Anerkennungsquote für Flüchtlinge aus Afghanistan von Monat zu Monat abgenommen hat, was ihn verwundert hat, weil die Anzahl der Anschläge der Taliban und des IS in Afghanistan in denselben Zeitabschnitten zugenommen hat, und so ist es nachvollziehbar, dass seine Angst, einen negativen Bescheid vom Bundesamt für Migration und Flüchtlinge zu erhalten, von Tag zu Tag größer geworden ist.

Die lange Wartezeit, die unendlich lange und quälende Wartezeit - er ist immerhin im September 2015 nach Deutschland eingereist und hat damals, ebenso wie seine Ehefrau, den Asylantrag für sich und seine Kinder gestellt -, ist vielleicht heute, also nach einer fast zweijähriger Leidenszeit vorbei.

Hat sich das Warten gelohnt oder war alles umsonst, - die furchtbare Flucht mit den schrecklichen Erlebnissen?

Samir wagt es nicht, den Briefumschlag zu öffnen, den gelben Briefumschlag, von dessen Inhalt so viel abhängt.

Er steigt, den ungeöffneten Briefumschlag mit zittriger Hand haltend, die Treppe hinauf zur ersten Etage, da sich dort seine kleine Zweizimmerwohnung befindet, in der er seit einiger Zeit mit seiner Frau und seinen beiden Kindern lebt. Seine Frau hört sein Kommen und ruft aus der Küche:

„Und? -, ist er da?"

„Ja", flüstert Samir mit belegter Stimme, weil ihm der Schreck in die Glieder gefahren ist, als er im Briefkasten den gelben Briefumschlag gesehen hat.

Und der Schreck hat nicht nur eine Schrecksekunde gedauert, sondern ist noch in seinen Gliedern, als Kira aus der Küche in den Flur kommt und ungeduldig fragt:

„Und was ist? Was steht in dem Brief?"

Beide stehen sich nun im Flur gegenüber und Samir antwortet mit gesenktem Kopf:

„Das weiß ich nicht, ich habe ihn ja noch nicht aufgemacht."

„Komm, gib ihn mir, ich will wissen, was drin steht. Wir müssen doch endlich Bescheid wissen, wie es weitergeht."

Samir entgegnet unsicher:

„Na gut, wenn du meinst."

Er streckt seine den Briefumschlag haltende Hand aus und Kira ergreift den gelben Umschlag, öffnet ihn hastig und - begreift nichts.

Sie liest:

„Bescheid (…)

ergeht folgende Entscheidung:

Die Flüchtlingseigenschaft wird **zuerkannt**.

Die Anträge auf Asylanerkennung werden **abgelehnt**."

Kira schaut ängstlich ihren geliebten Mann an und fragt besorgt, was das zu bedeuten hat.

Aber auch Samir ist ratlos. Denn wieder ist alles in der deutschen Sprache geschrieben, die so schwer zu lernen ist und die sie doch schon seit ihrem fast zweijährigen Aufenthalt in Deutschland bemüht sind zu lernen, obwohl ihnen dabei so viele Steine in den Weg gelegt werden, weil Sprachkurse für Flüchtlinge aus Afghanistan nicht oder nur spärlich gefördert werden, da der Innenminister De Maiziere vor einiger Zeit die Parole ausgegeben hat, dass Flüchtlinge aus Afghanistan nur eine mäßige Bleibeperspektive hätten und von daher Sprachkurse während des laufenden Asylverfahrens nicht förderungswürdig seien.

Hektisch versucht Kira auf ihrem Smartphone herauszubekommen, ob in dem Brief etwas Gutes oder Schlechtes steht, denn diese Kategorie gibt es in allen Sprachen der Welt.

Klug, wie sie ist, konzentriert sich Kira, die bei ihrer Einreise nach Deutschland vor fast zwei Jahren weder lesen noch schreiben konnte, auf die in dem Bescheid durch Fettdruck hervorgehobenen Worte „zuerkannt" und „abgelehnt".

Mit Hilfe der Übersetzungshilfe auf ihrem Smartphone hat sie das Gefühl, dass da etwas Gutes aber auch etwas Schlechtes steht und dass „anerkannt" und „abgelehnt" sich einander widersprechen und deshalb irgendetwas falsch sein muss.

„Was denn nun?", fragt sie Samir „Sind wir nun anerkannt oder abgelehnt?"

Aber auch er weiß keine Antwort und so macht sich bei beiden Verzweiflung breit.

Endlich haben sie den langersehnten Brief in dem gelben Briefumschlag erhalten. Aber sie können die vielen Worte, die da stehen, zwar lesen, denn sie haben ja inzwischen lesen gelernt, aber sie verstehen nicht, was in dem Brief steht. Dürfen sie bleiben oder müssen sie zurück?

Es bleibt ihnen somit nichts anderes übrig, als wieder zu warten.

Diesmal zum Glück aber nicht so lange, denn ihre vierzehnjährige Tochter wird in zwei Stunden aus der Schule kommen und ihnen sicherlich, wie schon so oft seit ihrer Ankunft in Deutschland, weiterhelfen können, da sie schon sehr gut Deutsch sprechen und verstehen kann und nicht nur manchmal, sondern in letzter Zeit immer öfter auch anderen Flüchtlingen aus Afghanistan beim Gang zu Behörden, als Dolmetscherin und Übersetzerin fungierend, helfen konnte.

Darüber, ob die vierzehnjährige Tamina, die ja fast noch ein Kind ist, damit überfordert ist, in ihrer Freizeit so oft für die Erwachsenen bei Behördengängen als Unterstützerin tätig zu sein, haben sich Samir und Kira keine Gedanken gemacht, was man ihnen natürlich nicht übelnehmen kann.

Endlich kommt Tamina aus der Schule.

Samir reicht ihr wortlos den Brief und Tamina liest mit angespannter Stimme vor sich her murmelnd:

„Bescheid"…

und obwohl darunter steht:

„1. Die Flüchtlingseigenschaft wird **zuerkannt.**

2. Die Anträge auf Asylanerkennung werden **abgelehnt**"

sieht sie nur das fettgedruckte Wort „abgelehnt" und lässt den Brief wortlos auf den Fußboden fallen.

Kreidebleich im Gesicht, stammelt sie:

„Wir sind abgelehnt. Wir müssen Paul anrufen."

17

Der Mensch braucht auch Glück im Leben.

Davon ist Paul fest überzeugt und die „Philosophie" des „Jeder ist seines Glückes Schmied" ist nach seiner Überzeugung nur begrenzt richtig.

Natürlich muss jeder auch etwas für sein Glück tun, aber ob er es dann auch hat, ist ungewiss und hängt eben auch davon ab, ob er Glück hat.

Ein bisschen Glück braucht jeder Mensch, vor allem dann, wenn er in eine Situation gerät, in der andere Menschen befugt sind, über ihn ein Urteil zu fällen, wie das beispielsweise bei Prüfungen der Fall ist.

Leider hat nicht jeder das notwendige Glück, in entscheidenden Situationen an den richtigen Entscheider zu geraten.

Manch einer hat sogar das Pech, dass in einer für ihn nicht ganz unwichtigen Angelegenheit nicht diese, sondern eben leider jene Person eine Entscheidung über ihn treffen darf, wie dies seinem viel zu früh verstorbener Freund Dirk mehrmals widerfahren ist.

Dirk war vor langer Zeit der Führerschein weggenommen worden, und er musste sich dem berühmt – berüchtigten Idiotentest unterziehen.

Dabei wurde ihm die Frage gestellt:

„Was würden sie tun, wenn sie nachts als Fußgänger vor einer Fußgängerampel in einem kleinen Dorf stehen, diese für Sie die Farbe „rot" anzeigt und weit und breit kein Auto zu sehen ist?"

Dirk, auf den die Beschreibung „ehrliche Haut" hundertprozentig zutrifft, hatte geantwortet:

„Ich würde die Straße überqueren."

Aus dieser Antwort hatte damals der Bürokrat, der darüber zu befinden hatte, ob Dirk der Führerschein wieder zurückgegeben werden kann, abgeleitet, dass dieser an „kompensatorischer

Selbstüberschätzung" leide und daher nicht verantwortet werden könne, ihm das Führen eines Kraftfahrzeuges wieder zu erlauben.

Pech hat Dirk deshalb gehabt, weil er an den falschen Entscheider geraten war.

Sein Freund Rolf hatte ebenfalls bei einem Idiotentest auf dieselbe Frage, die Dirk einige Monate zuvor gestellt worden war, dieselbe Antwort gegeben.

Aber Rolf hatte eben das Glück gehabt, dass dieser Entscheider aus seiner Antwort gefolgert hatte, dass er glaubwürdig sei und ihm das Führen eines Autos auf öffentlichen Straßen wieder erlaubt werden könne.

Warum, warum?

Diese Frage hatte sich Dirk oft gestellt und sich darüber ein bisschen geärgert, dass Rolf den Idiotentest mit einer Lüge bestanden hatte, und er für seine ehrliche Antwort bestraft worden war.

Pech hat Dirk auch gehabt, als ein anderer Prüfer nicht erkannt hatte, dass er ein sehr guter Lehrer geworden wäre und ihn durch die entscheidende Abschlussprüfung fallen ließ, weil er die für die Prüfung im Nebenfach Sport vorgegebene Zeit für den 5000- Meter- Lauf um vier Sekunden überschritten hatte.

Hätte Dirk damals das Glück gehabt, auf einen Prüfer zu treffen, der sich nicht sklavisch an irgendwelche staatlichen Vorgaben hält – Sportlehrer kann nur werden, wer die 5000 Meter in so und so viel Minuten laufen kann -, dann wäre Dirk vielleicht heute noch am Leben und viele Kinder wären in den Genuss eines abwechslungsreichen und motivierenden Unterrichts gekommen, denn Paul ist davon überzeugt, dass Dirk ein guter Lehrer gewesen wäre.

Glück und Pech liegen manchmal dicht beieinander, denkt Paul gerade, als das Telefon klingelt.

Tamina ist am Apparat und teilt ihm mit leicht zitternder Stimme mit, dass ein Brief in einem gelben Umschlag angekommen sei.

Paul ist zwar zunächst sehr erschrocken, aber schon kurze Zeit später, nachdem ihm Tamina die ersten Sätze des Bescheides des Bundesamtes für Migration und Flüchtlinge vorgelesen hat, ist er erleichtert.

Mit Tränen in den Augen, die niemand sehen kann, mit Tränen der Freude und Erleichterung, gibt er Tamina Entwarnung, indem er ihr die in unverständlichem Juristendeutsch geschriebene Nachricht übersetzt, dass sie mindestens drei weitere Jahre in Deutschland bleiben dürfen und den besten Aufenthaltsstatus bekommen haben, den es gibt.

Glück gehabt, denkt er, denn er ist der festen Überzeugung, dass, ähnlich wie vor mehr als vierzig Jahren, als es Verfahren gab, bei denen von Verwaltungsgerichten geprüft wurde, ob jemand berechtigt ist, den Kriegsdienst mit der Waffe zu verweigern, auch in Asylverfahren nicht nur vereinzelt Willkür mit im Spiel ist, und dass man Glück benötigt, um anerkannt zu werden, sei es als Flüchtling oder wie vor vierzig Jahren als Kriegsdienstverweigerer.

Damals, im Jahre 1970, als er auf das Gymnasium in Oberursel ging und kurz vor dem Abitur stand, war er gemustert und für wehrtauglich befunden worden, obwohl er einen „Scheuermann" hatte, also ein kleineres Problem mit seinem Rücken, von dem er sich allerdings viel versprochen hatte, nämlich, dass ihm die Wehruntauglichkeit attestiert werden würde.

Er hatte sich fürchterlich darüber geärgert, dass ein junger Bundesligaspieler namens Jupp Heynckes, der zu jener Zeit für Hannover 96 Tore geschossen und viele Jahre später mit Bayern München das Tripple geschafft hat, vom Wehrdienst wegen Untauglichkeit befreit worden war und er, trotz des „Scheuermanns" für das „Vaterland" dienen sollte.

„Wehrgerechtigkeit" war damals das Thema, mit dem sich Paul und viele seiner Mitschüler intensiv beschäftigten.

Seine Mitschülerinnen hatten dieses Problem nicht, denn seinerzeit wäre es undenkbar gewesen, dass Frauen in der Bundeswehr tätig sind, geschweige denn, hierzu sogar verpflichtet werden können.

Er hatte sich überlegt, von seinem in Artikel 4 Absatz 3 des Grundgesetzes geregelten Grundrecht Gebrauch zu machen, den Kriegsdienst mit der Waffe zu verweigern.

Aber durch Gespräche mit älteren Mitschülern und durch das Lesen etlicher Bücher und Broschüren hatte er in Erfahrung bringen können – das Internet als Informationsquelle gab es damals noch nicht, was gut oder schlecht gewesen sein mag –, dass das gesetzlich vorgesehene Prüfungsverfahren, ob jemand wirklich aus Gewissensgründen den Kriegsdienst mit der Waffe ablehnt oder nur ein „Drückeberger" ist, durchaus seine Tücken hat. Denn mehr und mehr hatte sich rumgesprochen, dass die Frage, ob man als Kriegsdienstverweigerer anerkannt wird, maßgeblich davon abhängig ist, an welchen Entscheider man beim Kreiswehrersatzamt und, sollte es zum Klageverfahren vor dem Verwaltungsgericht kommen, an welchen Richter man gerät.

So konnte es geschehen, dass ein Kriegsdienstverweigerer einen Ablehnungsbescheid bekam, weil man ihn für unglaubwürdig hielt, wenn er auf die Frage, ob er seiner Freundin notfalls mit Gewalt helfen würde, falls nur hierdurch deren Vergewaltigung verhindert werden könnte, geantwortet hatte, er würde auch in diesem Fall keine Gewalt anwenden.

Aber auch die Beantwortung dieser Frage mit einem „Ja" konnte einem zum Verhängnis werden und Hauptargument für die Ablehnung des Antrages auf Kriegsdienstverweigerung sein.

Wie sich die Zeiten doch wiederholen, denkt Paul, der damals bei seinen Vorbereitungen auf das Verfahren vor der Prüfkommission das Gefühl hatte, ohnmächtig und der Willkür ausgeliefert zu sein, und fest davon überzeugt ist, dass auch für die Flüchtlinge im Anerkennungsverfahren nicht so sehr die gesetzlichen Grundlagen entscheidend sind, sondern die Frage, an welchen Entscheider oder welche Entscheiderin der Flüchtling gerät.

Man kann Glück haben oder auch nicht, wenn man in der Situation ist, dass andere über einen selbst ein Urteil fällen dürfen, hat er schon vor mehr als vierzig Jahren gedacht und erst Jahre später den Spruch *„vor Gericht und auf hoher See sind wir alle in Gottes Hand"* gehört.

Wegen der Unwägbarkeiten, ob es ihm gelingen würde, als Kriegsdienstverweigerer anerkannt zu werden – er wusste zwar und fand es ungerecht, dass Gymnasiasten eine bessere Chance hatten als Jugendliche aus bildungsfernen Schichten - , und im Hinblick darauf, dass die Verfahren oft mehrere Jahre dauerten, hatte er sich entschlossen, seinen Antrag auf Kriegsdienstverweigerung wieder zurückzunehmen und sich stattdessen zu verpflichten, zehn Jahre Dienst beim Technischen Hilfswerk zu absolvieren, wodurch ihm die Bundeswehr erspart geblieben ist, bei der er vielleicht zu Grunde gegangen wäre.

Da es in den 70-iger Jahren des letzten Jahrhunderts viele Kriegsdienstverweigerer und nur wenige Stellen für Zivildienstleistende gab, konnten die anerkannten Kriegsdienstverwieger häufig keinen Zivildienst ableisten, weshalb sie oft als „Drückeberger" beschimpft wurden.

Diesen Vorwurf musste Paul sich zwar nur selten anhören, weil er ja einen zehn Jahre dauernden Dienst für die Allgemeinheit geleistet hatte, aber bei seinem Einstellungsgespräch für den Justizdienst im Jahre 1983 wurde ihm indirekt durch den für seine Einstellung zuständigen Präsidenten des Oberlandesgerichts vorgehalten, dass es für die Ausübung des angestrebten Richteramtes sicherlich besser gewesen wäre, wenn er statt des zehnjährigen Dienstes beim Technischen Hilfswerk den Pflichtwehrdienst in der Bundeswehr, der „Schule der Männlichkeit" abgeleistet hätte, weil nur dort die für den Richterberuf notwendige „Charakterbildung" erfolge.

Darüber, ob der strenge Präsident des Oberlandesgerichts Pauls Einstellung als Richter abgelehnt hätte, wenn Paul auf dessen in zackigem Kasernenton gestellte Frage „Haben Sie gedient?", hätte antworten müssen, dass er den Kriegsdienst verweigert habe, lässt sich nur spekulieren. Aber es ist nicht ausgeschlossen, dass Paul viel Glück gehabt hat und nur deshalb in den Staatsdienst übernommen wurde, weil er kein Kriegsdienstverweigerer war und zumindest zehn Jahre Dienst im Katastrophenschutz vorweisen konnte.

Zehn Jahre lang hatte er einmal die Woche für je zwei Stunden seiner Pflicht, „fürs Vaterland zu dienen" durch Teilnahme an den Übungen des Technischen Hilfswerks genügt.

Dass er nach zehn Jahren immer noch einfacher Helfer war und nicht Gruppen -, Zug- oder Truppführer – die Bezeichnungen sind in dieser paramilitärischen Organisation ähnlich wie in der Bundeswehr-, verdankte er dem Umstand, dass er sich das oft von seiner Großmutter zum Besten gegebene Sprichwort *„Dumm anstellen ist auch eine Klugheit"* sehr zu Herzen genommen hat.

Man hatte Paul von weiteren Fortbildungsschulungen zu einer Führungsrolle im Katastrophenschutz verschont, und er ist auch heute noch ein bisschen stolz darauf, dass er es geschafft hat, zehn Jahre ein einfacher Helfer geblieben zu sein.

Nur einmal musste er über den wöchentlichen Dienst hinaus noch einen Zusatzdienst für die Allgemeinheit leisten, weil der Ernstfall eingetreten war, eine große Katastrophe, auf die er allerdings nicht vorbereitet war, weil er die meiste Zeit beim THW mit dem Erlernen unterschiedlichster Knoten verbrachte:

Die Waldbrände in der Lüneburger Heide im Jahre 1975, die größte Brandkatastrophe in der Geschichte der Bundesrepublik Deutschland, waren über eine Woche die Hauptmeldungen in Zeitungen sowie in Radio –und Fernsehsendungen.

Und Paul war dabei, als Zuständigkeitsstreitigkeiten, „wir dürfen den Brand löschen, nicht ihr", Selbstüberschätzungen, „wir schaffen das alleine, wir brauchen keine Hilfe durch das Technische Hilfswerk oder die Bundeswehr" und andere Unzulänglichkeiten dazu führten, dass ein mehr als 8000 Hektar großes Wald – Moor – und Heideland vernichtet wurde.

Paul hatte Dirk, seinen guten Freund aus seiner Studienzeit an der Pädagogischen Hochschule, als zusätzlichen freiwilligen Helfer geworben und dafür viel Anerkennung von den Führungskräften des Technischen Hilfswerks geerntet.

Aber viel zu helfen gab es nicht, wie sich später herausstellte.

Der Einsatz bestand nämlich in erster Linie darin, dass die Helfer des Technischen Hilfswerks drei Tage lang mit einem Lastwagen von einem Parkplatz zum anderen kutschiert wurden und darauf warteten, bei den Löscharbeiten hinzugezogen zu werden.

Tagsüber spielte Paul mit Dirk und zwei anderen Helfern zumeist Doppelkopf und nachts konnte er kaum schlafen, weil es so eng in den bereitgestellten Zelten war und ihn die unangenehmen Gerüche von schwitzenden und schnarchenden Männern störten.

Nur einmal kam während des dreitägigen Einsatzes der Befehl, „abzusitzen!", und sie mussten bei den Löscharbeiten mithelfen.

Der Einsatz war nicht ganz ungefährlich, denn man konnte niemals sicher sein, ob sich das Feuer an der Stelle, an der man meinte es erfolgreich gelöscht zu haben, nicht doch wieder durch das tiefe Moor emporgearbeitet hatte und man plötzlich vom Feuer umzingelt war.

Paul hatte Glück. Ihm war nichts passiert.

Sein Einsatz dauerte nur knapp zwei Stunden, weil danach kein Wasser mehr zur Verfügung stand, denn eines der großen Probleme bestand darin, dass natürliche Wasserentnahmestellen wie Flüsse oder Teiche meist weit weg lagen und die Tanklöschfahrzeuge weite Wege zurücklegen mussten, um Wasser zu besorgen.

Fünf Feuerwehrleute hatten kein Glück.

Nur ein kleiner Gedenkstein bei Meinersen erinnert an sie.

An Mustafa, der sich Silvester die Traurigkeit von der Seele weggetanzt hat, erinnert kein Gedenkstein.

Paul muss manchmal an ihn denken, und immer, wenn er sich fragt, wo er wohl sein mag und ob er überhaupt noch lebt, wird er schwermütig, weil die Erinnerungen an lange zurückliegende Ereignisse und eine quälende, unbeantwortet gebliebene Frage wieder Besitz von ihm ergreifen.

18

Auch die Familie Nazemi hat wohl etwas Glück gehabt, denkt Paul spät abends, als er sich noch einmal die wenigen Sätze vergegenwärtigt, die Tamina am Telefon vorgelesen hat, denn er weiß, dass selbst Flüchtlingen aus Syrien schon seit geraumer Zeit nur noch selten die Flüchtlingeigenschaft zuerkannt wird, da sich die offizielle Flüchtlingspolitik schon seit Herbst 2015 geändert hat und statt des Slogans „welcome refugees" die Forderung nach einer Obergrenze für den Zuzug von Flüchtlingen und den Nachzug von Familienangehörigen immer häufiger lautstark von Politikern erhoben wird, insbesondere von Politikern aus Bayern, aber auch von anderen, die das Wort „Obergrenze" zwar vermeiden und dafür gelobt werden, aber mehr oder weniger durch ihre Reden zum Ausdruck bringen, dass es eine unbegrenzte Aufnahme von Flüchtlingen nicht geben darf.

So hat am 3. Oktober 2015 der damals noch amtierende Bundespräsident Gauck in seiner Rede zum fünfundzwanzigjährigen Bestehen der Deutschen Einheit das Wort „Obergrenze" zwar nicht benutzt, aber darauf hingewiesen, dass unsere Herzen zwar weit, unsere Möglichkeiten aber endlich seien. Eine nette Umschreibung für eine Obergrenze.

Und die Koalitionsregierung aus SPD und CDU hat am 17.März 2016 das Asylpaket II beschlossen, durch welches der Nachzug von Familienangehörigen für „subsidiär Schutzberechtigte" auf zwei Jahre ausgesetzt worden ist, was zur Folge hat, dass seit dieser Zeit merkwürdigerweise die Zuerkennung der Flüchtlingseigenschaft mit der Aufenthaltsberechtigung von drei Jahren zunehmend seltener vom Bundesamt für Migration und Flüchtlinge erfolgte, obwohl das sinnlose Morden in Syrien ja nicht seltener geworden ist und sich auch in Afghanistan die „Sicherheitslage" nicht verbessert, sondern zunehmend verschlechtert hat.

Von daher war Paul auch einige Zeit später nicht überrascht, als er in der Zeitung las, dass nicht alle Entscheider beim Bundesamt für Migration und Flüchtlinge für ihre Tätigkeit angemessen ausgebildet worden sind, und dass es offensichtlich seit längerer Zeit eine Dienstanweisung für die Entscheider beim Bundesamt für Migration und Flüchtlinge gegeben haben soll, wonach diese angewiesen worden sein sollen, rigidere und im Ergebnis häufiger ablehnende Bescheide zu verschicken.

Überrascht, ja sogar schockiert war er allerdings, als er später die Nachricht gehört hat, dass ein rechtsradikaler Bundeswehroffizier sich als Syrer ausgebend, Asyl beantragt und erhalten hatte, dessen Plan es war, später terroristische Anschläge zu verüben, damit einmal mehr die Asylbewerber pauschal in die islamistisch -terroristische Ecke gestellt werden können.

Darüber, ob das sich wandelnde gesellschaftspolitische Klima in der Flüchtlings- und Integrationspolitik in Deutschland bei der Familie Nazemi während der langen Wartezeit zwischen Beantragung des Asyls und Zuerkennung der Flüchtlingseigenschaft zusätzlich Ängste ausgelöst hat, hat Paul nie spekuliert, aber jetzt, nach dem Anruf von Tamina, steht für ihn fest, dass die lange, qualvolle Wartezeit für die Familie Nazemi zum Glück vorbei ist und es allen Grund zum Feiern gibt.

Glück gehabt, denkt er und freut sich, wie schon lange nicht mehr, denn er weiß, dass diese Familie, deren Fluchtgründe er kennt, die er aber niemals anderen verraten würde, zu Recht den Flüchtlingsstaus erhalten hat.

Zwar übermannt ihn ein kurzer Anflug von Traurigkeit, weil er seit seinem ehrenamtlichen Engagement im Frühjahr 2016 auch einige Flüchtlinge mit anderen, aber ebenso beachtenswerten und glaubhaften Fluchtgründen kennengelernt hat, die sicherlich ihre Heimat nicht verlassen haben, weil es ihnen Spaß gemacht hat, unter Lebensgefahr in einem völlig überfüllten Schlauchboot über das Mittelmeer zu schippern, und die leider kein Glück gehabt und nur den Status des vorläufig Geduldeten ohne Bleibeperspektive erhalten haben.

Auch Mustafa, dessen Anschrift er trotz intensiver Bemühungen immer noch nicht herausgefunden hat, kommt ihm in den Sinn, und die Ungewissheit über sein Schicksal stimmt ihn nachdenklich und traurig.

Aber der kurze Moment der Traurigkeit wird sogleich verdrängt durch die Erinnerung an das Glücksgefühl, das sich bei ihm vor wenigen Minuten eingestellt hat, als Tamina ihm die Worte „Die Flüchtlingseigenschaft wird zuerkannt" vorgelesen hat.

Glück gehabt und damit ein Grund zum Feiern, denkt er und nimmt sich vor, die Familie Nazemi einzuladen. Aber Samir und seine Familie kommen ihm zuvor.

19

Die Eheleute Nazemi haben einige Gäste zu einem Festessen eingeladen, denn es gibt ja einen Grund zum Feiern –die Zuerkennung der Flüchtlingseigenschaft und damit das Ende einer langen Wartezeit.

Es ist Sonnabendmittag und herrliches Wetter.

Paul, Maria und die zufällig zur selben Zeit ankommende Sozialarbeiterin Elvira werden von Samir gebeten, sich an den Tisch zu setzen und verfolgen aufmerksam, wie nach und nach durch die Kinder Tamina und Ariana sowie Samir und seine Ehefrau eine Speise nach der anderen aufgetischt wird.

Kira hat extra Kartoffelpuffer gemacht, weil sie weiß, dass Maria Vegetarierin ist, aber auch Paul kommt voll auf seine Kosten, denn ein Fleischspieß nach dem anderen, der draußen im Hinterhof gegrillt wird, wird hereingebracht. Es wird viel gelacht, und auch ein mit der Familie Nazemi befreundetes Ehepaar aus Afghanistan, das ausgerechnet heute einen Ablehnungsbescheid bekommen hat, feiert, sehr zum Erstaunen von Paul, mit und lässt sich nicht anmerken, dass es enttäuscht ist.

Die Stimmung ist sehr ausgelassen und nach dem Essen wünscht Samir allen „Guten Appetit", denn in Afghanistan wird, wie Samir erklärt, quasi mit diesen Worten das Essen beendet.

Weder die Familie Nazemi noch Paul und Maria ahnen zu diesem Zeitpunkt, was noch alles auf sie zukommen wird.

Nur Elvira weiß Bescheid, weil sie beruflich mehr als hundert Flüchtlinge betreut und von daher über ausreichende Erfahrungen verfügt, welche bürokratischen Hürden Flüchtlinge nach der Zuerkennung der Flüchtlingseigenschaft überwinden müssen.

20

Anfang Juni bekommt Paul einen Anruf von Ali, der sehr aufgeregt klingt:

„Leila kriegt Kind, kannst du fahren in Krankenhaus?"

Paul hat die beiden, die, wie so viele andere Flüchtlinge auch, auf eine Entscheidung des Bundesamtes für Migration und Flüchtlinge warten, in den letzten Monaten zwar nur selten gesehen, weil sie nicht mehr am Deutschkurs im Gemeindehaus der Kirche teilgenommen haben, seit sie regelmäßig einen vom Arbeitsamt Frankfurt finanzierten Sprachkurs besuchen.

Aber immer, wenn sie sich durch Zufall über den Weg gelaufen sind, was in einer Kleinstadt wie Oberursel ja durchaus mitunter vorkommen und, wenn man es darauf anlegt, sogar bewusst bewerkstelligt werden kann, hat er sich gefreut, sie mal wieder zu treffen und sich erkundigt, wie es ihnen geht, denn er hat die beiden von der ersten Begegnung an, als sie sich fast schüchtern an den ihnen bei der ersten Deutschstunde im Gemeindehaus der evangelischen Kirche zugewiesenen Tisch gesetzt haben, sehr sympathisch gefunden.

Sein positives Grundgefühl war noch verstärkt worden, als er registrierte, dass die beiden sich bei der nächsten Deutschstunde wie selbstverständlich an seinen Tisch setzten.

Als die Leiterin der Deutschkurse in der dritten Unterrichtsstunde eine Umverteilung der Lerngruppen vornehmen wollte und Leila selbstbewusst darauf bestanden hatte, von ihm unterrichtet zu werden und von Ali keine Einwände dagegen erhoben wurden, hat er die beiden endgültig ins Herz geschlossen.

Schon damals hat er gespürt, dass Leila und Ali sehr unterschiedlich sind, und Leila offensichtlich diejenige ist, die das Heft des Handelns in die Hand nimmt, wenn dies erforderlich ist.

Später ist er immer wieder darin bestätigt worden, dass sein erster Eindruck durchaus zutreffend war.

Leila, die zweiundzwanzigjährige Frau aus Afghanistan mit ihrem einnehmenden Wesen hat eine besondere Gabe: Sie kann andere umgarnen.

Sie ist nämlich mit einem wichtigen, durch Sozialisation erworbenen und nicht biologisch bedingten „Instinkt" ausgestattet, der vielleicht heutzutage Frauen und Männer so oft unterscheidet, weil Männer häufig nicht mehr über die Fähigkeit verfügen, wie eine Spinne, engmaschige Netzwerke zu spinnen, Seilschaften aufzubauen, wie man das früher in der DDR genannt und gemacht hat, und dafür zu sorgen, dass man, so der westdeutsche Sprachjargon, durch genügend Vitamin B möglichst viel erreichen kann.

Ali, ihr vierundzwanzigjähriger, introvertierter Ehemann, der in Afghanistan als Teppichknüpfer, aber nicht als Knüpfer von Beziehungen, vielleicht glücklich geworden wäre, wenn er sich nicht mit den Taliban angelegt hätte, vor denen er aus Angst um sein Leben fliehen musste, und die mitverantwortlich dafür sind, dass aus ihm ein verträumter, leicht traumatisierter, seinen unverschuldet verpassten Chancen nachtrauernder und deshalb langsam ins Depressive abgleitender Mann geworden ist, fügt ungeduldig hinzu, weil Paul nicht sofort antwortet:

„Kannst du helfen?"

„Natürlich", antwortet Paul. „Maria und ich kommen sofort."

Wenige Minuten später sind die Vier mit dem Opel Corsa von Maria auf dem Weg ins Krankenhaus.

Oder sollte man besser sagen die fünf, denn da ist ja auch noch das ungeborene Leben als Mitfahrer im Opel Corsa.

Ob es Probleme geben wird, dass in dem Auto vielleicht fünf Personen sitzen, denn auch das ungeborene Leben ist ja schon eine mit Würde ausgestattet Person, wie das Bundesverfassungsgericht wiederholt ausgesprochen hat, und der Corsa ist ja nur für vier Personen zugelassen, interessiert Paul momentan nicht.

Zwar beschäftigen ihn mitunter spitzfindige juristische Fragen, wenngleich dieses merkwürdige Interesse mit zunehmendem Alter abgenommen hat.

Im Moment ist seine ganze Konzentration darauf ausgerichtet, trotz des Berufsverkehrs unfallfrei, aber möglichst schnell zum Krankenhaus zu kommen.

Und je heftiger die Wehen von Leila sind, desto mehr drückt er aufs Gaspedal und hofft, dass sich rechtzeitig eine Hebamme oder ein Arzt um Leila kümmern und alles gut ausgehen wird.

Und er wird nicht enttäuscht.

Obwohl die sonst so gewissenhafte Leila in der ganzen Aufregung vergessen hat, ihre AOK – Versichertenkarte mitzunehmen, erfolgt die Aufnahme in das Krankenhaus genauso komplikationslos wie die Geburt des kleinen Mohammad.

Schon einige Tage später kann Leila mit einem gesunden Baby das Krankenhaus verlassen.

Und es werden wieder einige Monate vergehen, bis Paul erneut einen Hilferuf von ihr und Ali bekommt.

21

Während der ersten fünfzehn Monate ihres Aufenthalts in Deutschland hat die Familie Nazemi Leistungen nach dem Asylbewerberleistungsgesetz erhalten, also Geldleistungen, die noch niedriger sind als das, was ein Sozialhilfeempfänger erhält.

Seit Januar 2017 bezieht sie Leistungen vom Sozialamt, die der Höhe nach mit den Leistungen der Sozialhilfe identisch sind, dodass sich fünfzehn Monate nach ihrer Einreise in Deutschland ihre finanzielle Situation insofern verbessert hat, als sie seit Januar 2017 staatliche Unterstützung in der Höhe erhält, die seitens des Gesetzgebers als ausreichend angesehen wird, um ein Leben in Würde führen zu können.

Zusätzlich zu den Unterkunfts – und Heizkosten erhält die Familie Nazemi seit Januar Geldleistungen zur Sicherung des Lebensunterhalts, nämlich monatlich 368,00 Regelleistung für Samir, 368,00 Regelleistung für Kira, 291,00 Euro für die zehnjährige Ariana und 311,00 Euro für die vierzehnjährige Tamina.

Zwar erhält die Familie auch noch das staatliche (nicht stattliche) Kindergeld in Höhe von monatlich 192,00 Euro pro Kind. Dieses wird jedoch auf die Hartz –IV –Leistungen angerechnet, was ein Skandal ist, da von jeder Kindergelderhöhung alle profitieren, wie beispielsweise gut verdienende Ärzte, Politiker und Professoren, nicht jedoch Empfänger von Sozialhilfe oder Arbeitslosengeld II.

Summa summarum beläuft sich somit das monatliche Gesamteinkommen der Familie Nazemi seit Januar 2017 inklusive Kindergeld auf 1.338,00 Euro.

Eine weitere Verbesserung der Situation der Familie Nazemi ist nach dem fünfzehn Monate dauernden Aufenthalt in Deutschland auch dadurch eingetreten, dass die Eheleute und ihre beiden Kinder seitdem bei der AOK krankenversichert sind.

Sie haben eine Krankenversicherungskarte erhalten, und müssen sich nicht mehr, wie während der ersten fünfzehn Monate ihres Aufenthalts in Deutschland, erst einen Berechtigungsschein vom Sozialamt holen, bevor sie sich von einem Arzt behandeln lassen können.

Das alles weiß Paul.

Ihm ist allerdings nicht bekannt, dass für die Familie Nazemi durch den Aufstieg von der Flüchtlingsgruppe mit minderem Status, die nur eine *Aufenthaltsgestattung* hat – eine Aufenthaltsgestattung und einen entsprechenden Ausweis haben die Flüchtlinge, bei denen das Asylverfahren noch nicht abgeschlossen ist –, in die „Champions League", also in die Flüchtlingsgruppe, die durch die Anerkennung der Flüchtlingeigenschaft eine *Aufenthaltsberechtigung* von mindestens drei Jahren hat, ein Zuständigkeitswechsel vom Sozialamt zum Jobcenter verbunden ist, und dass die Familie Nazemi ab der freudigen Nachricht über die Zuerkennung der Flüchtlingseigenschaft nicht mehr von den ihr inzwischen bekannten und vertrauten Mitarbeiterinnen und Mitarbeitern des Sozialamtes der Stadt Oberursel betreut, sondern zukünftig Kunde des Jobcenter der in der Nähe gelegenen Großstadt Frankfurt sein wird.

Dies wird ihm erst einige Wochen nach der Feier bei der Familie Nazemi bewusst.

Als Maria nämlich eines Tages am späten Nachmittag von der ehrenamtlichen Arbeit mit Kindern von Flüchtlingen nach Hause kommt, zeigt sie Paul, der WhatsApp und andere moderne Kommunikationsmittel nicht nutzt und auch nicht bereit ist, sich dem Trend der Zeit anzupassen und sich ein Smartphone oder iPhone anzuschaffen, eine von Tamina morgens auf ihr Smartphone übersandte Nachricht.

„Liebe Maria und Paul. Kannst du helfen, wir haben Schreiben von Sozialamt. Tamina".

Da Paul befürchtet, dass das Schreiben des Sozialamtes nichts Gutes bedeutet – Schreiben von Behörden haben leider die unerfreuliche Eigenschaft, häufig unangenehme Nachrichten zu enthalten - , erklärt er Maria, dass er noch heute zur Familie Nazemi fahren muss, weil die Sache ja dringend sein könne. Diese gibt zwar zu bedenken, dass das doch vielleicht auch bis morgen Zeit habe und erinnert ihn daran, dass er abends noch mit seiner Tochter Sarah verabredet sei. Dennoch lässt sich Paul von seinem Entschluss nicht abbringen, noch heute zur Familie Nazemi zu fahren, woraufhin Maria mit einem verständnislosen Kopfschütteln reagiert:

„Das kann aber knapp werden."

Bevor Paul losfährt, ruft er schnell noch Tamina mit seinem Festnetztelefon an, um sicherzugehen, dass sie und ihre Eltern auch zu Hause sind.

Ein Telefon ist ihm nämlich durchaus vertraut, wird allerdings von ihm vorwiegend zum kurzen Austausch von Informationen, wie der Absprache von Terminen, zum Beispiel mit Daggi, mit der er regelmäßig, zumeist montags abends mit großer Leidenschaft Musik macht und die auch in Oberursel lebt, genutzt, nicht jedoch zum Führen längerer, also zwei- bis dreistündiger Gespräche über Gott und die Welt oder auch nur über die Nachbarn.

22

Längere Telefonate führt Paul eigentlich nur mit seinen beiden Brüdern, Georg und Jakob, wobei ihm erst neulich aufgefallen ist, dass die Gespräche mit Georg häufig so beginnen, dass dieser sagt:

„Stell dir vor", und dann zunächst ohne Punkt und Komma zu erzählen beginnt.

Jakob hingegen fragt am Anfang eines Telefonats fast immer:

Und, gibt es etwas Neues in Oberursel?"

Sein fünf Jahre älterer Bruder Georg lebt in Konstanz und Paul kann mit ihm selbst am Telefon über vieles angeregt diskutieren, wenngleich die Diskussionen manchmal etwas anstrengend sind, da er aufpassen muss, dass die Dialoge nicht ins Monologische abdriften. Denn Georg, der von sich sehr überzeugt ist und nicht zu den Menschen gehört, denen es leicht fällt, Fehler, die ihnen unterlaufen sind, einzugestehen oder Irrtümer einzuräumen, kann nicht immer der Versuchung widerstehen, zu dozieren und tendiert mitunter dazu, rechthaberisch zu sein, was allerdings zum Glück die letzten Jahre weniger geworden ist. Da er aber sehr gebildet ist und sich nicht nur in Geschichte gut auskennt, sondern auch ein guter Geschichtenerzähler ist, sind die Telefonate zumeist sehr kurzweilig.

Maria und auch Pauls erste Ehefrau, Edeltraut, halten ihn für etwas weltfremd, und es ist nicht ganz von der Hand zu weisen, dass diese Charakterisierung zutreffend ist.

So hat Georg erst vor kurzem mit Paul ein längeres Telefonat geführt und ihm berichtet, dass er die Rückfahrt von einem Vortrag wegen unvorhergesehener Gleisarbeiten nicht wie geplant mit dem ICE habe antreten können. Stundenlang habe er, nachts auf einem kleinen Bahnhof circa fünfzig Kilometer von Konstanz entfernt, mit etlichen anderen Fahrgästen wartend, ohne etwas zu trinken zu haben, rumgesessen und sei von dem Zugpersonal im Unklaren darüber gelassen worden, wann es weitergehe.

„Das ist doch unverschämt, oder?"

Er habe dann mitbekommen, wie eine ungefähr fünfzigjährige Frau am Bahnhof angekommen sei, um ihren Sohn, der vermutlich noch minderjährig gewesen sei, abzuholen.

Als er die Frau angesprochen habe, ob sie ihn nach Konstanz mitnehmen könne, habe diese ihm nach kurzem Zögern bedeutet, einzusteigen - und dann sei auf der Fahrt etwas Merkwürdiges, etwas sehr Merkwürdiges passiert.

„Stell dir vor, plötzlich wurde das Gespräch zwischen mir und der netten Frau durch eine andere Frauenstimme unterbrochen, obwohl wir doch nur zu dritt im Auto gesessen haben, die nette Frau, ihr Sohn und ich."

„Wie kann das denn sein?", hatte Paul verwundert gefragt, und noch ehe Georg antworten konnte, war ihm klar geworden, dass sein älterer Bruder vermutlich noch nie gehört hatte, dass es so etwas wie Navigationsgeräte gibt, und dass er auf der Fahrt nach Konstanz erstmals live ein solches Gerät zu hören bekommen hat.

Auch mit Jakob, der im Gegensatz zu Georg, nicht weltfremd ist und in Ismaning in der Nähe von München lebt und demnächst nach seiner Pensionierung nach Hamburg ziehen wird, führt Paul zumeist längere und anregende Telefongespräche, in letzter Zeit häufig über Religion, Musik und Politik. Auch erzählt er ihm manchmal am Telefon, welches Buch er gerade liest und ist immer wieder überrascht, dass Jakob es meistens schon vor ihm gelesen hat.

Erst letzte Woche hat Paul bei dem sonntäglichen Telefonat begeistert von einem Buch erzählt, das er am Tag zuvor zum Spottpreis von einem Euro auf dem Flohmarkt erstanden hat: die 1999 unter dem Titel *„Mein Leben"* – war der Titel bewusst gewählt, in Anspielung auf *„Mein Kampf"*?-, erschienenen Memoiren von Marcel Reich–Ranicki. Dabei hat er ihm auch eine Stelle, die ihm nachts beim ersten neugierigen Durchblättern aufgefallen war, aus diesem Buch vorgelesen, in der Reich-Ranicki seine Freundschaft zu Walter Jens mit den Worten beschreibt:

„Lange bevor der Telefon–Sex erfunden war, praktizierten wir die Telefonfreundschaft."

Bei den Telefonaten mit Jakob geht es manchmal aber auch um sehr persönliche Begebenheiten aus der Kindheit und Jugend, mit der sich Paul in den letzten Jahren mehr und mehr beschäftigt.

Vielleicht ist das der normale Gang der Dinge, dass dann, wenn man nicht mehr so viel Zukunft vor sich hat, die Vergangenheit an Bedeutung zunimmt.

Für Paul, der vieles aus seiner Kindheit nicht mehr weiß, weil er ein Verdrängungskünstler ist, ist Jakob nicht nur der wichtigste, sondern auch der zuverlässigste Zeitzeuge seiner Kindheit und Jugend, weil er erstens ein sehr gutes Erinnerungsvermögen besitzt, zweitens aber, anders als Georg, weniger zu Übertreibungen oder Untertreibungen neigt, sondern ein Mensch ist, der möglichst genau die vergangenen Geschehnisse wiedergeben will und drittens, weil er mit ihm die meisten Erlebnisse aus dieser Zeit teilt: - denn Jakob ist sein Zwillingsbruder.

Die Telefonate mit seinen Brüdern, die leider zu weit weg wohnen, sind für Paul zwar manchmal lästig, aber wiederum auch sehr wichtig, weil er ansonsten ein ziemlich monologisches

Dasein geführt hätte, ein Dasein, von dem auch Reich–Ranicki in
„Mein Leben" berichtet:

„Auf Lesen folgte Schreiben, auf Schreiben Lesen."

Dieses manchmal von geistiger Einsamkeit geprägte Leben
wurde bei Reich–Ranicki durch die Telefonate mit Walter Jens
und wird bei Paul gelegentlich durch die Ferngespräche mit seinen weit entfernt wohnenden Brüdern sowie auch durch die
Gespräche mit seinen beiden Töchtern, seinem Schwiegersohn
und seiner Ehefrau nicht unwesentlich bereichert, wenn auch
nicht in dem Maße, wie er sich das manchmal gewünscht hätte,
und Paul hat sich an manchen Abenden so seine Gedanken darüber gemacht, wie es wohl seinem Vater, der 1971 Suizid begangen hat, ergangen ist, wenn dessen Schwiegermutter wieder
einmal die als Vorwurf gemeinte Äußerung von sich gegeben
hat: „Er liest schon wieder", eine Äußerung, die er von Maria
oder Edeltraut, zumindest in dieser Form, nie gehört hat.

23

Malek sitzt nun schon eine Stunde lang regungslos in der Küche und starrt aus dem Fenster. Auf dem Küchentisch liegt der
Brief, auf den er schon so lange gewartet hat.

Er hat vor mehr als einem halben Jahr abends beim Chatten in
einem Internetforum gelesen, dass es in jedem Bundesland eine
Härtefallkommission geben soll, an die man quasi ein Gnadengesuch richten könne, wenn die Anwendung bestehender Gesetze zu einer besonderen Härte für den Betroffenen führe, und
dass über dieses Gnadengesuch eine Härtefallkommission unter
Vorsitz des jeweiligen Ministerpräsidenten entscheide.

Zwar würden die Härtefallkommissionen nur selten das Vor-
liegen eines Härtefalls bejahen und *„Gnade vor Recht"* ergehen
lassen, aber dennoch war in ihm ein Fünkchen Hoffnung aufge-

keimt, zumal er am selben Abend beim Surfen im Internet auch erfahren hat, dass manchmal sogar Menschen, die schwere Schuld auf sich geladen haben, wie beispielsweise Mörder, begnadigt werden können, und dass die Begnadigung ein humanitärer Akt sei, der seine Wurzeln im Christentum habe.

So war der gläubige Muslim Malek, der Jesus für einen sehr wichtigen und großen Propheten hält, auch nicht überrascht, als er bei seinen weiteren Internetrecherchen auf eine Stelle im Johannesevangelium gestoßen war, bei der Jesus eine Ehebrecherin quasi begnadigt und von Bestrafung verschont haben soll mit den Worten: *„Wer von euch nie gesündigt hat, der werfe den ersten Stein."*

Aus all diesen Informationen, dem Konglomerat aus Dichtung und Wahrheit, hat er Hoffnung geschöpft; denn er hat sich doch nichts zu Schulden kommen lassen:

Er kann doch nichts dafür, dass über seinen Antrag auf Asyl so lange nicht entschieden worden ist.

Es kann ihm doch auch nicht angelastet werden, dass er genau an dem Tag, an dem die Aussetzung des Familiennachzuges in Kraft getreten ist, den Bescheid vom Bundesamt für Migration und Flüchtlinge erhalten hat.

Man kann doch nicht ihn dafür bestrafen, dass sein Anwalt ein Schaumschläger ist und die Frist für die Einreichung der Klageschrift versäumt hat, sodass eine Klage gegen die Entscheidung des Bundesamtes für Migration und Flüchtlinge nun nicht mehr möglich ist.

Eine Verkettung so vieler unglücklicher Umstände, die er nicht verschuldet hat, muss doch einen besonderen Härtefall darstellen, der es rechtfertigt, *„Gnade vor Recht"* ergehen zu lassen.

Deshalb war er recht zuversichtlich, als er vor mehr als einem halben Jahr ein Schreiben an die Härtefallkommission gerichtet hatte, mit dem Antrag, die Aussetzung des Familiennachzuges für seine Ehefrau Anis und seinen Sohn Ben aufzuheben.

Nach Eingang des Gesuchs von Malek bei der Härtefallkommission war Herrn Meyer sofort klar, dass das Gremium, dessen Vorsitzender er war, über den Antrag von Malek keine Entscheidung treffen kann, da die Härtefallkommission nur für solche Fallkonstellationen zuständig war, bei denen für einen an sich ausreispflichtigen Ausländer aus dringenden humanitären oder persönlichen Gründen, abweichend von den im Gesetz vorgesehenen Gründen, die Erteilung einer Aufenthaltserlaubnis geboten ist.

Herr Meyer, ein gutmütiger, älterer Herr, der seine Aufgaben stets sehr gewissenhaft wahrnahm, versuchte herauszubekommen, welche Behörde für das Anliegen von Malek zuständig sein könnte. Aber seine Bemühungen blieben erfolglos. Deshalb schickte er das Schreiben von Malek an das Innenministerium mit der Bitte um weitere Veranlassung. Dort wurde es dann von einer Abteilung zur anderen weitergeleitet und hin – und hergeschickt, bis es dann viele Monate später wieder auf seinen Schreibtisch gelangt war, mit dem Vermerk, dass die Aussetzung der Aussetzung des Familiennachzuges aus Härtefallgründen im Asylpaket II nicht vorgesehen sei.

Der Vorsitzende der Härtefallkommission war hierüber zwar empört, aber es blieb ihm nichts anderes übrig, als Malek mitzueilen, dass die Härtefallkommission ihm nicht helfen könne.

Malek wischt sich mit einem Tempotaschentuch die Tränen ab, nachdem er den vor ihm liegenden Brief zum zweiten Mal gelesen hat.

Plötzlich steht er auf, denn er hat einen Entschluss gefasst.

Er holt aus seinem Zimmer einen Block und einen Kugelschreiber.

Dann setzt er sich wieder an den Küchentisch und schreibt zwei Briefe, einen sehr kurzen und einen längeren.

In dem kurzen Brief bittet er den einzigen in Oberursel ansässigen Notar, Herrn Leibfried, darum, den beigefügten Briefumschlag erst in einigen Tagen zu öffnen, wenn er ihm dazu telefonisch den Auftrag erteilt haben werde.

Den längeren Brief steckt er in einen kleinen Briefumschlag, den er nicht nur mit Spucke, sondern zusätzlich zur Sicherheit noch mit Tesafilm verschließt und mit den Worten „bitte erst nach Anruf öffnen" versieht. Danach steckt er den kleinen Briefumschlag zusammen mit dem kurzen Brief in einen größeren Briefumschlag.

Noch am selben Tag wirft er den großen Briefumschlag in den Briefkasten des Rechtsanwalts und Notars Leibfried, dessen Kanzlei sich in der Berliner Straße befindet.

24

Kurz und bündig haben sich Paul und Tamina telefonisch darüber verständigt, dass er noch heute am frühen Abend kommen wird.

Was für eine Gastfreundschaft, stellt er gerührt fest, als er auf dem ihm angebotenen Stuhl vor dem mit vielen Speisen gedeckten Tisch Platz nimmt, und fast zeitgleich fällt ihm ein, dass er ja nicht zum Essen gekommen ist und eigentlich nicht so viel Zeit hat, da er mit seiner jüngeren Tochter verabredet ist, die gestern aus dem Urlaub zurückgekommen ist und die er in einer guten Stunde treffen will , was, wie er sich erinnert, Maria vorhin veranlasst hat, kopfschüttelnd darauf hinzuweisen, dass das alles sehr knapp werden könne.

Nachdem Paul höflich erklärt hat, dass er bereits gegessen habe, drückt ihm Samir, vielleicht spürend, dass Paul angespannt ist, ein Schreiben der Stadt Oberursel in die Hand, und Paul beginnt zu lesen, ohne sich dadurch aus der Ruhe bringen zu lassen, dass sich Samir und seine beiden Töchter ziemlich laut in ihrer Muttersprache unterhalten.

In dem Schreiben wird darauf hingewiesen, dass Samir und seine Familie ab sofort keine Leistungen mehr vom Sozialamt beziehen werden, sondern dass durch die Zuerkennung der Flüchtlingseigenschaft nunmehr das Jobcenter für ihn und seine Familie zuständig sei, weshalb Samir sich umgehend an das zuständige Jobcenter wenden möge, um dort einen Antrag auf Arbeitslosengeld II (Hartz IV) zu stellen.

In dem Schreiben ist allerdings, was Paul erst beim zweiten Lesen auffällt, kein Hinweis darüber enthalten, wo sich das zuständige Jobcenter befindet, ob und unter welcher Telefonnummer man eventuell einen dort zuständigen Mitarbeiter oder eine Mitarbeiterin erreichen kann und wie die Öffnungszeiten sind.

Paul, der auf Grund seiner beruflichen Sozialisation weiß, dass Arbeitslosengeld II nicht rückwirkend gezalt wird, sondern grundsätzlich erst ab Antragstellung, überlegt fieberhaft, welches Jobcenter zuständig sein könnte, weil er verhindern möchte, dass Samir und seiner Familie Rechtsnachteile dadurch entstehen, dass sie nicht möglichst umgehend einen Antrag beim zuständigen Jobcenter gestellt haben.

Aber seine Überlegungen sind von keinem Erfolg gekrönt.

Er lässt sich jedoch nicht anmerken, dass er ratlos ist.

Aber nicht etwa deshalb, weil er zu den Menschen gehört, die niemals oder nur selten zugeben würden, etwas nicht zu wissen.

Er gehört vielmehr ganz im Gegenteil zu den wenigen Menschen, die keine Probleme damit haben, zuzugeben, etwas nicht zu wissen. Dieser selbstbewusste Umgang mit dem Nichtwissen ist sicherlich auch mit darauf zurückzuführen, dass er sich während seines Lehramtsstudium im Nebenfach Philosophie intensiv mit den Schriften eines gewissen Philosophen namens Sokrates *(„ich weiß, dass ich nichts weiß")*beschäftigt hat und in hohem Maße von seinem längst verstorbenen Lieblingsprofessor geprägt ist, unter dessen Leitung er „Sokratische Gespräche" erlebt hat und durch den er nach seinem Studium zum Leiter von solchen Gesprächen ausgebildet worden ist.

Paul lässt sich nicht anmerken, dass er ratlos ist.

Und das hat einzig und allein seinen Grund darin, dass er Tamina und ihre Eltern nicht beunruhigen will. Diese sind bei Schreiben von Behörden - andere Schreiben bekommen sie nicht -,immer verängstig, nicht weil sie selbst bislang schlechte Erfahrungen mit behördlichen Schreiben gemacht haben, sondern weil sie schon mehr als nur einmal gehört haben, dass solche Briefe oft schlechte Nachrichten enthalten können, wie beispielsweise das Schreiben des Bundesamtes für Migration und Flüchtlinge an das Ehepaar, das bei ihrer vor drei Wochen ausgerichteten Feier anwesend war und einen ablehnenden Asylbescheid erhalten hatte.

Mit den Worten „Ihr braucht euch keine Sorgen machen, ich rufe die nächsten Tage an und dann gehen wir zusammen zu dem neuen Amt, von dem ihr ab jetzt euer Geld bekommt", und die Tamina, die schon unglaublich gut Deutsch versteht, ihren Eltern mal wieder, wie gewohnt, fast professionell, übersetzt, verabschiedet er sich und kommt noch rechtzeitig nach Hause, wo er einen sehr schönen Abend mit Maria und seiner Tochter Sarah verbringt.

Sarah, die nicht erst seit ihrem Anerkennungsjahr als Sozialarbeiterin im Jugendamt der Stadt Frankfurt auch an juristischen Fragestellungen interessiert ist, erzählt viel von ihrer Arbeit und beklagt sich im Laufe des Abends ein bisschen darüber, dass sie für so manche Gerichtsentscheidung kein Verständnis aufbringen könne.

Als Paul ihr beipflichtet, dass es viele merkwürdige Entscheidungen gibt, und dass nach seiner Erinnerung der Bundesgerichtshof vor langer Zeit sogar einmal entschieden habe, dass ein Motor kein wesentlicher Bestandteil eines Autos sei, schaut sie ihn nur entgeistert an, und Paul hat den Eindruck, dass sie ihm dies nicht so richtig abnimmt.

Aber da es schon spät ist und er schon ziemlich müde ist, verspürt er keine Lust mehr, nachzuprüfen, ob seine Erinnerung ihm einen Streich gespielt hat.

Mit den Worten „Wenn Juristen allen Ernstes davon überzeugt sind, dass ein Motor kein wesentlicher Bestandteil eines Autos ist, dann wundert es mich auch nicht, dass es Juristen gibt, die Afghanistan für eine sicheres Herkunftsland halten", verabschiedet sich Sarah spät abends von Paul und macht sich auf den Weg nach Hause.

25

Noch bevor Paul ins Bett geht, fällt ihm ein Satz ein, den er vor einiger Zeit gelesen hat:

„Man sollte den Buchstaben des Gesetzes in das Alphabet aufnehmen."

Aber so sehr er sich auch abmüht, der Name des Autors, der diesen trefflichen Satz formuliert hat, fällt ihm partout nicht ein.

Paul lässt den Tag Revue passieren und ist froh, dass er nicht mehr als Jurist tätig ist, denn er weiß, dass er keine Lust mehr verspürt, täglich auf dem Laufenden bleiben zu müssen.

Zwar ärgert er sich immer noch ein bisschen, dass er erst heute durch das Schreiben, das Samir ihm gezeigt hat, erfahren hat, dass mit der Zuerkennung der Flüchtlingeigenschaft ein Zuständigkeitswechsel vom Sozialamt zum Jobcenter stattfindet, aber er beruhigt sich damit, dass es ja gar nicht möglich ist, bei der Flut von gesetzlichen Neuregelungen den Überblick zu behalten.

So hat er erst vor einiger Zeit erfahren, dass es ein Bundeswehrattraktivitätssteigerungsgesetz gibt.

Auch hat er erst kürzlich gelesen, und er ärgert sich, dass er sich nicht notiert hat, wo er es gelesen hat, dass ein Bundestagsabgeordneter während einer Legislaturperiode circa 40.000 Seiten Bundestagsdrucksachen mit Gesetzestexten und Erläuterungen zu geplanten Gesetzesänderungen zum Lesen bekommt, um sich über neue Reformvorhaben zu informieren, über die er, dem Grundgesetz entsprechend, nur seinem Gewissen unterworfen, abstimmen soll und darf.

Diesen Lesestoff kann ja niemand bewältigen, hat er beim Lesen dieses Artikels gedacht.

Auch hat ihn damals die Frage beschäftigt, ob jemals statistisch erhoben worden ist, wie oft ein Bundestagsabgeordneter während einer Legislaturperiode durchschnittlich an Abstimmungen über Gesetze teilnimmt, und wie oft ein Parlamentarier nicht weiß, ob und warum das neue Gesetz oder die Reform eines alten Gesetzes notwendig ist. Er schätzte, dass ein Bundestagsabgeordneter in 99 % der Abstimmungen keinen oder nur einen blassen Schimmer davon hat, worum es bei den Abstimmungen geht, an denen er durch seine Stimmabgabe mitwirkt.

Es gibt durchaus Statistiken, die Paul für sinnvoll hält, aber leider werden die wirklich wichtigen Statistiken nicht erstellt.

„Wer führt Statistik darüber, wie viele Unfälle durch Warnschilder oder Wegweiser passieren?", lautet einer der vielen wunderbaren Aphorismen in den *„unzensierten Gedanken"* von Stanislav Jerzy Lec, die Paul seit kurzem mit Begeisterung liest.

Sich an all dies erinnernd, surft Paul vor dem Zubettgehen noch etwas gedankenverloren mal wieder im Internet und landet mehr oder weniger zufällig auf der Website der Hochschule Hannover, bei der ein sehr guter Freund von ihm seit fast zwanzig Jahre beschäftigt ist, und stellt fest, dass es an der Fakultät V eine neue Benutzungsordnung für die Gymnastikhalle gibt.

Oh, das ist ja interessant, sinniert er. Auch dieser Bereich ist jetzt „gesetzlich" geregelt, dann kann ja nichts mehr schiefgehen.

In der Ordnung steht unter anderem:

„3.3 Für folgende Ballsportarten entsprechen die Hallenbedingungen nicht den Anforderungen der einschlägigen Normen bzw. den Forderungen der Fachverbände: harte Ballsportarten, da die Halle eingeschränkt ballwurfsicher ist."

Er überlegt, was wohl „harte Ballsportarten" sind. Rugby vielleicht, aber ist das ein Ball, mit dem diese Sportart betrieben wird? Männerfußball oder gar Frauenfußball? Oder sollte es sich bei „harten Ballsportarten" um Sportarten handeln, die mit harten Bällen betrieben werden? Aber wann ist ein Ball hart und wo findet man die einschlägigen Normen der Fachverbände hierzu?-

Plötzlich kommt ihm der Gedanke, dass es demnächst vielleicht noch eine „Klopapierbenutzungsordnung" geben wird, in der haargenau geregelt ist, wieviel Blatt Klopapier derjenige, der die Toilette aufsucht, benutzen darf, wobei selbstverständlich die Anzahl der genehmigten Klopapierblätter davon abhängig sein würde, ob es sich um einlagiges oder etwa dreilagiges Klopapier handelt.

Paul erinnert sich daran, dass sich vor längerer Zeit einmal eine Kollegin tatsächlich auf einer Dienstbesprechung darüber aufgeregt hat, dass in den Toiletten der Hochschule seit kurzem kein dreilagiges, sondern nur noch einfaches Klopapier die Klopapierrollen zierte.

Scheiße, denkt er, als er durch den zweimaligen Ruf des Kuckucks aus der Kuckucksuhr, die er vor etlichen Jahren von einem guten Freund geschenkt bekommen hat und aus Pietätsgründen, da dieser kurz danach verstorben ist, nicht abhängen will, aus seinen Gedanken gerissen wird.

Was, so spät ist es schon?, bemerkt er und beschließt, ins Bett zu gehen, zumal er morgen einen schweren Tag vor sich hat.

Er muss ja herausfinden, wo Samir seinen Antrag auf Arbeitslosengeld II stellen muss.

Kurz vor dem Einschlafen fällt ihm ein, wo er den Satz mit dem Buschstaben des Gesetzes gelesen hat:

in den „ *unfrisierten Gedanken"* von Stanislaw Jerzy Lec.

26

Am nächsten Morgen scheitern seine telefonische Nachfragen beim Sozialamt, an welches Jobcenter sich die Familie Nazemi wenden soll, um Arbeitslosengeld II zu beantragen, daran, dass er keine Fragen stellen kann, geschweige denn, Nachfragen, denn er wird, wie auch an den Tagen danach, von einer in die andere Warteschleife verwiesen.

Da er auch nach dem Wählen der Telefonnummer des telefonischen Servicedienstes des Jobcenters in den letzten Tagen nur furchtbar klingende „Musik" zu hören bekommen hat, ist er schon sehr verzweifelt und verfasst die nächsten Abende eine Glosse, die später sogar, sehr zu seiner Freude, in einer Fachzeitschrift veröffentlicht wird:

Eine fast wahre Geschichte

„Stell dir vor, ein von dir betreuter, offensichtlich verängstigter Asylbewerber gibt dir mit zittriger Hand und dich um Hilfe bittend ein zwei Seiten umfassendes Schreiben der Stadt L., und du sagst ihm deine Hilfe zu, obwohl du beim erstmaligen Durchlesen des Schreibens nur Bahnhof verstehst.

Stell dir vor, dass du auch nach vierstündiger intensiver Beschäftigung mit dem Inhalt des Schreibens immer noch nicht Bescheid weißt, worum es geht und das, obwohl du Jurist bist und das Schreiben mit der Überschrift „ Bescheid" versehen ist.

Stell dir vor, am Ende des unverständlichen Schreibens der Stadt L. steht folgende Rechtsbehelfsbelehrung:

„Gegen diesen Bescheid kann innerhalb eines Monats nach Bekanntgabe Widerspruch erhoben werden. Der Widerspruch ist schriftlich oder zur Niederschrift bei der Stadt L. im Bürgerhaus in der Bürgerallee 1a einzulegen."

Stell dir vor, dass nach einem renommierten juristischen Kommentar die Möglichkeit der Einlegung eines Widerspruchs und der Klageerhebung „zur Niederschrift" der Rechtsschutzerleichterung dient.

Stell dir vor, du begibst dich ins Bürgerhaus, um den Widerspruch „zur Niederschrift" einzulegen und dort weist man dich darauf hin, dass du in die Amtsschimmelgasse gehen musst, weil nur dort ein Widerspruch „zur Niederschrift" gegen einen Leistungsbescheid nach dem Asylbewerberleistungsgesetz eingelegt werden könne.

Stell dir vor, dass du mit deinem Einwand, nach der Rechtsbehelfsbelehrung könne der Widerspruch in der Bürgerallee 1a eingelegt werden, kein Gehör findest und weggeschickt wirst.

Stell dir vor, in der Amtsschimmelgasse angekommen, weist man dich ab und darauf hin, dass „Besuche" nur nach vorheriger telefonischer Vereinbarung erfolgen könnten.

Stell dir vor, zu Hause angekommen, entdeckst du auf dem Bescheid der Stadt L. den Hinweis, dass man sich für die Vergabe von Besuchsterminen an den Telefongesprächsvermittlungsservice wenden könne.

Stell dir vor nach 4 Tagen endlosen Warteschleifen und 1000 mal von „Für Elise" untermaltem, piepsig gehauchten „Bitte warten Sie, Sie werden gleich bedient" bist du so bedient, dass du schon auflegen willst, dass du aber im letzten Moment davon abgehalten wirst, weil sich endlich eine andere Stimme meldet.

Stell dir vor, die nicht von Musik untermalte Anrufbeantworterstimme sagt:

„Telefongesprächsvermittlungsstelle, Was können wir für Sie tun? Möchten Sie mit einer bestimmten Sachbearbeiterin oder einem bestimmten Sachbearbeiter sprechen, dann wählen Sie die 1. Wenn sie nicht wissen, mit wem Sie sprechen möchten, dann wählen Sie die 2."

Stell dir vor, du weißt nicht, welcher Sachbearbeiter oder welche Sachbearbeiterin für dein Anliegen, den Widerspruch „zur Niederschrift" einzulegen, zuständig ist und du drückst die Taste 2.

Stell dir vor, nach nur zwei Stunden Musikbeschallung und gelegentlichem „bitte haben Sie etwas Geduld" meldet sich zur Abwechslung diesmal eine männliche Anrufbeantworterstimme, weil die Kundenzufriedenheitserhöhungsqualitätsmanagementgruppe   auf   einer *viertägigen Fortbildungsveranstaltung zur Kundenorientierung zu der Erkenntnis gelangt ist, dass die Warteschleifen für die Kunden durch mehr musikalische Abwechslung und dadurch verschönert werden können, dass gelegentlich eine beruhigende, tiefe männliche Stimme zu hören ist.*

Stell dir vor, die beruhigende, tiefe männliche Stimme fordert dich auf, laut und deutlich deinen Nach- und Vornamen zu sagen.

Stell dir vor, du tust, was dir die männliche Anrufbeantworterstimme gesagt hat und erhältst nach schon zwei Tagen Wartezeit die ersehnte Telefonnummer von Frau Todt(mit dt), der Sachbearbeiterin, bei der du den Widerspruch „zur Niederschrift" einlegen kannst.

- „Endlich" denkst du – Aber:

Stell dir vor, du wählst die Telefonnummer von Frau Todt (mit dt) und --Warteschleifen, „Für Elise", manchmal pikanterweise auch der Trauermarsch von Chopin – Abwechslung muss sein – und nach weiteren 10 Tagen meldet sich eine Frau Harz – du überlegst kurz, ob sie mit Peter Hartz verwandt ist – , und sagt dir, Frau Todt (mit dt) sei leider tot ohne dt und du könnest die Telefonnummer der nun für dich zuständigen Fachkraft oder Fachkräftin – so viel correctness muss sein –über den Telefongesprächsvermittlungsservice erfragen – telefonisch versteht sich.

Stell dir vor, du wachst schweißüberströmt, laut „Hilfe" schreiend auf und stellst, nachdem du den auf dem Nachtschrank liegenden Telefonhörer, aus dem eine von Musik begleitete Stimme säuselt: „Bitte legen Sie nicht auf, Sie werden gleich bedient" aufgelegt hast, fest, dass die Widerspruchsfrist abgelaufen ist.

So viel „Stell dir vor" sprengt vielleicht deine Vorstellungskraft, aber: stell dir vor: --- dieser Alptraum und die Realität sind Zwillinge, wenn auch zweieiige.

Nachtrag:

Und nun stell dir bitte einmal das Unvorstellbare vor: auch bei Gericht gibt es einen Telefongesprächsvermittlungsservice.

- Unvorstellbar, aber wahr: Die Frist für die Einreichung einer Klage in Asylverfahren beträgt in manchen Fällen nur eine Woche. Die Klage kann aber (zur Rechtschutzerleichterung), Gott sei`s gedankt

(oder säkular formuliert: der weise Gesetzgeber sei gepriesen) auch „zur Niederschrift" eingelegt werden. "

Paul ist zwar einerseits zufrieden, weil er nach längerer Zeit endlich wieder einmal produktiv tätig war und eine kleine Geschichte geschrieben hat, die er gar nicht so schlecht findet.

Aber er ist auch fast schon ein wenig verzweifelt, weil er immer noch nicht weiß, bei welchem Jobcenter Samir seinen Antrag auf Arbeitslosengeld II stellen muss.

Doch dann kommt nach drei Tagen, wie aus heiterem Himmel, die Erlösung:

Er trifft zufällig im Copyshop am Markt Ali und Leila, die beiden glücklichen Eltern des vor wenigen Tagen geborenen Mohammads, die vor einer Woche den berühmt-berüchtigten gelben Briefumschlag mit der positiven Nachricht erhalten haben, dass ihnen die Flüchtlingseigenschaft zuerkannt ist.

Sie zeigen ihm ein Schreiben der Stadt Oberursel, in dem beide aufgefordert werden, sich beim zuständigen Jobcenter zu melden, weil sie wegen der Zuerkennung der Flüchtlingseigenschaft keine Leistungen mehr vom Sozialamt der Stadt Oberursel erhalten können, und fragen ihn, was die Worte „hat ein Zuständigkeitswechsel stattgefunden" bedeuten, und weshalb sie in das Jobcenter in der fast fünfundzwanzig Kilometer von Oberursel entfernt liegenden Großstadt nach Frankfurt fahren sollen.

Paul erklärt ihnen, dass sie sich keine Sorgen machen müssen, dass sie allerdings durch die Zuerkennung der Flüchtlingseigenschaft nun nicht mehr Geld vom Sozialamt der Stadt Oberursel bekommen, sondern vom Jobcenter der Stadt Frankfurt, und dass sich an der Höhe der Leistungen, die ihnen zusteht, nichts ändern wird.

„Ihr müsst aber möglichst schnell dorthin fahren und den Antrag stellen, am besten morgen", empfiehlt er ihnen und bietet den beiden an, mitzukommen.

Aber Leila entgegnet selbstbewusst:

„Danke, nein ist nicht nötig, wir schaffen das alleine."

Paul bittet die beiden noch, das Schreiben des Sozialamtes für seine Unterlagen kopieren zu dürfen, weil er ahnt, dass dieses Schreiben wichtig sein könnte, und nachdem er die Kopien gefertigt hat und die zwischen ihnen üblich gewordenen Verabschiedungsumarmungen erfolgt sind, gehen sie wieder getrennte Wege, beide glücklich:

das Ehepaar Rahimi, weil das Schreiben der Stadt Oberursel nichts Schlechtes bedeutet, und Paul, weil er ahnt, dass das kopierte Schriftstück ihm irgendwie weiterhelfen wird.

Zu Hause angekommen, vergleicht er das Schreiben, das Samir vor drei Tagen bekommen hat und das Schreiben, das er vorhin im Copyshop kopiert hat.

Dabei fällt ihm zunächst auf, dass das an Samir gerichtete Schreiben des Sozialamtes drei Wochen, nachdem dieser den gelben Umschlag vom Bundesamt für Migration und Flüchtlinge erhalten hat, in Samirs Briefkasten eingeworfen war, wohingegen die Eheleute Rahimi den Brief des Sozialamtes der Stadt Oberursel schon eine Woche nach dem Erhalt des Bescheides des Bundeamtes zugeschickt bekommen haben.

Offensichtlich arbeitet die Mitarbeiterin, die für das Ehepaar Rahimi zuständig ist, schneller, vermutet er, aber verwirft diesen Gedanken sofort wieder, weil ihm klar ist, dass ja auch die Arbeitsbelastung der beiden Sachbearbeiterinnen unterschiedlich sein kann.

Aber eines fällt ihm noch auf, und nun wird zur Gewissheit, was er vorhin nur geahnt hat.

Der kopierte Brief hilft ihm weiter.

In dem Schreiben an das Ehepaar Rahimi, das in Oberursel in einer nicht weit von der Familie Nazemi liegenden, kleinen Zweizimmerwohnung lebt, steht nämlich nicht nur, dass dieses sich an das zuständige Jobcenter wenden möge, sondern auch die genaue Anschrift, die Telefonnummer und die Öffnungszeiten des Jobcenters.

Paul freut sich, dass es offensichtlich in Behörden doch auch Mitarbeiter gibt, die nicht nur Fortbildungsveranstaltungen zur Kundenorientierung besuchen, sondern auch tatsächlich kundenorientiert arbeiten.

Aber seine Freude währt nur für einen kurzen Moment, weil ihm die vielen Stunden in den Sinn kommen, die er die letzten drei Tage dadurch nutzlos verbracht hat, dass er vergeblich versucht hat, herauszubekommen, wo Samir seinen Antrag auf Arbeitslosengeld II stellen kann.

Hätten diese Informationen nicht auch in dem Schreiben an die Familie Nazemi enthalten sein können?

Missmutig überschlägt er nochmals die unzähligen Stunden, die er in den letzten drei Tagen als Dauergast in telefonischen Warteschleifen verbracht hat.

Aber nun weiß er ja immerhin Bescheid und verabredet sich, da er morgen schon einige andere Termine hat, mit Samir für übermorgen um acht Uhr, um mit ihm nach Frankfurt zu fahren und den erforderlichen Antrag auf Arbeitslosengeld II zu stellen.

27

Zwei Tage später treffen sich Paul und Samir, wie verabredet, in der Stadtbahn nach Frankfurt.

Auf der Fahrt zu dem für die Familie Nazemi zuständigen Jobcenter, die, wie er gestern mit Hilfe seiner Tochter Lydia im Internet recherchiert hat, fahrplanmäßig siebzehn Minuten dauern wird, zeigt Samir Paul ein weiteres Schreiben des Sozialamtes, das er gestern erhalten hat und fragt mit ängstlicher Stimme:

"Soll ich zahlen vierhundert Euro, wovon? Habe ich nicht."

Paul liest das Schreiben:

„Da durch die Anerkennung der Flüchtlingseigenschaft nunmehr nicht mehr das Sozialamt der Stadt Oberursel für Sie zuständig ist und wir Ihnen bereits die Kosten für die Unterkunft in Höhe von 400 Euro für den Monat Juni überwiesen haben, werden Sie hiermit aufgefordert, bis spätestens zum 25.06.2017 den zu Unrecht erhaltenen Betrag auf das Konto der Stadt Oberursel zurück zu überweisen."

„Unglaublich", hören ihn nur einige der in der überfüllten Stadtbahn mitfahrenden Fahrgäste schimpfen. Denn die meisten sind durch einen Kopfhörer von der Außenwelt abgeschirmt und gerade intensiv damit beschäftigt, ihren tausenden Freunden eine Nachricht von größter Wichtigkeit zukommen zu lassen, nämlich dass sie auf dem Weg nach Frankfurt sind, dass es 8:20 Uhr ist und dass der Zug vermutlich fünf Minuten Verspätung haben wird. Durch Chats ist es ja heutzutage möglich, dass ein einzelner, vielleicht einsamer Mensch, Nachrichten an viele Menschen mit dem gleichen Schicksal sendet, die diese zwar nicht interessieren, aber demjenigen, der die Nachrichten sendet und denen, die die Nachricht empfangen, das Gefühl vermitteln, bedeutend, zumindest aber nicht einsam zu sein.

Unglaublich, wiederholt Paul innerlich fluchend.

Was ist das für eine absurde Bürokratiescheiße?

Hier wird ein Flüchtling aufgefordert, vierhundert Euro an das Sozialamt zurückzuzahlen. Er bekommt zwar vielleicht in zwei, drei oder vier Wochen denselben Betrag vom nunmehr zuständigen Jobcenter zurückerstattet. Aber wovon soll er in der Zwischenzeit leben, Lebensmittel kaufen und andere zum Existenzminimum gehörende notwenige Ausgaben bestreiten, wenn er mitten im Monat einen so hohen Geldbetrag verauslagen soll?

Hätte man da nicht eine etwas großzügigere Frist zur Rückzahlung der Unterkunftskosten festsetzen können oder wäre es nicht sogar viel besser, wenn sich das Sozialamt die vierhundert Euro vom Jobcenter zurückerstatten ließe und den noch im August 2015 so willkommenen Flüchtling mit dermaßen unsinnigen Ansinnen verschont hätte?

Plötzlich fällt Paul ein Satz aus seinem schon lange Zeit zurückliegenden Jurastudium ein *„Die Würde des Menschen ist unantastbar"*, und er hat seine Zweifel, dass es mit Artikel. 1 Absatz 1 des Grundgesetzes vereinbar ist, dass ein Mensch einige Wochen von in Mülltonnen liegenden Abfällen leben muss, bis nach einem Zuständigkeitswechsel das zuständige Amt die notwendigen Unterkunftskosten auf das Konto des Hilfebedürftigen überweist.

Aber, „Gott sei`s gedankt", kann Paul noch während der Straßenbahnfahrt die Angelegenheit aufklären. Ein Anruf beim Sozialamt, das er wie durch ein Wunder beim ersten Versuch erreicht, ergibt nämlich, dass dieses Schreiben gar nicht so ernstgemeint gewesen sei und dass das in Zukunft zuständige Jobcenter in Frankfurt die Unterkunftskosten übernehmen werde, so dass Samir deshalb nichts werde zurückzahlen müssen.

Paul ist erleichtert, fragt sich allerdings, warum die nette Frau vom Sozialamt am Telefon dann überhaupt ein entsprechendes, sehr bedrohlich wirkendes Schreiben an Samir verfasst und geschickt hat. Er gelangt zu dem Ergebnis, dass es wohl kein Aprilscherz war, weil Aprilscherze im Juni unüblich und Scherze durch Bedienstete von bundesdeutschen Behörden äußerst unwahrscheinlich sind, sondern dass das Schreiben wohl eher auf den normalen, in Deutschland vorherrschenden Bürokratiewahnsinn zurückzuführen ist.

In dem Moment, als er auf dem Display seines Handys die Taste „Anruf beenden" betätigt, hört er eine monotone Stimme: „Haltestelle Kirchplatz".

28

In der Rechtsanwaltskanzlei Leibfried ist ein merkwürdiges Schreiben eingegangen.

Ein Herr Malek Rashid bittet darum, dass man den beigefügten Briefumschlag erst öffnen möge, wenn er hierzu den Auftrag erteile. Dies werde voraussichtlich in den nächsten Tagen geschehen.

Der Rechtsanwalt und Notar Leibfried ist etwas irritiert, weil ein solches Anliegen noch nie in seiner nun schon mehr als dreißigjährigen Berufspraxis an ihn herangetragen worden ist.

Er ist zwar auch ein bisschen neugierig, was in dem Brief wohl stehen könnte, aber noch mehr interessiert ihn, wieviel Geld ihm die Aufbewahrung des Briefes einbringen kann, denn zwei Dinge sind ihm in seinem Leben wichtig:

Frauen, die er wie Dinge behandelt, die man in Besitz nehmen kann, - und Geld.

Er überlegt:

Vielleicht ist Malek Rashid ja irgendein Scheich, dessen Tochter oder Sohn entführt worden ist, und in dem Brief, den ich nicht öffnen soll, steht, dass ich zur Übergabe der Lösegeldforderung ausersehen bin.

Vielleicht geht es aber auch um die Übernahme eines Fußballvereins der 1.Bundesliga durch einen der vielen Prinzen aus Saudi-Arabien.

In jedem Fall könnte die Aufbewahrung des Briefes ein lukratives Geschäft sein.

Von daher weist Rechtsanwalt Leibfried seine Bürovorsteherin an, den mit Tesafilm verschlossenen Briefumschlag sorgfältig aufzubewahren und ihn sofort zu informieren, wenn Herr Rashid anrufen sollte.

Diese folgt gehorsam seinen Anweisungen und legt unter dem Buchstaben R eine neue Akte mit dem Namen Rashid, Malek an.

29

Was Paul und Samir in der Zweigstelle des Jobcenters in Frankfurt, die ausschließlich für Flüchtlinge aus Syrien, Afghanistan und dem Irak zuständig ist, erleben, ist deprimierend.

Zunächst beginnt nach dem obligatorischen Ziehen einer Nummer eine lange Wartezeit.

Samir hat die Nummer 128 gezogen und Paul stellt besorgt fest, dass noch vierzig Flüchtlinge vorher an der Reihe sind, weil auf einem Monitor die Nummer 88, Raum 5, zu sehen ist, die Information für den Inhaber des kleinen, weißen Zettels mit der Nummer 88, dass er nunmehr berechtigt ist, den riesigen Warteraum mit weitaus mehr Menschen als Sitzplätzen zu verlassen, um in die heiligen Räume der Sachbearbeiter zu gelangen.

Die scheinbar endlos lange dauernde Wartezeit wird auch nicht dadurch erträglicher, dass auf zwei riesigen Leinwänden in rascher Reihenfolge „attraktive" Stellenangebote zu sehen sind, wie beispielsweise das für eine Chefarztstelle in einem Kinderkrankenhaus in München.

Das ist nicht zu fassen, empört sich Paul. Lauter Stellenangebote für Menschen mit akademischem Abschluss und das in einem Warteraum für Flüchtlinge aus Afghanistan, Syrien und dem Irak. Als ob sich noch immer nicht rumgesprochen hat, dass fast alle führenden Politiker im Herbst 2015, als die meisten Flüchtlinge eingereist sind, schlichtweg gelogen haben, als sie vor laufenden Fernsehkameras und in Zeitungsinterviews permanent und penetrant behauptet haben, dass viele Flüchtlinge eine gehobene Schul- und Berufsausbildung hätten und deshalb eine Bereicherung seien, weil durch sie das in vielen Bereichen bestehende Problem des Fachkräftemangels gelöst werden könne.

Auf den beiden Leinwänden erscheint eine neue Anzeige, diesmal für die Stelle eines Ingenieurs.

30

Paul liest nicht die Einzelheiten des Stellenangebots, denn ihm fällt plötzlich ein, dass er sich schon oft gefragt hat, warum führende Politiker, vor allem von einer ehemaligen Protestpartei, davon ausgehen, dass durch die Schaffung eines Einwanderungsgesetzes die bestehenden Probleme weitestgehend gelöst werden können.

Darf man heute überhaupt noch von Einwanderung sprechen oder macht man sich schon verdächtig und wird gesellschaftlich geächtet, wenn man sich, anders als die meisten Vertreter der Medien und der Politikerklasse, nicht an die wie aus dem Nichts entstandene neue Sprachregelung, wonach es nunmehr nicht mehr „Einwanderung" sondern „Zuwanderung" heißen muss, hält?, fragt er sich unwillkürlich und weiß, dass er auch in Zukunft weiterhin von Einwanderung sprechen wird, weil er nicht bereit ist, sich dem Diktat von in immer kürzeren Zeitabständen aufkommenden, neuen Sprachregelungen zu unterwerfen.

In dieser Hinsicht ist er konservativ.

So heißt die Prozesskostenhilfe für ihn nach wie vor Armenrecht, das Bürgerbüro, so wie früher auch, Ordnungsamt, die Agentur für Arbeit weiterhin Arbeitsamt (wieso überhaupt Agentur für Arbeit? – sind dort lauter Agenten beschäftigt?), und er benutzt, wie in der Vergangenheit auch, das Wort „Jugendamt" und vermeidet den Begriff „Fachdienst für Jugend und Familie."

Auch ist ihm nicht nachvollziehbar, wieso seit einigen Wochen in Fachaufsätzen und bei Jugendämtern nicht mehr von unbegleiteten minderjährigen Flüchtlingen, sondern nur noch von minderjährigen unbegleiteten Ausländern die Rede ist, zumal ihm noch in Erinnerung ist, dass vor einiger Zeit der Begriff „Ausländer" als höchst diskriminierend angesehen wurde und deshalb durch andere Begrifflichkeiten wie „Mensch mit Migrationshintergrund" oder „Mensch mit ausländischer Staatsangehörigkeit" ersetzt wurde.

Paul ist auch nicht bereit von Verkehrsinfrastrukturabgabe zu sprechen, wenn es um die Autobahnmaut geht, denn die Vernebelung von Wahrheiten durch die Schaffung neuer Begrifflichkeiten ist ihm zuwider, und der Begriff Verkehrsinfrastrukturabgabe wurde kreiert, um vom Bruch des während des „Fernsehduells" mit per Steinbrück vor der Bundestagswahl 2013 von Angela Merkel abgegebenen Versprechens *„Mit mir wird es keine Maut geben"*, abzulenken.

So hat er es auch im Jahre 2010 begrüßt, dass der damalige Verteidigungsminister Guttenberg, der später zu Recht wegen seiner Plagiatsaffäre zurücktreten musste, den Mut aufgebracht hat, endlich auszuzusprechen, worum es bei dem Einsatz deutscher Streifkräfte in Afghanistan geht, nämlich nicht nur um einen Beitrag deutscher Streitkräfte an dem Einsatz einer internationalen Sicherheitsunterstützungstruppe, sondern um die Beteiligung an einem Krieg.

Auch die vor langer Zeit eingeführte Sprachregelung, dass in Scheidungsverfahren die beteiligten Eheleute nicht, wie sonst in Zivilverfahren üblich, „Kläger" und „Beklagter" heißen, sondern „Antragsteller" und „Antragsgegner" – diese Änderung wurde damals mit der schwer nachvollziehbaren Begründung eingeführt, dass der Begriff „Beklagter" zu sehr nach Gegnerschaft klinge und von daher der Begriff „Antragsgegner" besser geeignet sei, deeskalierend zu wirken - , und die Einführung der schrecklichen Wortkombination „abgehängtes Prekariat" mit der Begründung, das Wort „Unterschicht" klinge zu diskriminierend, haben nicht dazu geführt, dass er die altmodisch klingenden Wörter aus seinem aktiven Wortschatz gestrichen hat, ebenso wenig wie den Begriff „schwer erziehbare Kinder" der in dem heutigen Sprachgebrauch der Jugendämter durch den Begriff „Systemsprenger" ersetzt ist.

Auch fällt es Paul nach wie vor schwer, Menschen mit einer gleichgeschlechtlichen sexuellen Orientierung als Schwule zu bezeichnen, da er von seinen Eltern gelernt hat, dass man nicht „Schwule" sagen, sondern den Begriff „Homosexuelle" benutzen soll, weil die Bezeichnung „Schwule" herabwürdigend sei.

Er erinnert sich aber, dass in den achtziger Jahren des letzten Jahrhunderts eine von ihm sehr geschätzte Moderatorin namens Lea Rosch bei einer NDR–Talkshow zwei Männer als Homosexuelle vorgestellt hatte, die dafür kämpften, dass sie heiraten können, und von diesen beiden Männern deshalb heftig attackiert worden war, weil die beiden als Schwule und nicht als Homosexuelle bezeichnet werden wollten, worauf die sonst so souveräne Lea Rosch sehr irritiert war, was er sehr gut nachvollziehen konnte.

Paul erinnert sich auch dunkel an eine andere Talkshow aus der damaligen Zeit, in der der Gebrauch eines damals zum normalen Sprachgebrauch gehörenden Wortes empörte Reaktionen ausgelöst hatte.

Er ist sich zwar nicht sicher, ob es Lea Rosch war oder die ebenso von ihm verehrte Elke Heidenreich oder der nicht minder geachtete Wolfgang Menge, Moderatoren, die hin und wieder Position bezogen und nicht nur unbequeme Fragen, sondern manchmal sogar kritische Nachfragen stellten.

Einer dieser drei Urgesteine anspruchsvoller und nicht dem Mainstream angepasster Talkmaster war jedenfalls nach Pauls untrüglicher Erinnerung der empörten Reaktion von zwei Rollstuhlfahrern ausgesetzt. Er oder sie hatte nämlich den „Fehler" begangen, die Talkshowgäste als Menschen mit einer Behinderung anzukündigen, die sich für die Verbesserung der Rechte von Behinderten engagiert einsetzten, und nicht bedacht, dass die beiden Rollstuhlfahrer als Krüppel vorgestellt werden wollten, die sie doch nun mal seien, wie auch der Name des Vereins, den sie gegründet hatten, zeige.

Paul spricht weiter von Homosexuellen und Menschen mit Behinderungen und nicht von Schwulen und Krüppeln, und auch die Bezeichnung „Menschen mit Handicap" für Behinderte kommt ihm nicht über die Lippen, weil es für ihn nicht plausibel ist, warum diese Wortschöpfung, die ihn an eine elitäre Sportart erinnert, besser geeignet sein soll, einen bestimmten Sachverhalt zutreffender zu bezeichnen als der Begriff „Behinderung".

So ist er auch froh, dass es „Behindertenrechtskonvention" heißt und nicht „Konvention für Menschen mit einem Handicap", weil ansonsten vielleicht Irritationen auftreten könnten, dass es sich bei der Konvention um internationale Golfregeln handelt.

Paul sperrt sich zwar nicht prinzipiell dagegen, wenn bestimmte Begriffe erfunden werden, um Sachverhalte sprachlich präziser zu fassen, wie dies vermutlich bei der Erfindung des Begriffs des „Teammanagers" der Fall war, durch den zum Ausdruck gebracht werden sollte, dass man für eine deutsche Fußballnationalmannschaft auch ohne Trainerlizenz verantwortlich tätig sein darf, wie seinerzeit der inzwischen vermutlich im Exil lebende Fußballkaiser Franz Beckenbauer, von dem er seit längerer Zeit nichts mehr in den Medien gehört hat, nachdem er in den Verdacht geraten ist, dass es nicht mit rechten Dingen zugegangen sein könnte, dass die Fußballweltmeisterschaft 2006 in Deutschland stattfinden konnte.

Auch leuchtet ihm ein, dass man den Begriff „Selbstmord" aus seinem Wortschatz streichen sollte, seit ihm ein Kollege, der, wie Paul auch, nach dem Freitod des Fußballtorwarts Robert Enke von Hannover 96 sehr betroffen war, darauf hingewiesen hatte, dass das Wort „Selbstmord" tunlichst nicht benutzt werden solle, da in ihm das Wort „Mord" enthalten sei, bei dem immer etwas Verwerfliches und niedere Beweggründen assoziiert würden.

Darüber hatte sich Paul vor dem erwähnten Gespräch mit seinem Kollegen zwar niemals Gedanken gemacht, aber er spricht seitdem nie mehr davon, dass sein Vater „Selbstmord" begangen hat, sondern benutzt stets das Wort „Suizid", weil er die Argumente seines Kollegen für überzeugend hält, wenngleich die Frage nach dem „Warum?", die er sich so oft gestellt und die ihn oft zur Verzweiflung gebracht hat, auch danach weiterhin unbeantwortet geblieben ist, ebenso unbeantwortet, wie die Frage, die ihn die letzten Wochen sehr beschäftigt und mitgenommen hat, nämlich die Frage, wo sich Mustafa aufhält.

Paul wird auch in Zukunft weiterhin von Einwanderern oder Immigranten sprechen, wenn es um Flüchtlinge aus anderen Ländern geht, denn schließlich sind sie ja in die Bundesrepublik eingewandert.

Was für ein Blödsinn, denkt er. Auf der einen Seite fordern sie ein Einwanderungsgesetz und im gleichen Atemzug plädieren sie dafür, dass der Begriff der Einwanderung durch den Begriff der Zuwanderung ersetzt wird.

Er würde sich gerne einmal mit einer der Führungskräfte der früheren Protestpartei unterhalten, die so oft den Eindruck zu erwecken versuchen, sie seien die einzigen guten, sich an moralischen Werten orientierenden Menschen auf Erden.

Er würde ihnen gerne einmal die Frage stellen:

Meinen Sie wirklich, dass es besonders gut und christlich ist, wenn Deutschland sein Problem des Fachkräftemangels dadurch zu lösen versucht, dass es ein Einwanderungsgesetz verabschiedet, durch welches die Möglichkeit eröffnet wird, dass den armen Ländern, wie beispielsweise Äthiopien, die wenigen Ärzte, die es dort gibt, weggenommen werden, um die ärztliche Versorgungsdichte mit Allgemeinmedizinern im ländlichen Raum in Deutschland zu erhöhen und das Problem der Unterversorgung mit „Fachärzten für Allgemeinmedizin", (Spezialisten für das Generelle ? - früher hieß das Hausarzt und gemeint ist das wohl auch heute noch) im ländlichen Raum zu beheben?

Mit dieser Frage würde er sehr gerne einmal eine der führenden „Persönlichkeiten" dieser Partei, am liebsten die Frau an deren Spitze, konfrontieren, die, wie die Pharisäer im neuen Testament, gelegentlich auf Kirchentagen betont, wie viel Gutes sie denkt und tut und sich einzubilden scheint, fast eine so große moralische Instanz zu sein, wie eine der „Vorzeigejournalistinnen" des ZDF, die, als man Christian Wulf, dem kurzzeitig amtierenden Bundespräsidenten, wie sich später herausstellte, unberechtigt, den Vorwurf machte, er habe unentgeltlich bei Freunden gewohnt, im Fernsehen tatsächlich behauptet hatte, dass sie selbstverständlich dann, wenn sie bei guten Freunden übernachte, diesen den marktüblichen Preis für die Übernachtung bezahle, was sich später als eine Lüge herausstellte.

31

Durch einen lauten Piepton wird Paul in seinen Gedankengängen unterbrochen und sieht gerade noch, wie auf dem Monitor die Nummer 121 verschwindet und durch die Nummer 122, Zimmer 4 ersetzt wird.

Er versucht, auch um sich die Zeit zu vertreiben, auszurechnen, wie lange er und Samir ungefähr noch werden warten müssen, als er in seinen Rechenbemühungen unterbrochen wird, weil er ungewollt ein lautes Gespräch zwischen einem schon sehr gut Deutsch sprechenden Ausländer und seinem, so vermutet er, ehrenamtlichen Betreuer mitbekommt, wonach alle Wartenden zurückgeschickt werden, wenn sie nicht bis Punkt zwölf Uhr Einlass in die geheiligten Büros der Sachbearbeiter und Sachbearbeiterinnen, der mit so viel Macht ausgestatteten Bewilliger oder Ablehner von existenzsichernden Sozialleistungen, erhalten haben.

Instinktiv schaut er auf seine Uhr.

Er stellt fest, dass es schon 11:43 Uhr ist, und sein aufkeimender Zorn wird nur durch die leise Hoffnung in Schach gehalten, dass es vielleicht doch klappen könnte, dass Samir noch heute seinen Antrag auf Arbeitslosengeld II abgeben kann.

Um 11:45 Uhr erscheint auf den beiden Leinwänden erneut der Hinweis, dem er zuvor keine große Beachtung geschenkt hat, *„Öffnungszeiten des Jobcenters: Montag, Dienstag, Donnerstag und Freitag: 8:00 Uhr bis 12:00 Uhr, Mittwoch: geschlossen"*, und der nun nach dem ungewollt mitgehörten Gespräch eine ganz andere Bedeutung für ihn erlangt.

„Nummer 127, Zimmer 5"ist kurz danach auf dem Monitor zu sehen, und Paul beobachtet eine schwangere Frau, die er bislang noch nicht wahrgenommen hat, und die sich in Richtung Flur, der vermutlich zu den Büroräumen führt, begibt. Noch während er denkt, dass das doch nicht wahr sein kann, dass in diesem überfüllten Wartesaal schwangere Frauen stundenlang warten müssen, erscheint auf dem Monitor die Nummer 128, Zimmer 8.

Endlich, es ist 11:58 Uhr, können Paul und Samir den an der Absperrung zum Flur stehenden Mann, der die Statur eines Schrankes hat und ein T -Shirt mit der Aufschrift „Security" trägt, und der wegen seiner unglaublichen Muskelmasse in den Oberarmen die Erinnerung an die Hoch-Zeiten des Dopings und Gebrauchs von Anabolika in der DDR hochkommen lässt und bei Paul kein Sicherheitsgefühl, sondern eher das Gegenteil davon aufkommen lässt, passieren, nachdem sie ihm den kleinen Zettel mit der Aufschrift 128 gezeigt haben.

Kurz danach stehen sie vor einer geschlossenen Tür, neben der ein Emailleschild angebracht ist, auf dem nicht nur die Nummer 8 sondern auch ein Name geschrieben steht: „Herr Dörfel"

Ein zaghaftes Anklopfen, - warten -, dann ein erneutes, immer noch leises Anklopfen und unmittelbar danach ein lautes, unwirsch klingendes „Herein!"

Kaum haben Samir und Paul das Büro des Herrn Dörfel betreten, weist dieser die vor seinem Schreibtisch Stehenden darauf hin, dass heute sehr viel los sei und dass sie noch einmal kommen müssten, weil er heute nur die Personalien aufnehmen und die Antragsformulare aushändigen könne. Einen Termin zur weiteren Besprechung werde er Herrn Nazemi in den nächsten Tagen schriftlich mitteilen.

Enttäuscht darüber, nach dreistündigem Warten eine nur weniger als fünf Minuten dauernde Audienz zur Aufnahme der Personalien und Aushändigung von Formularen beim zuständigen Sachbearbeiter bekommen zu haben, verlassen Samir und Paul das Büro des Herrschers über die Zuerkennung oder Ablehnung existenzsichernder Sozialleistungen.

Beim Verlassen des Gebäudes des Jobcenters wollen sie durch die Tür, durch die sie vor mehr als drei Stunden gegen neun Uhr hereingekommen sind, wieder hinausgehen.

Aber die Tür ist verschlossen.

„Hier ist kein Ausgang, es ist doch schon nach zwölf Uhr!", ruft eine Frau, die offensichtlich zum Sicherheitsdienst gehört, denn auch sie trägt ein schwarzes T- Shirt mit der Aufschrift „Security".

„Wenn sie rauswollen, müssen sie dort hinten durch die blaue Tür gehen. Diese Tür hier wird doch wegen der Öffnungszeiten immer um zwölf Uhr abgeschlossen."

Nach kurzem Zögern ergänzt sie mit höflicher, aber bestimmter Stimme:

„Warten Sie einen Moment, ich bringe sie gleich zum Ausgang."

Dann verschwindet sie.

Beim Wort „warten" zuckt Paul zwar zusammen, aber schon nach wenigen Minuten kommt die Frau mit den blonden Haaren und der dicken Hornbrille zurück und begleitet Paul und Samir durch verschiedene Glastüren zum Ausgang.

Paul ist dankbar, dass ihm wenigstens jetzt, bei der Suche des Ausgangs, geholfen wird, denn der Weg dorthin ist doch weiter und verschlungener als der Ausspruch „dort hinten, durch die blaue Tür", vermuten ließ.

„Hier ist der Ausgang", erklärt sie vielsagend und zeigt auf eine blaue Tür mit der Aufschrift „Kein Ausgang".

„Ab zwölf Uhr ist hier der Ausgang", fügt sie etwas schulmeisterlich hinzu und gibt Paul das Gefühl völlig bekloppt zu sein, weil er nicht weiß, dass ab zwölf Uhr der Ausgang aus dem Jobcenter nur durch die Tür möglich ist, auf der „Kein Ausgang" steht.

32

Auf der Rückfahrt holt Samir ein Schreiben des Sozialamtes aus seinem Rucksack.

Paul vermutet zunächst, dass es sich um das Schreiben handelt, welches Samir ihm bereits auf der Hinfahrt gezeigt hat, da ihm als erstes das Datum auffällt. Aber bei genauerem Hinsehen fällt ihm auf, dass es sich um ein weiteres Schreiben des Sozialamtes handelt.

Er ist überrascht, dass Samir somit insgesamt drei unterschiedliche Schreiben mit Datum 10. Juni 2017 vom Sozialamt erhalten hat, und konstatiert, dass die drei Schreiben von unterschiedlichen Sachbearbeiterinnen unterzeichnet sind, nämlich das Schreiben, das der Grund dafür gewesen ist, dass sie sich heute überhaupt auf den Weg zum Jobcenter gemacht haben, weil nunmehr das Jobcenter die für die Familie Nazemi zuständige Leistungsbehörde ist, von einer Frau namens Möller, das Schreiben, das sich, wie er auf der Hinfahrt hatte klären können, als überflüssig erwiesen hat, von Frau Kleist und das dritte

Schreiben, das er nun auf der Rückfahrt liest, von einer Frau Glässer:

„Da durch die Zuerkennung der Flüchtlingseigenschaft für die Gewährung von Leistungen das Jobcenter für Sie und Ihre Familie zuständig ist, ist auch Ihre bisherige Krankenversicherungskarte der AOK nicht mehr gültig. Sie erhalten demnächst eine neue Versicherungskarte von der AOK. Bitte geben Sie Ihre Versicherungskarte bei uns bis zum 21.06. 2017 ab.

Mit freundlichen Grüßen

Frau Glässer"

Donnerwetter, staunt Paul ungläubig, nachdem er das dritte Schreiben gelesen hat.

Drei verschiedene Sachbearbeiterinnen sind damit beschäftigt, den Fall Nazemi abzuwickeln und die Akte dieser Flüchtlingsfamilie abzuschließen, weil durch den Bescheid des Bundesamtes für Migration und Flüchtlinge, also durch das, was in dem im gelben Briefumschlag befindlichen Schreiben steht, aus dem Asylbewerber Samir und seiner Familie nunmehr anerkannte Flüchtlinge geworden sind, mit der Folge, dass sich das Sozialamt nunmehr *„Gott sei Dank"* nicht mehr mit der Familie Nazemi abplagen muss, sondern den Fall Zuständigkeitshalber an das Jobcenter der Stadt Frankfurt abgeben kann.

Paul schaut auf seine Uhr, die er zu seinem vierzigsten Geburtstag geschenkt bekommen hat. Er erinnert sich hieran noch genau, weil damals während seiner Geburtstagsfeier das Pokalendspiel zwischen Hannover 96 und Borussia – Mönchengladbach stattgefunden hat und Hannover 96 überraschend Pokalsieger geworden war. Seine erste Ehefrau hatte ihn damals heftig kritisiert, weil er während der Feier einen Fernseher in einem Nebenraum aufgestellt hatte.

Mit einiger Mühe kann er die kleine Datumsanzeige auf seiner Uhr lesen und stellt zu seiner Überraschung fest, dass heute schon der zwanzigste Juni ist.

Wegen der in dem amtlichen Schreiben von Frau Glässer gesetzten Frist verabredet er sich deshalb mit Samir für morgen um neun Uhr vor dem Sozialamt, denn er hat einige Fragen an Frau Glässer.

„Bring bitte morgen deine AOK-Versichertenkarten mit und auch die Karten von Kira und deinen Töchtern.", kann Paul gerade noch sagen, bevor Samir aus der Stadtbahn aussteigt.

Den Weg zum Sozialamt muss er zum Glück nicht erklären, denn Samir hat dort schon viele Stunden verbracht.

Am Abend lässt Paul den Tag noch einmal Revue passieren und dabei fällt ihm ein, dass er vor längerer Zeit eine Glosse verfasst hat, in der er versucht hat, den in Deutschland vorherrschenden Wahnsinn über immer detailliertere zuständigkeitsregelungen auf die Schippe zu nehmen. Er schenkt sich ein zweites Glas Rotwein ein und nach kurzem Suchen auf seinem PC wird er fündig und liest:

„Ein junger Mann kommt ins Jugendamt und sagt, dass er es zu Hause nicht mehr aushält. Daraufhin wird ihm erklärt, dass er einen Antrag stellen kann, ein Antragsformular ausfüllen muss – und dann wird er wieder weggeschickt. Als wenige Tage später der Antrag per Post eingeht, breitet sich hektische Betriebsamkeit im Jugendamt aus. Das Antragsformular muss schließlich in eine Akte abgeheftet und die Akte sodann einem Sachbearbeiter vorgelegt werden. Das alles braucht so seine Zeit, bis die Akte schließlich bei Herrn Lahnig landet. Der fragt sich natürlich zuerst: „Wieso krieg ich diesen Scheiß?"

Juristisch steckt hinter dieser Frage die Frage: „Bin ich,- also bin ich -, überhaupt zuständig?" Und da fängt es an, in dem sonst wenig im Denken geübten Gehirn von Herrn Lahnig zu arbeiten und er erinnert sich an § 86 SGB VIII und liest:

„§ 86 SGB VIII

Für die Gewährung von Leistungen nach diesem Buch ist der örtliche Träger zuständig, in dessen Bereich die Eltern ihren gewöhnlichen Aufenthalt haben (…).

Haben die Eltern verschiedene gewöhnliche Aufenthalte, so ist der örtliche Träger zuständig, in dessen Bereich der personensorgeberechtigte Elternteil seinen gewöhnlichen Aufenthalt hat; (...).

Haben die Eltern verschiedene Aufenthalte (...).

Haben die Eltern (...) im Inland keinen gewöhnlichen Aufenthalt, (...), oder sind sie verstorben, (...).

Begründen die Eltern nach Beginn der Leistung verschiedene gewöhnliche Aufenthalte, (...)

Lebt ein Kind oder ein Jugendlicher zwei Jahre in einer Pflegefamilie und (...).

Für Leistungen an Kinder oder Jugendliche, die um Asyl nachsuchen oder (...)"

Nach sorgfältiger Lektüre gelangt Lahnig zu der Erkenntnis: „Ob ich diesen Quatsch hier bearbeiten muss oder jemand anderes, hängt offensichtlich von vielen Faktoren ab. Es kann genauso gut der Kollege des benachbarten Jugendamtes zuständig sein."

Also schickt er den Vorgang dorthin, wo sich hektische Betriebsamkeit breit macht und nach Lektüre des § 86 SGB VIII die Akte an ein drittes Jugendamt weiter geschickt wird.... und so weiter.

Vier Jahre später ist Herr Lahnig sauer.

Die Akte ist wieder bei ihm gelandet. Lahnig grübelt: „Vier Jahre wurde er durch nichts und niemanden gestört – und nun das."

Er überlegt, was ihm sichtlich schwer fällt, weil mit den Jahren aus der Übung gekommen:

„Wie alt ist der Bengel eigentlich?"

Die Akte ist inzwischen sehr dick geworden und er blättert und blättert und findet schließlich den falsch abgehefteten Personalbogen.

„17 Jahre", steht dort.

Das war damals, also vor vier Jahren. Lahnig holt seinen Taschenrechner. Die Zahl 21 leuchtet auf und auch die Miene von Lahnig hellt sich auf und er denkt:

Gott sei Dank, der Bengel ist ja kein Kind mehr; was will der eigentlich von mir? Vergnügt geht er zum Mittagessen, doch da wird er von einem eifrigen Kollegen desillusioniert, der ihn auf § 7 SGB VIII hinweist, wonach ein Jugendamt auch für junge Volljährige zuständig ist.

Vielleicht hat sich der Bengel ja aufgehängt, schießt es ihm durch den Kopf, aber dieser Gedanke wird sogleich von seiner Grundüberzeugung überlagert, dass auf die heutige Jugend kein Verlass mehr ist.

Aber vielleicht sind seine Eltern ja inzwischen verstorben, oder zumindest ein Elternteil. Das würde ja schon weiterhelfen.

So formuliert er selbst ein kurzes Anschreiben.

Dass es für diesen Fall kein Formular gibt, wurmt ihn sehr:

„Bitte teilen Sie mir möglichst schnell mit, dass ihre Eltern gestorben sind."

Zwei Wochen später erhält Herr Lahnig per Post die Mitteilung, dass die Eltern des Antragstellers bei einem Verkehrsunfall ums Leben gekommen sind.

Lahnig ist erleichtert und schickt die Akte guten Gewissens nochmals auf eine lange Reise.

Im Vorwort zu einer von der Bundesregierung herausgegebenen Broschüre zum SGB VIII stand einmal:

„Das Recht soll verständlicher werden und besser aufeinander abgestimmt; der Zustand, dass verschiedene Einrichtungen völlig unabhängig voneinander tätig sind, soll beendet werden."

Ob dies gelungen ist, erscheint fraglich.

Zwar ist Herrn Lahnig eine Erfindung oder eine inzwischen längst (aus)gestorbene Spezies. Aber das in § 86 SGB VIII normierte Zuständigkeitsdickicht ist uns erhalten geblieben und treibt seine Blüten in zahlreichen gerichtlichen, kostspieligen Kostenerstattungsverfahren."

Nach dem Lesen dieser kleinen Glosse, die seinerzeit, sehr zu seiner Überraschung, sogar in einer Fachzeitschrift veröffentlicht worden ist, schenkt sich Paul ein drittes Glas Rotwein ein und muss plötzlich schmunzeln, weil er sich an eine kleine Episode erinnert, die auch etwas mit Zuständigkeiten zu tun hat.

33

Paul war vor mehr als dreißig Jahren während seiner Assessorenzeit für ein halbes Jahr an die Staatsanwaltschaft Stade abgeordnet worden und unter anderem für die Bearbeitung von Straftaten *durch* Bundeswehrangehörige und *an* Bundeswehrangehörigen zuständig.

Ausgerechnet Paul, der von der Bundewehr schon damals nichts hielt und auch nicht gedient, sondern statt dessen zehn Jahre beim THW, dem Technischen Hilfswerk, seinen Dienst geschoben hatte, musste seinerzeit junge Rekruten anklagen, wenn diese sich wegen eines Vergehens wie beispielsweise der „Fahnenfluch" oder der „eigenmächtigen Abwesenheit von der Truppe" schuldig gemacht hatten.

Wenige Tage vor der Beendigung seiner Zeit als Staatsanwalt in Stade war abends ein Starfighter auf ein Bauernhaus abgestürzt.

Der Starfigther war damals das berühmteste Bundeswehrflugzeug und besonders dafür bekannt, dass er meistens irgendwann abstürzte, weshalb er mitunter auch als „Witwenmacher" bezeichnet wurde, weil sich die Piloten nur selten durch den eigentlich für ihre Rettung vorgesehenen Schleudersitz retten konnten.

Durch den Absturz des Starfighters war nicht nur ein Bauernhaus in Brand geraten. Auch mehrere Menschen waren dabei ums Leben gekommen, nicht allerdings die Piloten, die sich beide wie durch ein Wunder durch den Schleudersitz hatten retten können.

Paul hatte von diesem Unfall erst am folgenden Tag, als er in sein Büro bei der Staatsanwaltschaft Stade kam und vor ihm eine Ermittlungsakte gegen die beiden Strafighterpiloten mit den ersten Berichten der Polizei lag, Kenntnis erlangt.

Man hatte natürlich ihm die Akte vorgelegt, weil er für Straftaten zuständig war, die von Bundeswehrangehörigen begangen wurden, und es ja mehr als nur wahrscheinlich war, dass der Starfighter von einem Bundeswehrangehörigen gesteuert und nicht von einem betrunkenen Abiturienten nach einer Abiturientenfeier geklaut und von diesem geflogen worden war. Das wäre zwar schön gewesen, weil dann der Kollege aus dem Diebstahlsdezernat zuständig gewesen wäre, traf aber leider nicht zu.

Scheiße, hatte er innerlich geflucht, das darf doch nicht wahr sein, dass ich diesen Fall bearbeiten muss.

Doch dann hatte er eine geniale Idee:

Vielleicht bin ich gar nicht zuständig.

Das Bauernhaus hat ja immerhin gebrannt. Es könnte sich ja um eine Brandsache handeln und für Brandsachen bin ich nicht zuständig.

Für Brandsachen war in der Staatsanwaltschaft Stade damals der Oberstaatsanwalt Fleißig zuständig. Paul versuchte ihm, wann immer das möglich war, aus dem Weg zu gehen. Denn er fand diesen dickleibigen „Kollegen" schon deshalb äußerst unsympathisch, weil er ständig versuchte, sich beim Behördenchef einzuschleimen.

Mit klammheimlicher Freude und mit der Genugtuung, Herrn Fleißig, der seinem Namen keine Ehre machte, ein bisschen Arbeit verschaffen zu können, schrieb er, ohne groß zu überlegen, in die Akte:

„Vermerk: Es dürfte sich um eine Brandsache handeln. Die Akte bitte Herrn Oberstaatsanwalt Fleißig zuständigkeitshalber vorlegen."

Ein bisschen mulmig war ihm schon dabei, als er den unauslöschlich in der Akte schriftlich fixierten Vermerk las und unterzeichnete. Denn schließlich war er nur ein junger Staatsanwalt und hatte mit einer sehr gewagten Begründung den Vorgang dem älteren Oberstaatsanwalt zugeschustert. Aber es war nun einmal nicht mehr zu ändern und Paul tröstete sich mit dem Gedanken, dass er die Akte nun erst einmal für mindestens drei Tage vom Tisch hatte.

Denn die Akte musste ja nun von einem Justizwachtmeister am Abend in die Zentrale gebracht werden, dort musste am folgenden Morgen registriert werden, dass die Akte nicht mehr bei Paul ist und zu Herrn Fleißig gebracht werden soll, und bis die Akte dann tatsächlich bei Herrn Fleißig ankommen würde, würden sicherlich noch mindestens zwei weitere Tage vergehen, vorausgesetzt, dass die Justiz nicht wider Erwarten ausnahmsweise einmal schnell arbeiten sollte.

Drei Tage später stürmte Herr Fleißig wutentschnaubt mit hochrotem Kopf, ohne anzuklopfen, in das Büro von Paul, schmiss die Akte auf den Schreibtisch und brüllte:

„So nicht, junger Kollege, so nicht. Sie sind natürlich zuständig."

Paul wollte etwas entgegnen, aber der Kollege Fleißig gab ihm hierzu keine Chance, denn genauso schnell, wie er hereingekommen war, war er auch wieder aus dem Büro herausgestürzt, und Paul konnte nur noch die Worte „so nicht, das wird ein Nachspiel haben", hören.

Ziemlich niedergeschlagen saß er vor seinem Schreibtisch und dachte, wie er die letzten Tage bei der Staatsanwaltschaft Stade bis zu seiner Abordnung nach Neustadt unbeschadet überstehen könnte.

Auch wenn er inzwischen die ungeliebten Bundeswehrstrafsachen relativ routiniert bearbeiten konnte und die Rückmeldungen seiner Kollegen sehr positiv waren, so fühlte er sich dennoch mit der Bearbeitung des Starfighterfalls und dem zu erwartenden Presserummel total überfordert.

Gedankenverloren blätterte er im Geschäftsverteilungsplan der Staatsanwaltschaft Stade und stieß dabei zufällig auf den Namen Kruse sowie die drei Worte: „Unfälle im Luftraum".

Mit Herrn Kruse, dem Leitenden Oberstaasanwalt hatte er schon einige Male während seiner sechs Monate dauernden Tätigkeit in Stade zu Mittag gegessen. Er hatte ihn als sehr sympathisch erlebt, nicht nur, weil auch er starker Raucher war, sondern auch, weil er den sich ständig einschleimenden Nichtraucher, Herrn Fleißig, der, wenn der Chef zum Mittagessen ging, immer fleißig mitging und deshalb bei einigen Kollegen den Spitznamen „Mitesser" hatte, offensichtlich ebenfalls nicht mochte. Auch war ihm schon relativ schnell positiv aufgefallen, dass Herr Kruse sich nicht als Behördenchef aufspielte. Besonders angetan aber war Paul davon, dass der Leitende Oberstaatsanwalt ihm schon bei der ersten Begegnung freundlich angeboten hatte:

„Wenn Sie einmal Probleme mit der Arbeit haben sollten und nicht weiter wissen, dann kommen sie einfach zu mir."

Paul hat sich später einmal erkundigt, was eigentlich die Aufgaben eines Leitenden Oberstaatsanwalts sind und dabei erfahren, dass dieser vorwiegend administrative Aufgaben hat und von daher nur in geringem Umfang Ermittlungsverfahren durchführen und die Staatsanwaltschaft in den Strafprozessen in den mündlichen Verhandlungen vertreten muss.

Er hat mitunter diese Entlastung mit der Situation von Rektoren an Schulen verglichen, die ja auch wegen ihrer Verwaltungsaufgaben nur in geringem Umfang der Kerntätigkeit eines Lehrers, dem Unterrichten, nachzugehen verpflichtet sind.

Von daher war es für ihn später im Nachhinein nicht verwunderlich, dass Herr Kruse nach dem Geschäftsverteilungsplan nur für solche Delikte, die nur selten vorkommen, zuständig war, wie eben unter anderem für „Unfälle im Luftraum".

Damals allerdings, als er in dem Geschäftsverteilungsplan las „Unfälle im Luftraum", war er schon überrascht. Er grübelte, was eigentlich neben der Bearbeitung von „Unfällen im Luftraum" die weiteren Aufgaben eines Leitenden Oberstaatsanwalts sein könnten, aber er hatte er keine Idee. Etwas anderes kam ihm jedoch in den Sinn:

Es ist ja noch völlig ungeklärt, wodurch es zum Absturz des Starfighters gekommen ist, und es ist ja nicht ausgeschlossen, dass die Ursache für den Absturz ein Unfall im Luftraum war.

Und ihm fiel wieder ein, was Herr Kruse ihm in den ersten Tagen seiner Tätigkeit in Stade gesagt hatte:

„Wenn sie einmal Probleme mit der Arbeit haben und nicht weiter wissen, dann kommen sie einfach zu mir."

Nun war die Situation da und Paul überlegte hin und her, wie er sich verhalten sollte. Er entschied sich dafür, nicht zu Herrn Kruse zu gehen, sondern ihm zu schreiben und alles auf eine Karte zu setzen.

Er fertigte in der Akte einen neuen Vermerk:

„Es ist nicht auszuschließen, dass der Absturz des Starfighters durch einen Unfall im Luftraum verursacht worden ist. Von daher die Akte zuständigkeitshalber dem Leitenden Oberstaatsanwalt Kruse vorlegen."

Zwei Tage später erhielt er einen Telefonanruf von Herrn Kruse, in welchem ihm dieser mitteilte, dass er mit ihm etwas zu besprechen habe.

Als Paul kurze Zeit später das Büro des Leitenden Oberstaatsanwalts betrat, war ihm sehr mulmig zumute, aber schon kurz darauf konnte er erleichtert aufatmen, denn Herr Kruse erhob sich von seinem Schreibtisch und begrüßte ihn herzlich mit den Worten:

„Sie sind aber ein sehr kreativer Staatsanwalt. Aber keine Angst, ich werde den Fall übernehmen. Schließlich werden Sie uns ohnehin übermorgen verlassen und Ihren neuen Dienst in Neustadt antreten."

Paul, der manchmal abends in seinem Arbeitszimmer sitzt und sich, mit seinen Kopfhörern klassische Musik anhörend, an vergangene Zeiten erinnert, ist langsam müde geworden.

Er entscheidet sich, da es schon nach Mitternacht ist, nicht noch ein weiteres Glas Rotwein zu trinken, sondern ins Bett zu gehen, zumal er morgen, für seine Verhältnisse relativ früh, nämlich um halb acht aufstehen muss, weil er mit Samir um neun Uhr beim Sozialamt verabredet ist.

34

In der Rechtsanwaltskanzlei Leibfried, in der normalerweise eine gediegene Atmosphäre vorherrscht, geht es heute etwas hektischer zu als sonst, da zwei der drei Rechtsanwaltsgehilfinnen erkrankt sind. Von daher hat der Chef, Herr Leibfried, die Auszubildende Clara Jung, die vor kurzem ihre Ausbildung in der Kanzlei begonnen hat, zum Telefondienst eingeteilt.

„Sie schaffen das schon", hatte er ihr aufmunternd zugerufen, als er die Kanzlei wegen eines Gerichtstermins verlassen musste

Beim ersten Anruf, den Clara entgegennimmt, teilt eine Frau Meier mit, dass sie den Beratungstermin wegen einer etwaigen Scheidung nicht mehr brauche, da sie sich mit ihrem Mann wieder vertragen habe. Clara hat gerade den Namen im Terminkalender gestrichen, als es erneut klingelt.

„Anwaltskanzlei Leibfried und Partner, Sie sprechen mit Frau Jung", meldet sich die junge Auszubildende, als habe sie schon etliche Berufsjahre auf dem Buckel.

„Mein Name ist Malek. Ich möchte Herrn Leibfried sprechen."

„Der ist leider heute Vormittag bei Gericht, aber heute Nachmittag ist er wieder da."

Der Mann am Telefon scheint zu überlegen, was er jetzt tun soll, da er wohl nicht damit gerechnet hat, dass Herr Leibfried nicht erreichbar ist. Dies jedenfalls ist der Eindruck, den Clara hat, denn erst nach einer kurzen Pause sagt der Anrufer:

„ Oh, das ist schlecht, aber heute Nachmittag ist zu spät. Sagen sie bitte Herrn Leibfried, der Brief kann aufgemacht werden. Er weiß dann schon Bescheid."

Noch ehe Clara Jung den vollständigen Namen erfragen kann, hat der Anrufer das Gespräch beendet.

Merkwürdig, denkt sie und will gerade einen Telefonvermerk anfertigen, als es erneut klingelt.

35

Paul ist, wie so oft, mal wieder viel zu früh, denn er hasst es, wenn Leute unpünktlich sind.

Er wartet schon seit einiger Zeit auf Samir, der kurz vor neun mit seinem Fahrrad eintrifft und ihn mit den Worten „Hallo Paul, wie geht es dir", begrüßt.

„Gut, und dir ?"

„Ist alles okay", antwortet Samir.

„Super, dass du wieder so pünktlich bist", lobt Paul.

Samir strahlt:

„Ist doch klar, in Deutschland immer pünktlich."

Paul freut sich, dass Samir inzwischen gelernt hat, dass in Deutschland viel Wert auf Pünktlichkeit gelegt wird.

Zielstrebig gehen beide in das Gebäude des Sozialamtes und Paul klopft an die Tür von Frau Glässer, obwohl er weiß, dass er keinen Termin hat.

Er ist überrascht, dass er nicht gleich unwirsch gefragt wird, ob er einen Termin habe, weil diese Frage nach seinen Erfahrungen der letzten Monate die wichtigste Frage zu sein scheint, die manche Bedienstete in deutschen Amtsstuben an Stelle einer normalen Begrüßung zu stellen pflegen.

Frau Glässer hingegen scheint aus einem anderen Holz geschnitzt zu sein als manche ihrer Kolleginnen, denn sie fragt mit freundlicher Stimme:

„Was kann ich für Sie tun?"

„Ich betreue ehrenamtlich Herrn Nazemi" – dabei zeigt er auf Samir -, „der von Ihnen die Aufforderung erhalten hat, seine AOK – Versichertenkarte abzugeben, weil er demnächst eine neue Karte von der AOK bekommen soll."

Frau Glässer hat währenddessen schon den Namen Nazemi in den Computer eingegeben, fragt nach dem Vornamen und sagt schon wenige Sekunden später:

„Ja ich habe Herrn Nazemi gefunden, das ist richtig. Herr Nazemi muss die Versichertenkarte bei mir abgeben. Er bekommt dann bald eine neue von der AOK zugesandt."

Paul erlaubt sich die Frage, ob es nicht besser sei, wenn Herr Nazemi die alte Karte so lange behält, bis er im Besitz der neuen ist, woraufhin Frau Glässer mit klarer und energisch klingender Stimme, die keinen Widerspruch duldet, erklärt:

„Oh nein, das geht auf gar keinen Fall. Er muss die alte Karte abgeben, denn die ist ja jetzt nicht mehr gültig. Er ist ja jetzt über das Jobcenter und nicht mehr über uns bei der AOK versichert."

Pauls Einwand, was denn dann Herr Nazemi, seine Frau oder die beiden Kinder machen sollen, wenn ein Krankheitsfall nach Abgabe der alten AOK-Karte und vor Übersendung der neuen Karte eintreten sollte, bügelt Frau Glässer mit den Worten ab:

„Das wollen wir mal nicht hoffen. Aber im Notfall müssen die Ärzte ja auch dann Patienten verarzten, wenn keine Versichertenkarte vorgelegt werden kann."

Paul lässt sich damit nicht abwimmeln, und auf seine Frage, ob Herr Nazemi und seine Angehörigen also für eine gewisse Übergangszeit zwischen der Rückgabe der alten und Zusendung der neuen Karte keinen Versicherungsschutz haben und im normalen Krankheitsfall keinen Arzt aufsuchen können, antwortet die offenkundig ungeduldiger werdende Frau Glässer:

„Doch, sie müssen sich dann nur vorher beim Jobcenter einen Krankenschein holen."

Paul stellt sich vor, dass ein alleinstehender Flüchtling Fieber hat und bei diesem bürokratischen Procedere gezwungen ist, zunächst zum Jobcenter zu fahren, dort vielleicht stundenlang auf die Aushändigung eines Krankenscheins warten muss, erst dann zum Arzt gehen kann und dann völlig erschöpft vor der geschlossenen Arztpraxis steht, weil er das Pech hat, an einem Mittwoch erkrankt zu sein und bekanntlich etliche Arztpraxen mittwochnachmittags keine Sprechstunde haben. Aber er behält diese Gedanken für sich, weil er weiß, dass er Frau Glässer keine

Vorwürfe machen kann, denn nicht sie, sondern andere sind für diesen bürokratischen, menschenverachtenden Wahn – und Unsinn verantwortlich.

Höflich bedankt er sich dafür, dass sie sich Zeit für sein Anliegen genommen hat, obwohl er keinen Termin hatte.

Als Samir und Paul wieder draußen vor dem Sozialamt stehen, schlägt er vor, direkt zu der in der Nähe befindlichen Zweigstelle der AOK zu gehen, um gegebenenfalls etwas Druck zu machen, damit die neue Versichertenkarte möglichst bald zugesendet wird.

Samir ist damit einverstanden.

Nach nur einer halben Stunde sitzen beide, sehr zur Überraschung von Paul, der mit einer weitaus längeren Wartezeit gerechnet hatte – Warten gehört schließlich seit langem zu seinem täglich Brot –, vor dem sehr großen Schreibtisch des AOK - Mitarbeiters Krüger.

Obwohl Paul normalerweise Äußerlichkeiten nicht registriert, was Maria schon so oft an ihm kritisiert hat, ist ihm sofort aufgefallen, dass der Schreibtisch einen sehr geordneten Eindruck macht. Auf ihm befindet sich ein Schreibset, bestehend aus einem wahrscheinlich wertvollen Pelikanfüller und einem Pelikankugelschreiber sowie ein Bleistift, ein Bleistiftanspitzer, ein Radiergummi, ein Notizblock und ein PC, alles akkurat auf Kante gelegt.

Paul, dessen Schreibtisch immer einen unaufgeräumten Eindruck macht, hat die Befürchtung, dass der auf ihn sehr seriös wirkende Herr Krüger, der einen dunkelblauen Anzug mit einem dazu passenden Hemd und einer tadellos sitzenden Krawatte trägt, vielleicht ein Pingelheini ist, der es am liebsten sähe, wenn die vom Gesetzgeber aufgebauten bürokratischen Hürden noch höher wären und es noch mehr, bis ins kleinste Detail gehende gesetzliche Regelungen von Zuständigkeiten und Verfahrensabläufen gäbe; aber er wird sogleich eines Besseren belehrt.

Nachdem er ihm sein Anliegen erklärt hat, sagt Herr Krüger nämlich mit einer angenehmen, fast warmherzig klingenden Stimme:

„Na, da wollen wir mal sehen, was sich da machen lässt."

Nach einer kurzen Phase konzentrierten Arbeitens an dem vor ihm befindlichen PC, während der er immer wieder zwischendurch auf Paul und Samir mit einem verständnisvollen Lächeln hochschauend murmelt, „das wird schon", lehnt sich Herr Krüger in seinen großen, ledernen Schreibtischsessel zurück und scheint erfreut zu sein, sagen zu können:

„Ich kann Ihnen die Karte heute schon ausstellen. Haben Sie denn die Heiratsurkunde und die Geburtsurkunden der Kinder mit?"

Es folgt ein kurzes, betretenes Schweigen, bis Paul, der befürchtet, dass es jetzt große Schwierigkeiten geben wird, weil Samir nur im Besitz einer Tazkira, des in Afghanistan üblichen Identitätsdokumentes ist, zaghaft von sich gibt:

„Eine Heiratsurkunde gibt es leider nicht, weil die Eheleute Nazemi nur vor einem örtlichen Imam geheiratet haben und die Geburtsurkunden der Kinder sind leider auf der Flucht verlorengegangen."

Paul kennt zwar von der Anhörung beim Bundesamt für Migration und Flüchtlinge die näheren, dramatischen Umstände, die seinerzeit auf dem Schlauchboot dazu geführt haben, dass nur Samir noch im Besitz seiner Geburtsurkunde ist. Aber er sieht keine Veranlassung, diese zu offenbaren und fragt stattdessen Samir, ob er seinen vom Ausländeramt ausgestellten elektronischen Ausweis dabei hat, woraufhin dieser seinen Ausweis aus der Jacke hervorholt und das in vielen Lebenslagen so wichtige Dokument dem vor ihm sitzenden Herrn Krüger zeigt.

Dieser schaut sich den Ausweis an und klärt Paul und Samir darüber auf, dass die Kinder und die Ehefrau eines Versicherungsnehmers bei der AOK eigentlich nur familienversichert sein können, wenn der Nachweis der Eheschließung durch eine Heiratsurkunde und die Abstammung der Kinder durch Vorlage von Geburtsurkunden geführt werden kann.

„Das kann kompliziert werden", sagt er nachdenklich, fügt aber sogleich hinzu:

„Da gab es mal irgendwas, warten Sie mal." Er wendet sich wieder hochkonzentriert seinem Computer zu, auf dem er, das zumindest ist der Eindruck, den Paul hat, fieberhaft nach einer Lösung des Problems sucht.

Unendlich lange kommt Paul die Zeit vor, die sie nun schon vor dem sichtlich bemühten, aber wohl doch überforderten Herrn Krüger sitzen, obwohl dieser schon nach wenigen Minuten erleichtert ausruft:

„Hier, ich hab`s, es gibt eine Dienstanweisung aus dem Jahre 2016, dass Versicherungsnehmer, die durch die sonst üblichen Urkunden (Heiratsurkunden oder Geburtsurkunden) nicht nachweisen können, dass und mit wem sie verheiratet sind oder dass die bei ihnen lebenden Kinder von ihnen abstammen, durch eidesstattliche Erklärungen gegenüber der Krankenkasse erreichen können, dass die von ihnen benannten Personen familienversichert sind und somit den beantragten Krankenversicherungsschutz erhalten."

Der hilfsbereite AOK-Sachbearbeiter setzt kurzerhand eine entsprechende eidesstattliche Versicherung auf, lässt diese ausdrucken, erklärt Samir, dass die Angaben in der eidesstattlichen Versicherung der Wahrheit entsprechen müssen und legt ihm diese vor.

Samir liest:

„Hiermit versichere ich an Eides statt, dass Frau Kira Nazemi, geboren am 01.01.1983, meine Ehefrau ist und dass Tamina, geboren am 01.01.2003, und Ariana, geboren am 01.01.2007, meine Kinder sind."

Paul, der hinter Samir steht, weil er sich kurz einmal die Beine vertreten will - seine Knie machen ihm schon seit einiger Zeit etwas zu schaffen und er nimmt sich fest vor, demnächst deswegen einmal einen Arzt aufzusuchen –, liest das vor Samir liegende Schreiben mit.

Es macht ihn nicht stutzig, dass sowohl Kira als auch Tamina und Ariana alle am ersten Januar geboren sind, denn er weiß, dass nicht nur in Afghanistan, sondern in vielen arabischen Ländern als Geburtsdatum immer der erste Tag eines neuen Jahres festgesetzt wird.

Die Deutschland auszeichnende Gründlichkeit und Genauigkeit bei der Registrierung von Wichtigem und Unwichtigem ist – vielleicht zum Glück – nicht auf der ganzen Welt verbreitet.

Nachdem Paul Samir noch einmal erklärt hat, dass die Angaben der Wahrheit entsprechen müssen - Samir hat mit Hilfe seines Smartphones offensichtlich verstanden, was der Begriff „Wahrheit" bedeutet -, unterschreibt Samir die eidesstattliche Versicherung. Danach händigt Herr Krüger ihm die in der Zwischenzeit schon angefertigten, neuen AOK – Versichertenkarten aus.

„Danke", sagt Paul, als sie sich von dem netten Mitarbeiter der AOK verabschieden und fügt, nachdem dieser erwidert hat „dafür nicht, das ist doch unser Job, unseren Mitgliedern zu helfen, wo wir das können", hinzu, dass er es trotzdem bemerkenswert findet, wie hilfsbereit Herr Krüger gewesen sei und dass er mit Behörden und Ämtern auch schon ganz andere Erfahrungen gemacht habe.

Paul wird Herrn Krüger von der AOK in guter Erinnerung behalten und auch dessen zufriedenes Lächeln, als er sich bei ihm bedankt hat, denn er weiß, wie gut es tut, auch einmal für seine Arbeit gelobt zu werden.

Am Abend beschäftigt ihn die Frage, was eigentlich passiert, wenn seine Wohnung einmal abbrennen und dabei wichtige Ausweispapiere vernichtet werden sollten, und er erinnert sich an die Zeit der Entführung des Arbeitgeberpräsidenten Hans

Martin Schleyer, als er seinen Personalausweis und seinen Führerschein verloren hatte.

Da er damals mit seinen langen, schwarzen Haaren, seinem Vollbart und der Nickelbrille von seiner optischen Erscheinung her durchaus als ein Kernmitglied der Kommune I durchgegangen wäre, war die Beschaffung von Ersatzpapieren ein regelrechter Spießrutenlauf von einem Amt zum anderen, weil jeder bundesdeutsche Beamte, dem er hierbei begegnete, offensichtlich davon ausging, dass der leibhaftige Teufel vor ihm steht und meinte, ihn schon einmal auf einem der Fahndungsfotos, die überall aushingen, gesehen zu haben.

Mit viel Mühe hatte er die Ersatzpapiere dann doch erhalten, da er ja das Original seiner Geburtsurkunde vorlegen konnte, allerdings nur Ersatzpapiere, so dass er immer dann, wenn er später in Polizeiklontrollen geriet, besonders gründlich kontrolliert wurde.

Und er war nicht selten von der Polizei angehalten worden, weil die eifrigen Hüter von Recht und Ordnung naiver Weise auch noch in den Achtziger und Neunziger Jahren davon ausgingen, dass Terroristen langhaarige Bartträger sind, die in dem vorwiegend von Studenten genutzten „Arme- Leute Auto", der „Ente" durch die Lande fahren.

Die Ente, der Citroën 2 CV, die man heutzutage kaum noch auf den Straßen sieht, war besonders preisgünstig und verbrauchte auch nur wenig Sprit, so dass sich vor vierzig Jahren sogar einige Studenten dieses Auto leisten konnten, mit dem man allerdings Mühe hatte, auf der Autobahn die „Kasseler Berge" zu überwinden.

Im Autoquartett konnte man mit ihr aber sogar einen Porsche, der ein Vielfaches an PS vorzuweisen hatte, schlagen, weil die Ente fünf Türen hatte.

Manchmal gewinnt eben auch David gegen Goliath.

Vierzig Jahre ist das nun mit der „Schleyer-Entführung" her, denkt Paul und versucht sich ins Gedächtnis zu rufen, wann die

Ermordung des deutschen Managers und Präsidenten der Treuhandanstalt, Detlev Rohwedder, war.

Er meint sich zu erinnern, dass erst bei der sog. Dritten Generation der „Rote Armee Fraktion" das Bundeskriminalamt davon ausging, dass die Täter, die übrigens nie gefasst worden sind, ganz normal aussehen und eher einen BMW oder Mercedes fahren.

Durch Surfen im Internet findet Paul heraus, dass Rohwedder 1991 ermordet wurde.

Nachdem sein Wissensdurst gestillt ist, gönnt er sich ein drittes Glas Rotwein und will sich über das Internet noch kurz einen Überblick über die Nachrichten des Tages verschaffen, weil er nicht dazu gekommen ist, am Abend eine der Nachrichtungssendungen der öffentlich-rechtlichen Fernsehanstalten zu sehen, die er sich normalerweise nicht entgehen lässt.

Dabei stößt er auf eine Presseerklärung der Bundestagsabgeordneten Ulla Jelpke, wonach auf Betreiben der SPD – Fraktion gestern, am 21.Juni – was für ein geschichtsträchtigeres Datum -, im Innenausschuss des Bundestages die Initiativen der Opposition zur Wiederherstellung des Familiennachzuges für „subsidiär Schutzbedürftige" wieder von der Tagesordnung genommen worden sind.

Paul ist empört:

Da gibt es zum Glück im Bundestag auch Menschen, die sich Gedanken darüber machen, ob die Aussetzung des Familiennachzuges nicht in eklatanter Weise gegen Artikel 6 des Grundgesetzes verstößt, wonach die Ehe und die Familie unter dem besonderen Schutz des Staates stehen, und die SPD, die in ihrem erst vor wenigen Tagen verabschiedeten Wahlprogramm formuliert hat, dass es an der Zeit sei, mehr für Familien zu tun, setzt das Thema der Beendigung der Aussetzung des Familiennachzuges wieder von der Tagesordnung ab, um zu verhindern, dass in der letzten Sitzung des Bundestages vor den anstehenden

Bundestagswahlen eine öffentliche Debatte über dieses Thema im „hohen Haus" stattfinden kann.

Aber es war ja noch nie die Stärke der Einerseits-Andererseits-Sager-Partei, Farbe zu bekennen und eindeutig Position zu beziehen, resümiert Paul und hält es sogar für denkbar, dass nach der Bundestagswahl in drei Monaten, eine Verlängerung der Aussetzung des Familiennachzuges beschlossen werden könnte.

Das würde das Todesurteil für einige Flüchtlinge sein, befürchtet er, denn er kennt einige, die sich mit der bisherigen Aussetzung arrangiert haben und sich auf ein „baldiges" Wiedersehen mit ihren Liebsten freuen, aber es sicherlich nicht verkraften würden, wenn die Wartezeit nochmals verlängert wird.

Dabei fällt ihm Mustafa ein, von dem es nach wie vor kein Lebenszeichen gibt.

„Wer den Himmel auf Erden sucht, hat im Erdkundeunterricht geschlafen."

So oder so ähnlich lautet ein Aphorismus von Stanislav Lec, den Paul vor kurzem gelesen hat, und der ihm einfällt, als er wegen seiner um Mustafa kreisenden Gedanken sich mal wieder schwer tut, einzuschlafen.

Vermutlich hat Mustafa niemals Erdkundeunterricht gehabt und nicht den Himmel auf Erden gesucht, sondern nur versucht, wie andere Flüchtlinge auch, deren Fluchtgründe er genauer kennt, der Hölle zu entkommen.

36

Zwei Tage nach der ersten Begegnung mit Herrn Dörfel vom Jobcenter Frankfurt erhält Paul von Tamina einen Anruf, in dem diese ihn darum bittet, möglichst bald zu kommen. Ihr Papa habe ein Schreiben vom Jobcenter erhalten.

Noch am selben Tag fährt Paul in die Wohnung der Familie Nazemi und liest den Brief des Jobcenters, aus dem hervorgeht, dass der Inhabers der Gärtnerei Weilers, bei der Samir vor sechs Monaten auf Vermittlung der Bundesagentur für Arbeit ein dreimonatiges Praktikum absolviert hatte, Samir ein Angebot für einen auf ein Jahr befristeten Arbeitsvertrag mit Verlängerungsoption für einen Halbtagsjob unterbreitet.

Die Arbeitszeit solle montags - freitags von 8:30 Uhr bis 12:30 Uhr sein, als Vergütung seien 9,50 Euro brutto pro Stunde vorgesehen, was immerhin etwas mehr ist als der gesetzliche Mindestlohn von 8,84 Euro. Wenn er Interesse habe, solle er dies binnen drei Tagen mitteilen. Man werde ihm dann einen Arbeitsvertrag zuschicken und er könne dann sofort nach dessen Unterzeichnung und Rücksendung dort anfangen.

Am Schluss des Schreibens steht noch der Hinweis des Jobcenters, dass Arbeitslosengeld II–Bezieher verpflichtet sind, jede zumutbare Beschäftigung anzunehmen, und dass Samir sich mit der Friedhofsgärtnerei Weilers in Verbindung setzen müsse.

Paul kennt die Friedhofsgärtnerei Weilers, weil diese vertraglich über mehrere Generationen hinweg zunächst durch einen per Handschlag besiegelten Vertrag, später durch immer umfangreichere, schriftlich fixierte Verträge die Pflege des Grabes seiner Eltern, Großeltern und vermutlich auch seiner Urgroßeltern übernommen hat, bevor wegen Unstimmigkeiten mit seinen beiden Brüdern der nach dem Tode seiner Mutter auf zwanzig Jahre abgeschlossene Grabpflegevertrag, sehr zu seinem Leidwesen, von den von seiner Mutter als Alleinerberben eingesetzten Brüdern gekündigt worden war.

Wissend, dass es in den zwanzig Jahren der Pflege des Grabes seiner Eltern durch die Friedhofsgärtnerei Weilers keine Beanstandungen durch seine Brüder gegeben hat und auch er mit diesem familiengeführten, traditionsreichen Unternehmen nie Probleme hatte, freut sich Paul:

„Das ist ja super", und er gratuliert Samir dazu, dass dieser offensichtlich während des Praktikums einen guten Eindruck hinterlassen haben muss.

Samir hingegen ist nicht ganz so begeistert, weil er die Arbeit in der Gärtnerei während seines Praktikums nicht nur als körperlich sehr anstrengend in Erinnerung hat.

Er musste die meiste Zeit auf Grabstätten, für welche die Gärtnerei Weilers mit ihren Kunden einen Vertrag über die Grabpflege abgeschlossen hat, vielleicht sogar auf der Grabstätte von Pauls Vorfahren, Unkraut jäten, und diese Arbeit hat ihn bezüglich seiner Sprachkenntnisse kein bisschen weitergebracht, weil er seine Arbeit zumeist alleine verrichten musste und von daher kaum Kontakt zu anderen Kollegen hatte. Deshalb hatte er anfangs seine Frau Kira beneidet, die etwa zur selben Zeit ein dreimonatiges Praktikum in der Mensa einer Fachhochschule absolviert hatte, und bei der Essensausgabe zumindest dann, wenn der Andrang der hungrigen Studenten und Studentinnen noch nicht so groß war, durch gelegentliche Smalltalks mit den neben ihr arbeitenden Kolleginnen und manchmal sogar mit einigen Studierenden ihre Deutschkenntnisse enorm verbessern konnte, wobei ihr sicherlich auch zu Gute kam, dass sie über eine außerordentliche Gabe verfügt, offensiv auf Menschen zuzugehen.

Auch seinen Cousin, der zur gleichen Zeit ein Praktikum bei einem Friseur machen durfte, hat Samir immer ein wenig beneidet, weil dieser sich täglich mit seinen Kunden auf Deutsch unterhalten konnte und nun besser diese schwere Sprache sprechen und verstehen kann als er, obwohl sein Cousin erst vor einem Jahr nach Deutschland gekommen ist.

„Was ist mit Integrationskurs?", fragt Samir traurig, der weiß, dass er mit der Zuerkennung der Flüchtlingeigenschaft, also dem gelben Brief, den er vor einigen Wochen erhalten hat, nicht nur die Pflicht, sondern auch das Recht hat, einen sechshundert Stunden umfassenden, vom Bundesamt für Migration und

Flüchtlinge finanzierten Integrationskurs zu besuchen, in dem neben Sprachkenntnissen auch Wissen über das Leben in Deutschland, die Rechtsordnung, Kultur sowie die jüngere Geschichte des Landes vermittelt werden soll, und den er schon so gerne zuvor an Stelle des Praktikums in der Gärtnerei besucht hätte, aber nicht besuchen durfte, weil sein im Herbst des vergangenen Jahres gestellter Antrag auf Finanzierung eines Integrationskurses mit der Begründung abgelehnt worden war, dass vor Abschluss des Asylverfahrens Integrationskurse zwar für Flüchtlinge aus Syrien und dem Irak vom Bundesamt für Migration und Flüchtlinge finanziert würden, nicht jedoch für Flüchtlinge aus Afghanistan, weil diese nur eine geringe Bleibeperspektive hätten.

Was für ein Unfug, hatte Paul schon damals gedacht, als Samir ihm den Ablehnungsbescheid gegeben hatte, wenngleich er Samir seinerzeit wenig Hoffnung gemacht hatte, dass sein Antrag Aussicht auf Erfolg haben würde, weil er zuvor im Internet recherchiert hatte, dass Integrationskurse für Flüchtlinge aus Afghanistan erst und nur dann staatlich finanziert werden, wenn ihnen die Flüchtlingeigenschaft zuerkannt ist.

Was für ein Unsinn, denkt Paul auch jetzt, als Samir ihn traurig fragt:

„Was ist mit Integrationskurs?"

Paul ist nämlich fest davon überzeugt, dass der so sehr um Integration und den Erwerb der deutschen Sprache bemühte, ja fast lernsüchtige Samir schon viel weiter wäre, wenn man ihn und seine Ehefrau nicht während des unsäglich langen Asylverfahrens von mehr als eineinhalb Jahren mit der fadenscheinigen Begründung einer fehlenden Bleibeperspektive von Integrationskursen ferngehalten hätte.

Unvermittelt fällt ihm wieder Mustafa ein und er fragt sich:

Wenn ungefähr fünfzig Prozent bleiben dürfen und fünfzig Prozent nach mehr als einem Jahr einen Ablehnungsbescheid bekommen, und wenn von denen, die einen Ablehnungsbescheid erhalten, faktisch nur weniger als fünf Prozent abgeschoben werden, wenn also von einer Flüchtlingsgruppe, wie den Flüchtlingen aus Afghanistan mehr als fünfundneunzig Prozent etliche Jahre in Deutschland verbringen werden, dann ist die Vorenthaltung von Integrationskursen in den ersten ein bis zwei Jahren bis zur Entscheidung über den Asylantrag ein Vergehen gegen die Menschlichkeit. Die verantwortlichen Politiker müssen sich deshalb die Frage gefallen lassen, ob sie nicht maßgeblich zur Entstehung von Parallelgesellschaften beitragen und beigetragen haben, indem sie wieder einmal an falscher Stelle gespart haben; denn: dass vielleicht einmal bei einem jungen, integrationswilligen Flüchtling, der mit Träumen und Illusionen nach Deutschland gekommen ist, durch staatlich verordnete Integrationsbremsen Frustrationen entstehen können und unter Umständen ein Radikalisierungsprozess in Gang gesetzt wird, der in blinden Hass und Aggressionen mündet, ist zwar nicht entschuldbar, aber zumindest erklärbar und wäre vielleicht vermeidbar gewesen, hätte man nicht zuvor an der falschen Stelle gespart.

Vielleicht ist Mustafa ja auch in den Untergrund abgetaucht und bereitet etwas Schreckliches vor.

Der Gedanke, dass Mustafa in die terroristische Scene abgeleitet sein könnte, beunruhigt Paul zutiefst, aber weitere unangenehme Überlegungen, die in seinem Kopf umherzuschwirren beginnen, werden jäh unterbrochen, als er von Samir nochmals gefragt wird:

„Was ist mit Integrationskurs?"

„Demnächst sind Sommerferien", beschwichtigt Paul.

„Da finden ohnehin keine Integrationskurse statt. Ich würde den Job annehmen, weil du sonst vielleicht Ärger mit dem Jobcenter bekommst. Später schauen wir dann, dass du nach den Sommerferien einen Integrationskurs besuchen kannst, der nachmittags stattfindet."

Samirs Bedenken sind nach diesem Hinweis zwar nicht gänzlich ausgeräumt. Aber er ist dennoch damit einverstanden, dass Paul die Gärtnerei per email um Übersendung eines Arbeitsvertrages bittet.

Beim Verlassen der Wohnung verspricht Samir noch, dass er Paul über die Zusendung des Arbeitsvertrages informieren wird, damit dieser vor Rücksendung an die Gärtnerei Weilers überprüfen kann, ob die Konditionen auch korrekt sind.

Auf der Rückfahrt nach Hause hat Paul das mulmige Gefühl, irgendetwas falsch gemacht zu haben. Aber trotz intensivem Nachdenken kommt er nicht dahinter, was der Grund für seine Verunsicherung sein könnte.

Noch am selben Abend informiert er die Gärtnerei Weilers per email, dass Samir Interesse an der Stelle hat und bittet um Übersendung eines Arbeitsvertrages an dessen Adresse.

Zwei Tage später stehen Samir, Kira und Tamina abends vor der Haustür von Paul und wollen wissen, ob mit dem Arbeitsvertrag, den Samir heute mit der Post bekommen habe, alles okay sei. Paul kann keine Tücken in dem Arbeitsvertag erkennen und gibt Samir zu verstehen, dass er den Vertrag getrost unterschreiben kann.

Samir macht einen anderen Eindruck als noch vor zwei Tagen und scheint sogar ein wenig stolz zu sein, dass er ab Montag kommender Woche erstmals seit der Ankunft in Deutschland durch bezahlte Arbeit für den Unterhalt seiner Familie aufkommen wird.

Jedenfalls unterschreibt er den Vertrag mit einem Lächeln und der kurzen Bemerkung:

„Ich mache den Integrationskurs dann nachmittags, okay?"

„Ja, wir werden für dich einen Integrationskurs aussuchen, der nachmittags stattfindet", versichert Paul. Anschließend versucht er noch, Samir und seiner Ehefrau zu erklären, dass sie in Zukunft insgesamt zwar etwas mehr Geld zur Verfügung haben werden, aber dass ein Teil des Verdienstes aus dem Job bei der Gärtnerei auf das Arbeitslosengeld II angerechnet werden wird.

Da Tamina ihm hierbei als Dolmetscherin hilfreich zur Seite steht, hat er den Eindruck, dass Samir und Kira alles verstanden haben, auch wenn sie den Begriff des „Aufstockers" nicht kennen.

Erst bei der Verabschiedung an der Haustür bemerkt Paul, dass es heftig regnet. Deshalb bringt er die ihm so lieb gewordenen Flüchtlinge aus Afghanistan mit seinem Auto zu ihrer vier Kilometer entfernten Wohnung.

Auf dem Rückweg steckt er noch den Briefumschlag mit dem von Samir unterschriebenen Arbeitsvertrag in den Briefkasten der Gärtnerei Weilers.

37

Heute ist der erste Arbeitstag von Samir, denkt Paul, der gerade vom montäglichen obligatorischen Wocheneinkauf zurückgekommen ist, als das Telefon klingelt.

Tamina liest ihm einen Brief vom Jobcenter vor, aus welchem sich ergibt, dass ihre Eltern sich am kommenden Freitag um zehn Uhr dorthin begeben sollen.

Verdammt noch mal, flucht er innerlich, nachdem er den Hörer aufgelegt hat. Das macht doch keinen guten Eindruck, wenn Samir schon in der ersten Woche während der Probezeit fehlt, um einen Termin beim Jobcenter wahrzunehmen.

Nachdem er sich das Aktenzeichen und die auf dem Schreiben angegebene Telefonnummer des Jobcenters durch einen kurzen Rückruf von Tamina hat durchgeben lassen und erfahren hat, dass das Scheiben von Herrn Dörfel verfasst ist, versucht er fernmündlich eine Verlegung des Termins zu erreichen. Aber dieser Versuch scheitert, so dass er nach zwei Stunden vergeblichen Wartens in diversen Warteschleifen entnervt den Hörer auflegt.

Statt weiterer sinnloser Versuche, den zuständigen Sachbearbeiter telefonisch kontaktieren zu können, verfasst er auf seinem PC ein Schreiben, in dem er um die Verlegung des Termins sowie darum bittet, dass möglichst bald ein neuer Termin, frühestens jedoch ab 14:00 Uhr, zur Besprechung des Leistungsantrages anberaumt wird, da Samir, wie sich aus dem beigefügten Arbeitsvertrag ergebe, vormittags berufstätig sei.

Nach dem Ausdrucken dieses Schreiben tippt er auf seinem PC ein weiteres, diesmal mit der Überschrift „Vollmacht" versehenes Schriftstück, in welchem die Eheleute Nazemi ihn bevollmächtigen, für sie in sämtlichen Angelegenheiten, die im Jobcenter unter dem Aktenzeichen X Y Z geführt werden, Erklärungen in ihrem Namen abgeben zu dürfen.

Am Abends fährt er mit seinem Auto zur Familie Nazemi.

Er kann Samir und Kira mit Unterstützung von Tamina davon überzeugen, dass eine Verlegung des Termins sinnvoll ist, und dass er nur für sie tätig sein kann, wenn sie die mitgebrachte Vollmacht unterschreiben.

Auf dem Nachhauseweg fährt er kurz noch beim Jobcenter vorbei. Die Fahrt dauert zum Glück nur zwanzig Minuten, weil wegen der späten Abendstunden kaum noch Verkehr ist. Er wirft einen Briefumschlag in den Briefkasten des Jobcenters. Der Umschlag enthält das Schreiben wegen der Bitte um Terminsverlegung, die von Samir und Kira unterschriebene Vollmacht sowie eine Kopie des Arbeitsvertrages.

Am Donnerstag erhält Samir Post vom Jobcenter.

In dem Brief heißt es:

„Sehr geehrter Herr Nazemi. Ich kann Ihnen leider nur einen Termin bis 12:30 Uhr anbieten. Zudem wäre der nächste Termin erst in 2 Wochen. Daher empfehle ich Ihnen, den Termin am 30.06.2017 um 10:00 Uhr wahrzunehmen.

Ist es absolut nicht möglich, den Termin war zunehmen", - so steht das tatsächlich in dem amtlichen Schreiben, aber das wundert Paul nicht, da er in puncto Rechtschreibung auch auf Grund seiner Berufserfahrung so manches gewohnt ist -, „dann rufen Sie bitte erneut im Servicecenter an und hinterlassen Sie Ihre Telefonnummer, damit wir uns telefonisch absprechen können.

Mit freundlichen Grüßen

Dörfel"

Das ist ja unverschämt, flucht Paul, nachdem Samir ihm den Brief gezeigt hat.

Es kann doch nicht wahr sein, dass Termine im Jobcenter nur für vormittags vergeben werden. Das bedeutet ja für „Aufstocker", dass sie jedes Mal, wenn es im Jobcenter etwas zu besprechen gibt - und auf Grund seiner Erfahrung ist ihm nicht verborgen geblieben, dass die Sachbearbeiter in der Leistungsabteilung ihre Klienten mitunter nicht nur selten vorladen - , gezwungen sind, ihrer Arbeit fernzubleiben und durch die Wahrnehmung der ihnen vorgegebenen, ja quasi aufgenötigten Termine beim Jobcenter den Verlust ihres Arbeitsplatzes riskieren.

Paul versucht, Herrn Dörfel telefonisch zu erreichen. Aber wieder einmal sind seine Versuche nicht von Erfolg gekrönt.

Er erinnert sich mit Grauen an seine einige Tage zurückliegenden, vergeblichen Bemühungen, telefonisch einen Antrag auf Terminverlegung zu stellen, und legt nach einer Weile den Telefonhörer resigniert in die Basisstation zurück.

Sichtlich genervt und frustriert empfiehlt er Samir und Kira, morgen alleine zum Jobcenter zu fahren und die inzwischen mit Hilfe ihrer Sozialarbeiterin ausgefüllten Antragsformulare mitzunehmen.

Er selbst könne die beiden morgen leider nicht begleiten, weil er einen Zahnarzttermin habe. Aber er verspricht ihnen, morgen früh bei der Gärtnerei Weilers anzurufen und Samirs Fernbleiben zu erklären und zu entschuldigen.

38

Samir und Kira haben am Freitagvormittag bei dem Termin mit Herrn Dörfel die Formulare für die Beantragung von Arbeitslosengel II abgegeben und sind im Anschluss daran von Herrn Dörfel zu ihrer „persönlichen Ansprechpartnerin", Frau Koblanski, geschickt worden, bei der jeder von ihnen eine fünfseitige Eingliederungsvereinbarung unterschrieben hat.

Als Paul einen Tage später die Eingliederungsvereinbarung von Samir liest, fängt er plötzlich, wie aus heiterem Himmel, an zu lachen. In der „Schlussformel" heißt es nämlich:

„Die in dieser Eingliederungsvereinbarung festgelegten Pflichten und Leistungen zur Eingliederung in Arbeit wurden von den Vertragsparteien gemeinsam erarbeitet."

Paul hält dies für einen schlechten Witz, weil er genau weiß, dass das nicht der Fall sein kann; denn Samir dürfte angesichts seiner Sprachkenntnisse nicht in der Lage gewesen sein, Textpassagen zu verstehen, wie diese:

„Haben sich die Verhältnisse, die für die Festsetzung des Vertragsinhalts maßgebend gewesen sind, seit Abschluss des Vertrages so wesentlich geändert, dass einer Vertragspartei das Festhalten an der ursprünglichen vertraglichen Regelung nicht zuzumuten ist, so kann diese Vertragspartei eine Anpassung des Vertragsinhalts an die geänderten Verhältnisse verlangen oder, sofern eine Anpassung nicht möglich oder einer Vertragspartei nicht zuzumuten ist, den Vertrag kündigen (§ 59 Abs. SGB X)."

Bei einem Vergleich zwischen der von Samir unterschriebenen Eingliederungsvereinbarung mit der von Kira angeblich ebenfalls mit der „persönlichen Ansprechpartnerin" gemeinsam erarbeiteten Eingliederungsvereinbarung bemerkt Paul sofort, dass in beiden Vereinbarungen weitestgehend dieselben Textbausteine verwendet worden sind.

So müssen sich beispielsweise sowohl Samir als auch Kira nach Erhalt ihres Berechtigungsscheins zur Teilnahme an einem

Integrationskurs innerhalb von fünf Werktagen bei einem von fünfundzwanzig zur Auswahl genannten Integrationskursträgern anmelden und dem Jobcenter die Anmeldung unverzüglich mitteilen.

Zwei kleinere Abweichungen gibt es allerdings:

Nur in der Eingliederungsvereinbarung von Samir ist der Hinweis enthalten, dass dieser sich verpflichtet, in eigener Verantwortung alle Möglichkeiten zu nutzen, um seinen Lebensunterhalt aus eigenen Mitteln und Kräften bestreiten zu können. Und nur in dem an ihn gerichteten Schreiben steht außerdem am Ende der Satz:

„Sollten Sie die Beendigung einer zumutbaren Beschäftigung schuldhaft herbeiführen, können die in der Rechtsfolgenbelehrung genannten Rechtsfolgen eintreten."

Paul liest diese Passage nun schon zum wiederholten Mal, und plötzlich wird ihm klar, weshalb er vor einigen Tagen, als er Samir geraten hat, den Job bei der Gärtnerei Weilers anzunehmen, auf der Rückfahrt nach Hause ein mulmiges Gefühl und den Eindruck hatte, etwas falsch gemacht zu haben:

Was ist, wenn es Integrationskurse nur vormittags gibt? Und darf Samir seinen Arbeitsvertrag kündigen, um vormittags einen Integrationskurs zu besuchen, auch wenn es irgendwo die Möglichkeit geben sollte, nachmittags einen Integrationskurs zu absolvieren?

All diese Fragen beschäftigen Paul, aber er behält dies für sich, um Samir und Kira nicht unnötig zu beunruhigen.

Stattdessen erklärt er den beiden, dass alles okay sei und dass sie demnächst vom Jobcenter einen Berechtigungsschein zum Besuch eines Integrationskurses erhalten werden. Sie sollten sich dann auf alle Fälle mit ihm in Verbindung setzen.

Zwei Tage später sind Paul und Maria vorwiegend damit beschäftigt, die Liste mit den fünfundzwanzig Integrationskursträgern abzuarbeiten, eine „To-do liste", wie das wohl heutzutage heißt, was er gestern Abend bei einem gemütlichen Gespräch und einem Glas Wein mit seiner zur Zeit beim Jugendamt in Frankfurt ihr Anerkennungsjahr als Sozialarbeiterin absolvierenden, jüngeren Tochter Sahra erfahren hat.

Der Versuch, herauszubekommen, bei welchem Kursträger auch Nachmittagskurse angeboten werden, erweist sich als sehr schwierig und zeitaufwändig, weil die auf der den Eheleuten Nazemi vom Jobcenter ausgehändigten Liste angegebenen Telefonnummern manchmal falsch sind, weil sie mitunter an Telefongesprächspartner geraten, die mit der Beantwortung dieser an sich einfachen Frage völlig überfordert zu sein scheinen oder weil ihnen gelegentlich eine auf Tonband aufgezeichnete Stimme mitteilt, dass derzeit Ferien sind und man am elften August wieder anrufen könne.

Eines aber haben sie, wie sie abends feststellen, als sie sich über ihre Bemühungen austauschen, herausgefunden:

Es scheint kaum Nachmittagsangebote zu geben.

Spät abends, als Maria schon längst im Bett ist, sitzt Paul vor seinem PC.

Da er der festen Überzeugung ist, dass Sprache der Schlüssel zur Integration ist und der Erwerb von Sprachkompetenz maßgeblich von der Qualität des angebotenen Unterrichts abhängt, ist es ihm wichtig, für Kira und Samir möglichst eine gute Auswahl unter den fünfundzwanzig, vom Jobcenter vorgeschlagenen Kursanbietern zu treffen.

Dies ist jedoch gar nicht so leicht.

39

Der Segen des Kapitalismus besteht darin, dass er eine reichhaltige Palette von Waren und Dienstleistungsangeboten bereithält. Aber die Wahlfreiheit zwischen den unzähligen, zum Teil überflüssigen Produkten birgt auch die Gefahr, falsche Entscheidungen zu treffen.

Wer kennt das nicht:

eine Vielzahl von Angeboten oder Anbietern und die oft so schwer zu beantwortende Frage, wie man die richtige Auswahl für diese oder jene Kücheneinrichtung trifft (sollte man nicht doch besser eine Küchenberatung in Anspruch nehmen ?); für diesen oder jenen Telefonanbieter oder dieses oder jenes Energieunternehmen (bei den vielen unterschiedlichen Mond – und Sonnenscheintarifen scheint eine richtige Entscheidung ohne Beratung fast unmöglich zu sein); für dieses oder jenes Sportpaket im Privatfernsehen (ohne entsprechende Beratung läuft man Gefahr, einen Vertrag abzuschließen, der statt des gewünschten Empfangs aller Fußballbundesligaspiele nur die Liveübertragung eines Bundesligaspiels pro Monat ermöglicht, dafür aber das Recht einräumt, unbegrenzt Übertragungen von Randsportarten wie „Frauenringen im Matsch" empfangen zu können).

Will man die richtige Entscheidung treffen, ist also Beratung in fast allen Lebenslagen erforderlich, so dass es nicht überrascht, dass es ein Heer von Beratern gibt:

Ernährungsberater, Fitnessberater, Energieberater, Gesundheitsberater, Glücksberater, Küchenberater, Rechtsberater, Schullaufbahnberater, Immobilienberater, Stilberater, Stillberater für junge Mütter (gibt es auch Stillberatung für junge Väter ?), Anlagenberater, Steuerberater, Unternehmensberater und so weiter und so weiter.

Aber selbst wenn man die erforderliche Beratung in Anspruch genommen hat, kann es passieren - und wer hat das nicht schon einmal erlebt? -, dass sich im Nachhinein herausstellt, dass die Entscheidung nicht die richtige war, weil dich dein Berater schlecht beraten hat. Spätestens dann stellt man sich die Frage, wie man den richtigen Berater findet, den „Berater – Berater".

Aber leider gibt es diesen Beruf noch nicht, weil bislang noch niemand auf die Idee gekommen ist, die circa dreitausend Bachelorstudiengänge, die es in Deutschland gibt, um einen Studiengang zu erweitern: den Studiengang zum „Berater - Berater".

So bleibt dir dann häufig nichts anderes übrig, als dich auf deinen gesunden Menschenverstand, die Empfehlung eines guten Freundes, auf Informationen aus dem Internet oder auf Tipps aus einem der zahlreichen, in jeder Buchhandlung vorhandenen oder bestellbaren Ratgeber zu verlassen.

Aber auch solche Ratgeber lügen mitunter wie gedruckt.

Paul versucht durch das Internet einiges über die verschiedenen Bildungsträger in Erfahrung zu bringen und landet zufällig auf einer Seite, in der über die Kritik des Bundesrechnungshofes an der Qualität der Integrationskurse berichtet wird.

Der Bundesrechnungshof, der sicherlich keine Behörde ist, die in dem Verdacht steht, linksunterwandert zu sein, hat, so kann er dort lesen, erst kürzlich die Qualität der Integrationskurse scharf kritisiert und moniert, dass Minimalanforderungen an Integrationskursanbieter fehlten und eine „Goldgräberstimmung" bei den Bildungsträgern entstanden sei.

So soll die Zahl der Kursanbieter im letzten Jahr um mehr als zwanzig Prozent gestiegen sein, weil viele das große Geschäft mit den Deutschkursen für Flüchtlinge witterten.

Auch sei es nicht nur vereinzelt zu falschen Abrechnungen gekommen. Zudem seien nicht nur die Lernbedingungen mitunter miserabel. Auch etliche Lehrer seien nicht ausreichend qualifiziert, um „Deutsch als Fremdsprache" unterrichten zu können.

Nach dem Lesen weiterer im Internet verfügbarer und seiner Einschätzung nach verlässlicher Informationen, wie zum Beispiel von Onlinezeitungsberichten über die Kritik des Bundesrechnungshofs an der Qualität der Integrationskurse, fällt Paul ein, dass einer seiner Flüchtlinge, Amir, über dessen Asylantrag noch nicht entschieden ist, und der zwar keinen Integrationskurs besucht, aber an einem dreimonatigen, vom Arbeitsamt finanzierten Sprachkurs teilnimmt, ihm vor einigen Tagen ein handbeschriebenes Dina 4 –Blatt mit den Worten gegeben hat:

„Hier, ich habe Test gemacht, meine Lehrerin hat mitgenommen am Freitag und mir gegeben am Montag, hat gesagt, alles richtig."

Als Paul sich den Test anschaute, war er entsetzt. Denn trotz zahlreicher Fehler gab es keine Korrekturanmerkungen, so dass er nicht einen Moment daran zweifelte, dass die Lehrerin entweder der deutschen Sprache nicht mächtig war oder den Test nicht gelesen hatte. Anders war es für ihn jedenfalls nicht erklärlich, dass in dem Test die von Amir gebildeten Sätze wie „ich habe gesten getrinkt", oder „er hat nach Hause gegangt", unbeanstandet geblieben waren, und wieso die Lehrerin hatte sagen können, dass alles richtig sei.

Das glaube ich ja nicht, dachte er und war wütend auf all die Schwätzer, die der Meinung sind, dass die Flüchtlinge erst einmal richtig Deutsch lernen sollten und dass viele von ihnen das ja gar nicht wollten.

Wie sollen die denn Deutsch lernen, wenn sie das Pech haben, von völlig unqualifizierten „Lehrern" unterrichtet zu werden?, fragte er sich resigniert, und seine Stimmung erreichte einen Tiefpunkt, als er sich ausgemalte, dass ein lernbegieriger, fleißiger Flüchtling vielleicht monatelang von einem dummen oder faulen Lehrer unterrichtet wird und deshalb womöglich am Ende des Integrationskurses den Sprachtest nicht besteht.

Er malte sich die Konsequenzen aus, die das haben könnte:

Die Erhöhung des Risikos der Abschiebung in das Land, aus dem er, Todesgefahren in Kauf nehmend, geflohen war.

Paul erinnert sich nicht nur an Amir, sondern auch daran, dass eine von ihm nur für kurze Zeit betreute Frau aus Syrien neulich ihm gegenüber geäußert hatte, dass sie bei einem vom Arbeitsamt vermittelten Sprachkurs nichts gelernt habe, weil die aus Polen stammende Lehrerin nichts habe erklären können und wohl selbst noch Sprachunterricht brauche.

Paul hatte sich den Lückentext, den die „Sprachlehrerin" den Kursteilnehmern zur Verfügung gestellt hatte, angeschaut und zunächst nur mit dem Kopf geschüttelt.

Der Text hatte die Überschrift „Personalpronomen", obwohl es offenkundig um Possessivpronomen ging, denn er begann mit folgenden Worten:

„Willi hat ------- Fußball mit zur Schule gebracht. Herbert sagt: „Gib mir bitte mal ---------- Fußball." „ Der hier ?"

„Der hier?", hatte Paul die Frau verwundert gefragt, und die Syrerin, die erst seit einigen Jahren in Deutschland lebt, hatte zutreffend geantwortet, dass es wohl „den hier?" heißen müsse.

Der vierundfünfzig Worte umfassende Text war, wie Paul festgestellt hatte, voll von Fehlern, und Paul hatte gegenüber der Frau aus Syrien, deren Namen er vergessen hat und die er noch aus der Anfangsphase des Deutschunterrichts im Gemeindehaus kannte, sein Bedauern darüber geäußert, dass leider die Qualität der Kurse sehr unterschiedlich sei.

Beim Abschied hatte die Frau noch gesagt:

„Am besten war bei dir, bei dir habe ich viel gelernt. Aber jetzt wohne ich in Frankfurt. Das ist zu weit und deshalb komme ich nicht mehr zum Deutschkurs."

Vor sehr vielen Jahren war Paul irritiert, als er erfuhr, dass man einen Computer abschalten soll, indem man zunächst die Taste „starten" drückt.

Wer hat sich so etwas bloß ausgedacht?, hatte er sich oft gefragt:

starten, um abzuschalten, herunterzufahren.

Auch hatte er vor vielen Jahren stets die Befürchtung, etwas falsch zu machen, und eine fast panische Angst davor, dass sein Computer abstürzen könnte.

Diese Zeiten sind zum Glück vorbei.

Nachdem er noch einige Korrespondenz erledigt hat, schaltet er seinen Computer kurz nach Mitternacht ohne Angstgefühle aus und geht ins Bett.

Er schläft einigermaßen beruhigt ein, weil er den Eindruck hat, ein bisschen Klarheit gewonnen zu haben:

Es spricht einiges dafür, Samir und Kira bei einem Bildungsträger anzumelden, der schon seit längerem Integrationskurse anbietet, wie zum Beispiel die Volkshochschule.

Eine Bildungseinrichtung oder eine Sprachschule, die erstmals seit Hebst 2015, als so viele Flüchtlinge gekommen sind, als Anbieter von Deutschkursen für Ausländer auf dem Bildungsmarkt in Erscheinung getreten ist, kommt für ihn hingegen nicht in Frage, weil die Vermutung naheliegt oder zumindest nicht von der Hand zu weisen ist, dass ihr der Makel der Profitorientierung, Profitmaximierung oder einer „Goldgräbermentalität" anhaftet.

Am nächsten Morgen teilt er Maria seine gestern Nacht angestellten Überlegungen mit.

Maria ist zwar damit einverstanden, Samir und Kira die Anmeldung bei der Volkshochschule Oberursel zu empfehlen, aber sie weist zu Recht darauf hin, dass man auch an staatlichen, allgemeinbildenden Schulen und Universitäten sowie an Volkshochschulen sowohl das Glück haben kann, an fähige Lehrer oder Lehrerinnen zu geraten, als auch das Pech, für diesen Beruf völlig ungeeigneten Personen hilflos ausgeliefert zu sein.

40

Schon einige Tage später nach der unverschuldet nicht erledigten Abarbeitung der „To do-Liste" hat das Ehepaar Nazemi den Berechtigungsschein zur Teilnahme am Integrationskurs erhalten und steht am frühen Nachmittag an der Haustür von Pauls Wohnung.

„Hallo, wie geht es dir?", fragt Samir, als Paul die Tür öffnet und noch bevor dieser antworten kann, fährt er fort:

„Post von Integrationskurs."

Paul liest das Schreiben, schaut auf die Uhr und sagt zu den beiden, weil er sich erinnert, dass die Volkshochschule Oberursel donnerstags bis sechzehn Uhr geöffnet ist:

„Kommt, wir fahren da schnell hin, vielleicht können wir euch noch heute zum Integrationskurs anmelden."

Kurze Zeit später werden die drei in der Volkshochschule von einer Mitarbeiterin, an deren Pullover ein kleines Schild mit dem Namen Beate Fenske befestigt ist, in freundlichem Ton darauf hingewiesen, dass der für die Anmeldung von Integrationskursen zuständige Kollege leider im Urlaub sei. Auf Pauls Frage, ob es denn keine Urlaubsvertretung gebe, erklärt sie, dass dies nicht der Fall und die Angelegenheit ja auch nicht so eilbedürftig sei.

Paul zeigt ihr die Eingliederungsvereinbarung, wonach innerhalb von fünf Tagen nach Erhalt des Berechtigungsscheins die Anmeldung zu erfolgen habe.

Die nette, aber etwas überforderte Frau Fenske wird unsicher. Sie holt sich Rat bei ihrer Vorgesetzten und kommt freudestrahlend zurück:

„Ich habe mit meiner Chefin gesprochen. Sie können ausnahmsweise nächsten Montag wiederkommen und die Anmeldung zum Integrationskurs vornehmen, da der zuständige Kollege an diesem Tag wegen einer anderen Angelegenheit ohnehin seinen Urlaub unterbrechen muss und zufällig im Hause ist."

Einige Tage später sitzen Paul, Samir und Kira im Büro von Herrn Baumgart, der die Ausweispapiere studiert und kopfschüttelnd fragt:

„Fiktionsbescheinigung? Haben Sie keine richtigen Ausweisdokumente?"

Paul erklärt ihm, dass Flüchtlinge nach Zuerkennung der Flüchtlingseigenschaft bei der Ausländerbehörde den Ausweis über ihre Aufenthaltsgestattung, die ja nur bis zum Abschluss des Asylverfahrens Gültigkeit hat, abgeben müssten und bis zur Anfertigung der neuen Ausweispapiere über ihre Aufenthaltsberechtigung eine sogenannte provisorische Fiktionsbescheinigung erhielten, die allerdings, anders als die Aufenthaltsgestattung, nicht mit einem Lichtbild versehen sei.

Fast entschuldigend fährt er fort:

„Für diese merkwürdige Praxis, Flüchtlinge zu registrieren, mal mit, mal ohne Lichtbild, mal gar nicht und mal nur provisorisch, und mal mit einer „Fiktionsbescheinigung" und mal ohne, kann ich leider nichts."

„Aber mit einer „Fiktionsbescheinigung" kann ich ja gar nichts anfangen", bemerkt Herr Baumgart entrüstet, „da kann ja jeder kommen und mir dieses Dokument ohne Lichtbild zeigen."

Erst als Paul Samir und Kira bittet, die Kopien ihrer Aufenthaltsgestattung, die diese seinerzeit auf Anraten des Mitarbeiters im Ausländerbüro vorsorglich gemacht haben, vorzuzeigen und Herr Baumgart beide auf den kopierten Lichtbildern wiedererkennt, ist er beruhigt und nimmt etwas missmutig die Anträge zur Anmeldung für einen Integrationskurs entgegen.

„Kommen Sie bitte morgen um zehn Uhr hierher. Dann kann einer meiner Mitarbeiter mit Ihnen den Einstufungstest machen, ist das okay?", fragt er.

„Ja", antworten Samir und Kira fast gleichzeitig, und Herr Baumgart deutet mit einer Geste an, dass dann ja alles geklärt sei.

Beim Hinausgehen nimmt Paul nur flüchtig wahr, dass Herr Baumgart ihnen wohl noch hinterherruft, dass es aber Wochen, vielleicht sogar ein paar Monate dauern könne, bis sie einen Integrationskurs besuchen können, da die Warteliste sehr lang sei.

Noch am selben Abend schickt Paul die Kopien der von der Volkshochschule Oberursel ausgestellten Anmeldebescheinigungen an das Jobcenter, da er noch in Erinnerung hat, dass sich sowohl Samir als auch Kira in der angeblich frei ausgehandelten Eingliederungsvereinbarung verpflichtet haben, sich nicht nur binnen fünf Tagen zu einem Integrationskurs anzumelden, sondern auch die Anmeldung unverzüglich dem Jobcenter mitzuteilen.

Froh, erst einmal dabei behilflich gewesen zu sein, dass das Ehepaar Nazemi seinen vertraglichen Verpflichtungen nachgekommen ist, sich allerdings auch fragend, ob in der Eingliederungsvereinbarung auch Rechte der Eheleute Nazemi formuliert sind und daran erinnernd, dass ein alter Studienkollege, der mittlerweile am Bundesverwaltungsgericht tätig ist, in einem kürzlich veröffentlichten Aufsatz in einer Fachzeitschrift die Asymmetrie zu Lasten der Hartz- IV Empfänger bezüglich der im Gesetz normierten Rechte und Pflichten scharf kritisiert hat, schläft er dennoch beruhigt ein, da er sicher ist, das Erforderliche getan zu haben.

Danach ist erst einmal Ruhe angesagt, in der ehrenamtlichen Flüchtlingsarbeit.

41

Paul hat in den folgenden Wochen etwas mehr Zeit für sich selbst, da keiner seiner Flüchtlinge sich wegen irgendeinem Problem oder Anliegen an ihn wendet.

Maria ist mit einigen Freundinnen für zwei Wochen nach Weimar gefahren und hat leicht vorwurfsvoll beim Abschied moniert:

„Eigentlich wollte ich ja mit dir fahren, und du hast es mir ja auch oft versprochen Aber du kommst ja nicht in die Pötte und nun musst du halt mal sehen, wie du alleine zurechtkommst."

Sie hatte Recht.

Er hatte ihr mehrmals versprochen, mit ihr nach Weimar zu fahren, und es war, warum auch immer, bis dato nie dazu gekommen.

Aber sie hat sich auch geirrt.

Denn er kommt alleine zurecht.

Er genießt es, etwas mehr Zeit für das Klavierspielen zu haben und freut sich, dass es ihm nach einer längeren schöpferischen Pause - oder war es eher eine Schaffenskrise?, nein, die haben nur Künstler und als solcher fühlt er sich nicht, wenngleich er es gerne geworden wäre -, wieder einmal gelungen ist, zwei Lieder zu komponieren, die nicht nur ihm, sondern, wie sich einige Tage später herausstellt, auch Daggi, mit der er zumeist montags gemeinsam Musik macht, und seinen beiden Töchtern sehr gut gefallen.

Abends sitzt er oft stundenlang bis spät nach Mitternacht am Schreibtisch, nicht, um irgendwelche im Zusammenhang mit seiner ehrenamtlichen Flüchtlingsarbeit stehende Schreiben zu fertigen, sondern weil es ihm einfach nur Spaß macht, kurze Gedichte, Aphorismen oder kleine Geschichten zu schreiben oder zu lesen, sei es von Mascha Kaleko, Kurt Tucholsky, Erich Kästner oder, seit kurzem auch von Stanislav Lec, bei dessen Lektüre er gestern auf zwei Sprüche gestoßen ist, die ihn längere Zeit zum Nachdenken angeregt haben:

„Angeblich soll es Ehefrauen geben, die das männliche Geschlecht nur aus der Schulgrammatik kennen." Und

„Wer Bomben mit Zeitzündern legt, sollte dabei die Zeitunterschiede bedenken."

Beim Lesen des Spruchs mit den Zeitunterschieden beim Bombenzünden musste er unwillkürlich an Mustafa denken, dessen Frau vor einigen Monaten in Syrien bei einem Verkehrsunfall ums Leben gekommen ist, und der bei der letzten Begegnung im Zug so verzweifelt war, weil ihm und seinem noch in Syrien lebenden Kind der Familiennachzug durch das Asylpaket II verwehrt worden ist. Es würde ihn nicht wundern, wenn...

Aber Paul ist ein Verdrängungskünstler und so gelingt es ihm, diese unangenehmen Erinnerungen wieder in das Reich des Unbewussten zu verfrachten.

Manchmal stöbert er auch nur in seinen Unterlagen rum und stößt auf längst vergessene Texte, die er vor mehr oder weniger längerer Zeit einmal verfasst hat, und es stimmt ihn ein bisschen traurig, dass er bislang deren einziger Leser ist und vermutlich auch bleiben wird.

Das kleine Gedicht, das er gerade gelesen hat, handelt von einer problematischen Beziehung und einer Trennung.

Paul überlegt, wann er es wohl geschrieben haben mag, denn, anders als bei den meisten seiner Gedichte und Lieder, hat er auf dem vor ihm liegenden Din-A4- Blatt kein Datum vermerkt.

Trennungssituationen hat er schon oft in seinem Leben erlebt:

Trennungen für immer, wie die durch den Tod seiner Eltern (oder vielleicht auch nicht für immer, denn manchmal glaubt er an ein Wiedersehen);

Trennungen nach längere Zeit des Zusammenlebens, aber nicht für immer und nicht total, wie die von Edeltraut, zu der sich nach einer kurzen Übergangsphase ein guter Kontakt entwickelt hat, weil beide um der gemeinsamen Kinder willen ehrlich bemüht waren, die Trennung möglichst human zu gestalten;

Trennungen für kurze Zeit, wie die in seiner Kindheit, die ihm zwar unendlich lange vorgekommen, aber vermutlich nur von kurzer Dauer waren, und für die sein Zwillingsbruder vor sehr langer Zeit die Bezeichnung „Karstadtgefühle" erfunden hat.

Als er sich vor fünfzehn Jahren von Edeltraut getrennt hatte - eine der wenigen Situationen, in denen er der Akteur und nicht der Reakteur war -, und in eine kleine Dreizimmerwohnung gezogen war, hatte ihm besonders die Trennung von seinen beiden über alles geliebten Kindern zu schaffen gemacht, und er hatte versucht, die zu erwartenden negativen Folgen seiner Trennung für die Kinder dadurch abzumildern, dass diese ihn nach dem erforderlichen Umzug jederzeit problemlos, möglichst zu Fuß, besuchen konnten.

So hatte er zusammen mit Sarah und Lydia verschiedene Wohnungen besichtigt und schließlich eine Wohnung gefunden, die nur ungefähr fünfhundert Meter entfernt von dem Haus lag, das er zusammen mit Edeltraut nach dem Tode seiner Mutter gekauft hatte.

Es war zwar nicht das, was er sich erträumt hatte.

Er hatte seine Kindheit und Jugend in dem großen Zweifamilienhaus seiner Eltern und Großeltern in Oberursel verbracht, während seiner Studentenzeit in Hannover in mehreren Wohngemeinschaften oder auch manchmal als Single in kleinen Einzimmerwohnungen gelebt und war nach Beendigung seines Jurastudiums zusammen mit Edeltraut, die er während dieses Studiums kennengelernt hatte, in die untere Etage seines Elternhauses gezogen, nachdem seine Mutter von dort aus in die erste Etage umgezogen war.

Nach dem Tode seiner Mutter hatte er dann wegen unerfreulicher Erbstreitigkeiten beschlossen, sich eine neue Bleibe zu suchen und zusammen mit Edeltraut das kleinere, aber doch sehr schöne Haus in der Karlsbader Straße in Oberursel käuflich erworben.

Vom großen Haus mit einem großem Garten und Swimmingpool in ein kleineres Haus mit einem kleineren Garten ohne Swimmingpool und von da in eine kleine Dreizimmerwohnung ohne Garten. Das war nicht das, was er sich erträumt hatte, und in den ersten Tagen nach seinem Umzug in die kleine Dreizimmerwohnung war ihm manchmal der Gedanke gekommen, dass irgendwann noch ein weiterer Umzug erfolgen würde, bei dem er mit noch weniger Platz würde auskommen müssen, nämlich beim unfreiwilligen Umzug in eine kleine, hölzerne Kiste, und bei diesem Gedanken war ihm erst bewusst geworden, dass seine Wohnung nicht weit entfernt von einem Altersheim und einem Friedhof lag.

Es war nicht das, was er sich erträumt hatte, aber er hatte sich mit der neuen Wohnsituation arrangiert, wenngleich er lange Zeit darunter litt, dass er seine beiden Kinder von da an nicht mehr täglich sah und nicht mehr ihr ständiger, vielleicht sollte man besser sagen, beständiger Begleiter war, sondern nur noch ein Besuchsvater, der eben doch manches nur am Rande mitbekommt.

Paul liest noch einmal das vor ihm liegende Gedicht, welches er irgendwann einmal vertont hat, aber dessen Melodie ihm entfallen ist:

Du hast mit mir,
sehr viel erlebt,
hast so manche Nacht
mit mir verbracht.

Du hast mich oft
allein gelassen,
tagelang
nicht angerührt.

Du konntest es
nicht wirklich fassen,
dass ich nie verstimmt war,
nie pikiert.

Du hast mich oft
zärtlich berührt,
tastend dich
mir zugewandt.

Hast dich häufig
abgemüht,
doch vieles an mir
blieb dir unbekannt.

Ich habe nun mal viele Seiten,
manche hast du erst sehr spät entdeckt.
Es gab in unsrer Beziehung Zeiten,
da wär` ich fast verreckt.

Da hast du auf mir rumgehackt,
da hast du mich traktiert.
Und ich hab alles hingenommen
und niemals protestiert.

Höhen und Tiefen
haben wir durchlebt.
Tage voller Harmonie.
Es war eine schöne Zeit mit dir,
Eine Zeit, die vergess` ich nie.

Ich lebe nun bei einem anderen Mann,
nicht sehr weit weg von dir.
Vielleicht, dass man es arrangieren kann
und du spielst noch mal mit mir,

und du spielst noch mal auf mir,
auf deinem alten - Jugendstilklavier,
Jugendstilklavier.

Er schreibt auf das Din A4-Blatt: „Sommer 2002", weil er sich jetzt sicher ist, dass dieses Lied kurz nach dem Auszug aus der Karlsbader Straße entstanden ist, denn das Jugendstilklavier konnte er aus Platzgründen nicht in seiner neuen Wohnung unterbringen, in der ja neben seinen vielen Büchern auch noch das E-Piano und das Keyboard sowie Schlaf – und Arbeitsgelegenheiten für seine Kinder untergebracht werden mussten.

Während der Wochen, in denen Paul viel Zeit hat, weil er nur wenig durch die Flüchtlingsarbeit in Anspruch genommen wird, stellt er eines Nachts zufrieden fest, dass nun wohl alles fertig sei, nachdem er zum dritten Mal die auf seinem Schreibtisch liegende, ausgedruckte Geschichte gelesen hat, an der er die letzten Nächte so intensiv gearbeitet und gefeilt hat. Er beschließt, sie an die „Frankfurter Rundschau" zu schicken, in der Hoffnung, dass sie dort abgedruckt wird.
Aber bevor er den Mut dazu aufbringt, liest er zum vierten Mal:
„Denn dann: - Gute Nacht
Vor sehr langer Zeit fand, der griechischen Mythologie zu Folge, eine Hochzeit statt, eine Hochzeit zwischen einem Gott und einer Göttin, deren Namen man nicht unbedingt wissen muss. Alle waren geladen, mit Ausnahme der Göttin der Zwietracht. Diese war darüber so erbost, dass sie ihrem Namen alle Ehre machte und Zwietracht säte, Zwietracht dadurch, dass sie einen Apfel mit der Aufschrift „Der Schönsten" auf die festlich gedeckte Hochzeitstafel fallen ließ. Hierdurch entstand ein Streit zwischen drei Göttinnen, nämlich zwischen Hera, der Frau des Zeus, Athene, der Göttin der Weisheit und Aphrodite, der Göttin der Schönheit. Der Streit ging darum, für wen der Apfel wohl gedacht sei. Sie fragten Zeus, den Obergott - es hätte genauso gut, wie viele hundert Jahre später, ein Spiegel sein können, der mit den Worten

„Spieglein, Spieglein an der Wand, wer ist die Schönste im ganzen Land," befragt wurde -, aber sie fragten, so die griechische Mythologie, keinen Spiegel, sondern Zeus, wer die Schönste sei, und dieser sagte sinngemäß: "Lasst mich mit eurem Scheiß in Ruhe. Wer die Schönste ist, das mag ich nicht entscheiden", und fügte nach kurzem Nachdenken hinzu:

„Fragt doch den schönsten Mann auf Erden, - Paris -."

Paris, der nicht in Paris lebte, sich aber genauso schreibt wie die Stadt, in der er nicht lebte - er wohnte ja in Troja -, sollte die alles entscheidende Frage, die durch den Zankapfel aufgeworfen war, beantworten.

Als die drei Göttinnen, dem Rat des Zeus folgend, zur Castingshow bei Paris, dem Dieter Bohlen der Antike, angekommen waren, versuchte jede von ihnen auf ihre Art, den Paris zu becircen und zwar durch eine Art Wahlversprechen, denn er sollte ja schließlich entscheiden und damit eine Auswahl darüber treffen, wer die Schönste sei.

Hera, die Gattin des Zeus, versprach dem Paris, ihn zum Herrn der Welt zu machen. Athene versprach ihm Weisheit und Aphrodite versprach ihm die schönste Frau der Welt als Gattin.

Paris – ein noch junger Mann, vielleicht sogar jünger als Dieter Bohlen, aber in Bezug auf seine geistige Entwicklung mit Sicherheit auf dessen Augenhöhe - entschied sich natürlich für Aphrodite und sagte:

„Du bist die Schönste unter den Göttinnen."

Aphrodite, hocherfreut, als die Schönste im Himmel auserkoren worden zu sein, hielt ihr Versprechen und verhalf dem Paris, dem schönsten Mann unter dem Himmelszelt - dem Dieter Bohlen der Antike -, zur schönsten Frau auf Erden, der schönen Helena - der Helene Fischer der Antike.

Da das Ganze allerdings mit einer Entführung verbunden war, kam es zu einem furchtbaren Krieg zwischen den Griechen und den Trojanern.

Zwar haben die Trojaner diesen Krieg dank der Cleverness eines Mannes namens Odysseus verloren, aber die Menschheit leidet noch

heute unter den Folgen dieses Krieges, nämlich der Rache der - Troja-
ner.

So viel zur Vergangenheit –. doch nun zur Zukunft.

Stell dir vor, es gibt drei Männer, die so narzisstisch sind wie sei-
nerzeit Hera, Athene und Aphrodite, und die zwar keine Götter sind,
aber zumindest erwarten, dass sie auf Erden angehimmelt werden.

Stell dir vor, sie stehen jeweils in ihrem Palast vor ihrem Lieblings-
spiegel und fragen: "Spieglein, Spieglein an der Wand, wer ist der
Schönste im ganzen Land", worauf der Spiegel, vor dem ein kranker
Mann vom Bosporus steht, antwortet, „Erdogan", und der Spiegel, vor
dem ein vor Kraft strotzender, wenn auch ziemlich klein geratener
Mann steht, und neben dem ein Bild mit einem mit nacktem Oberkör-
per reitender kleiner Mann zu sehen ist, antwortet „Putin" und der
Spiegel, vor dem ein Mann steht, der offensichtlich denselben Friseur
hat wie der frühere Londoner Oberbürgermeister Boris Johnson, ant-
wortet „Trump".

Dann ist ja alles in Ordnung, denkst du, wenn jeder dieser Möchte-
gerngötter - zum Glück sind sie ja nur Halbgötter und somit sterblich-,
vor seinem, also dem richtigen Spiegel steht.

Aber:

Hast du schon einmal darüber nachgedacht, was wäre, wenn es eine
Göttin der Zwietracht gäbe, die die Spiegel vertauscht hat, und wenn
der Spiegel von Erdogan auf die Frage „Spieglein, Spieglein an der
Wand ...?", antwortet:

„Putin", und der Spiegel, vor dem Putin steht, antwortet „Trump".
Wenn ich daran denk
bei Tag oder Nacht,
werd`ich um den Schlaf gebracht.
Denn dann: - Gute Nacht-"

Paul legt zufrieden die zwei mit seinem geistigem Eigentum
bedruckten Blätter Papier zur Seite und in dem Moment, als er
die Taste „Senden" auf seinem PC anklickt, wodurch die Geschichte unwiederbringlich als Dateianhang zu seiner Email an

die Redaktion der „Frankfurter Rundschau" abgeschickt wird, klingelt das Telefon.

42

Nuri, der vierzehnjährige Sohn der alleinstehenden, verwitweten Samira Fani aus Afghanistan, die Paul aus seiner Deutschgruppe im Gemeindehaus der evangelischen Kirche kennt, ist am Apparat und bittet ihn mit aufgeregter Stimme, sofort zu kommen, weil seine Mutter einen Brief in einem gelben Umschlag vom Bundesamt für Migration und Flüchtlinge bekommen habe und, wenn er den Inhalt richtig verstehe, sie wohl nicht in Deutschland bleiben können.

„Warum?, warum? dürfen wir nicht bleiben und die anderen dürfen?", wiederholt Nuri immer wieder mit schluchzender Stimme, und es gelingt Paul erst, ihn zu beruhigen, als er ihm verspricht, sich sofort auf den Weg zu machen.

Was für ein Gegensatz, denkt er, als er den Hörer auflegt.

So aufgelöst, verzweifelt hat Paul den ältesten Sohn von Samira noch nie erlebt.

Bislang hat er ihn immer als einen selbstbewussten, fast schon jungen Heranwachsenden wahrgenommen, den nichts aus der Fassung bringen kann und nun das:

Das Schluchzen eines verzweifelten Kindes.

Nuri hat drei jüngere Geschwister und spricht, ebenso wie diese, schon sehr gut Deutsch. Er ist hochmusikalisch weshalb ihm sein Musiklehrer einen Kontrabass leihweise zur Verfügung gestellt hat, der in der vierzig Quadratmeter kleinen Flüchtlingswohnung Platz gefunden hat, obwohl dort fünf Personen wohnen.

Nuri geht auf das Gymnasium, obwohl seine Mutter mit ihm und seinen Geschwistern erst im Herbst 2015 nach Deutschland gekommen ist.

Er hat schon öfter spät abends, ja mitunter sogar nachts, angerufen und Paul beim Wort genommen, der ihm schon bei seiner ersten Begegnung, vielleicht etwas voreilig, angeboten hatte, dass er ihn jederzeit anrufen könne.

Obwohl er erst vierzehn Jahre alt ist, wirkt und verhält er sich eher wie ein kurz vor dem Sprung in die Volljährigkeit stehender Jugendlicher, was Paul und Maria darauf zurückführen, dass er wohl als ältestes Kind früh die Vater – und Beschützerrolle übernommen hat oder zwangsläufig hat übernehmen müssen.

Auf der Autofahrt zur Familie Fani erinnert sich Paul, bei welcher Gelegenheit er Nuri zum ersten Mal gesehen hat.

Es war ein Freitag in den Herbstferien 2016 und Paul versuchte den Teilnehmern des Deutschunterrichts zu erklären, dass es in der deutschen Sprache viele Wörter gibt, die zwar gleich klingen und geschrieben werden, aber trotzdem unterschiedliche Bedeutungen haben, sog. Homonyme.

Paul wollte seinen Flüchtlingen einige dieser Worte beibringen und versprach ihnen, dass sie in der nächsten Stunde einmal ein schönes Spiel spielen könnten, das „Teekesselchenspiel", das er früher oft mit seinen beiden Töchtern gespielt habe und bei dem man sehr viel lernen könne.

Deshalb ließ er Samira und die anderen Flüchtlinge verschiedene „Teekesselchen" und deren Bedeutungen in ihr Vorkabelheft schreiben:

Das Schloss, in dem die Prinzessin wohnt und in das ein Schlüssel passt.

Der Ball , mit dem man spielt und auf dem man tanzt.

Das Blatt, das im Herbst vom Baum fällt und auf das man etwas schreiben kann.

Der Stift, mit dem man schreiben und den man herumkommandieren kann.

Der Löffel, mit dem der Suppenkasper seine Suppe nicht essen wollte und die Ohren des Hasen.

Die Maus, die nicht gerne von Katzen gefressen werden will und mit der man den Cursor vom Computer bewegen kann.

Das Tor, das man schießen und das man schließen kann.

Der Pass, den man braucht, um sich frei in einem Land oder von Land zu Land bewegen zu können und auf dem man Berge überqueren kann.

„Der Pass ist also", so wollte Paul gerade erklären „auch ein Bergübergang, also ein Weg, über den man gehen kann", als er von Nuri unterbrochen wurde, der seine Mutter an diesem Tag vom Deutschunterricht abholen und nach dem Ende des Deutschunterrichts zu einem Arzttermin begleiten wollte, und, ohne von Paul bemerkt worden zu sein, den Raum betreten hatte.

„Ich weiß, was ein Pass ist. Pass ist gut, man braucht ihn", sagte Nuri in fast akzentfreiem Deutsch und fügte dann noch hinzu:

„Aber Pass ist nicht ein Weg, das stimmt nicht."

Obwohl Paul versuchte, ihm begreiflich zu machen, dass das Wort „Pass" verschiedene Bedeutungen hat, blieb dieser zunächst bei seiner Auffassung, dass der Pass immer ein Dokument sei.

Erst nachdem sich Nuri auf Vorschlag von Paul über sein Smartphone schlau gemacht hatte, räumte er ein:

„Gut, dann ist Pass eben auch ein Weg, aber es ist auch ein Dokument, ein wichtiger Ausweis."

Paul pflichtete ihm bei und nahm nach kurzem Überlegen davon Abstand, Nuri auch noch die dritte Bedeutung des Wortes „Pass" zu erklären, die im Fußball eine Rolle spielt.

Erst einige Monate später ergab sich zufällig die Gelegenheit, dies nachzuholen.

Paul hatte sich überreden lassen, mit Nuri und einigen Flüchtlingen Fußball zu spielen. Dass dies keine gute Idee war, musste er schnell erkennen, denn er konnte mit den jungen Leuten läuferisch nicht mehr mithalten und zog sich schon kurz nach Spielbeginn eine Verletzung zu, die ihm auch die nächsten Tage noch schwer zu schaffen machte.

Aber ein Gutes hatte der legendäre Fußballnachmittag.

Als einer der Mitspieler einen folgenschweren, weil zu einem Tor der Gegenseite führenden Fehlpass gespielt hatte, konnte Paul dem erstaunten Nuri die dritte Bedeutung des Wortes „Pass" anschaulich erklären

Als Paul vor einer Bahnschranke sein Auto anhalten muss, kommt ihm die Zeit des Wartens unendlich lang vor, und er erinnert sich daran, dass er vor fast einem Jahr auch sehr lange warten musste, als er Nuri und seine Mutter zur Anhörung, dem „großen Interview", begleitet hatte.

Nach etwa drei Stunden Wartezeit in einer ungemütlichen Kaserne hatte Nuri selbstbewusst einen Mitarbeiter des Sicherheitsdienstes gefragt, wie lange es noch dauere, und sich darüber beschwert, dass andere Flüchtlinge schon zu den Interviewzimmern geführt worden seien, obwohl sie sich viel später angemeldet hätten.

Paul hatte Nuri damals geraten, sich in Geduld zu üben, obwohl es ihm natürlich auch auf den Geist ging, so lange warten zu müssen und er Warten seit seiner Kindheit und den damit verbundenen Erinnerungen an die „Karstadtgefühle" auf den Tod hasste.

Die Wartezeit hatte allerdings auch sein Gutes, denn er hatte einiges über die Familie Fani erfahren.

Wie gut Nuri schon Deutsch spricht, hatte Paul damals gedacht, als dieser ihn plötzlich unvermittelt gefragt hatte, ob er Sprichwörter kenne.

„Ich kenne sogar sehr viele Sprichwörter, die meisten habe ich von meiner Oma gelernt, wieso?", hatte er geantwortet.

„Ich habe gestern einen Schüler aus meiner Klasse irritiert. Er hat mich beleidigt. Ich bin größer als er, aber ich habe ihn nicht geschlagen, schlagen ist nicht gut, ich habe ihm gesagt, er soll hingehen, wo der Pfeffer wächst, und er hat mich nur ganz verdattert angeschaut, er hat mich nicht verstanden. Kannst du dir das vorstellen, er ist Deutscher und kennt das Sprichwort, *„Geh hin, wo der Pfeffer wächst"*, nicht."

Als Paul sein Auto vor dem Haus der Familie Fani parkt, hat er ein beklemmendes Gefühl.

Die Erinnerungen während der Autofahrt an den schlagfertigen, selbstbewussten, heranwachsenden Nuri, den scheinbar nichts aus der Fassung bringen kann, werden überlagert von der Stimme eines verzweifelten, schluchzenden Kindes, die er vor einer halben Stunde am Telefon vernommen hat.

Mit leicht zittrigen Knien geht er die Treppe hinauf zu der im vierten Stockwerk gelegenen Wohnung und hofft, dass sich der Sinngehalt des von seiner Großmutter so oft geäußerte Sprichwortes bewahrheiten möge, wonach nichts so heiß gegessen wird, wie es gekocht wird.

43

Kurze Zeit später, sitzt Paul auf dem Sofa in der Wohnung von Samira Fani und liest:
„1. Der Asylantrag wird abgelehnt.
2. Der Antrag auf Zuerkennung der Flüchtlingseigenschaft wird abgelehnt.
3. Der Antrag auf subsidiären Schutz wird abgelehnt.
4. Es wird festgestellt, dass ein Abschiebeverbot gem. § 60 Abs. 5 Ausländergesetz besteht."

Paul ist schockiert und aufgewühlt, lässt sich dies aber nicht anmerken.

Er hat Frau Fani und ihren ältesten Sohn Nuri vor einigen Monaten nicht nur zur Anhörung in die Zweigstelle Gießen des Bundesamts für Migration und Flüchtlinge begleitet, sondern war auch als Beistand bei der Anhörung zugegen, so dass er deren Fluchtgründe genau kennt und sich eigentlich sicher war, dass dieser Familie der Status der Flüchtlingseigenschaft zuerkannt werden müsse.

Deshalb ist er so aufgebracht und muss sich beim Lesen der Entscheidungsgründe des Bundesamtes für Migration und Flüchtlinge sehr beherrschen, die Frage, die ihm immer wieder durch den Kopf geht, nicht laut aus sich herauszuschreien, sondern zu unterdrücken, die Frage:

Warum?, warum?

Warum gerade dieser Familie mit den vier schon so prächtig integrierten Kindern und der tapferen alleinerziehenden Mutter, die so viel Schlimmes im Iran und zuvor in Afghanistan hatte durchmachen müssen und schon in jungem Alter Witwe geworden war, nicht einmal wenigstens der „subsidiäre Schutz" gewährt worden ist, ist ihm völlig unerfindlich und für ihn wieder einmal ein Beweis dafür, dass man auch in einem Rechtsstaat mitunter viel Glück braucht, um Recht zu bekommen.

Der Satz einer erbitterten Gegnerin des DDR-Regimes und nach der Wiedervereinigung zunehmend verbitterter gewordenen Streiterin für einen Demokratischen Sozialismus „Wir wollten Gerechtigkeit und haben den Rechtsstaat bekommen", fällt ihm ein, nicht jedoch ihr Name, obwohl er ihr resigniertes Gesicht vor Augen hat. Nur dunkel glaubt er sich zu erinnern, dass sie Bärbel Bohley hieß und Mitbegründerin der Bürgerrechtsbewegung „Neues Forum" in der DDR war.

Im Gegensatz zu dieser Bürgerrechtlerin hat Paul seinen Glauben an den Rechtsstaat noch nicht verloren, weil er weiß, dass die Familie ja noch den Rechtsweg beschreiten kann, in den er durchaus Hoffnung setzt, weil die Gerichte, die von Monat zu Monat mehr Klageingänge zu verzeichnen haben, nicht nur vereinzelt die Exekutive in ihre Grenzen weisen und die Bescheide des Bundesamtes in nicht wenigen Fällen für rechtswidrig erklären und den Asylanträgen stattgeben oder den Klägern die Flüchtlingseigenschaft zusprechen, auch wenn es hierfür keine Garantie gibt, was der Volksmund mit dem drastisch und seiner Meinung nach übertrieben verkürzenden Satz *„Vor Gericht und auf hoher See sind wir alle in Gottes Hand"* zum Ausdruck bringt.

Nein, er hat keinen Zweifel daran, dass er in einem Rechtsstaat lebt, denn immerhin gibt es ja in Deutschland, anders als in Ländern wie Ungarn, Polen oder der Türkei, noch unabhängige Gerichte, auch wenn es vereinzelt Urteile gibt, die er nicht nachvollziehen kann und bei denen er das Gefühl hat, dass der durch die Medien ausgeübte Druck für den Ausgang dieses oder jenes Prozesses entscheidungserheblich gewesen sein könnte.

Zweifel daran, ob die unfreundliche Entscheiderin eine rechtmäßige Entscheidung treffen werde, waren ihm zwar schon bei der Anhörung gekommen, denn die Anhörung war in einer unangenehmen, fast frostigen Atmosphäre erfolgt.

Schon als Paul und Samira nach fünf Stunden Wartezeit das Zimmer der Entscheiderin betraten, fiel ihm auf, dass diese sein und Samiras freundliches „Guten Tag" nicht erwiderte, sondern stattdessen, unwirsch auf ihn zeigend, fragte:

„Wer sind Sie denn?"

Nachdem Paul ihr erklärt hatte, dass er der Beistand von Frau Fani sei und einige Wochen vor dem Anhörungstermin zu dem in der Ladung angegebenen Aktenzeichen YYY schriftlich mitgeteilt habe, dass er auf Wunsch von Frau Fani als Beistand an der Anhörung teilnehmen werde, antwortete die einen Hosenanzug tragende Entscheiderin in schrillem Ton:

„Aber sie wissen, dass Sie nur zuhören dürfen und nicht das Recht haben, Fragen zu stellen?"

Paul erwidert daraufhin höflich, schon fast zaghaft-unterwürfig, dass dies nicht ganz richtig sei und er gemäß § 14 Verwaltungsverfahrensgesetz durchaus das Recht habe, Fragen zur Sache zu stellen, woraufhin die Entscheiderin ihn schnippisch fragte:

„Sind Sie etwa Jurist?"

Nachdem Paul diese Frage wahrheitsgemäß mit einem „ Ja" beantwortet hatte, war die Hosenanzugträgerin hinter dem Schreibtisch außer sich. Wutentschnaubt kreischte sie:

„Ich bin auch Juristin und Sie haben kein Fragerecht."

Hektisch versuchte sie sodann, einen entsprechenden Paragraphen in der vor ihr liegenden Gesetzsammlung zu finden, aus dem sich ergeben könnte, dass ein Beistand kein Fragerecht hat.

Die Entscheiderin beendete ihre fast schon verzweifelte Suche nach einem einschlägigen Paragraphen erst, als Paul sie darauf hinwies, dass es vielleicht ja gar nicht nötig sei, seinerseits Fragen zu stellen, und ihr zusicherte, von seinem Fragerecht nur spärlich Gebrauch zu machen.

Danach begann die eigentliche Befragung von Samira, und Paul hielt sein Versprechen. Er stellte nur zwei, seiner Einschätzung nach erforderliche Zusatzfragen.

Am Ende des Interviews erklärte die Entscheiderin ziemlich überraschend, dass sie zwar wisse, dass ein Beistand ein Fragerecht habe, dass sie aber auf Grund unangenehmer Erfahrungen in der Vergangenheit habe verhindern wollen, dass sich die Anhörung durch Fragen des Beistandes unnötig in die Länge ziehe, zumal es ja auch noch andere Flüchtlinge gebe, die auf ihre Anhörung warteten.

An all dies erinnert sich Paul beim Lesen des Bescheides und der Gedanke, ob sich die alte Schnepfe also doch gerächt hat, schießt ihm durch den Kopf, als er die abenteuerlich anmutende Begründung des Bescheides liest.

Offensichtlich hat die Entscheiderin, die eigenen Angaben zu Folge Juristin war, noch nie etwas von Artikel 6 des Grundgesetzes gehört, wonach Ehe und Familie unter dem besonderen Schutz des Staates stehen und das Elternrecht besonders geschützt ist. Denn ansonsten ist es nicht erklärlich, dass sie es für hinnehmbar ansieht, dass es in manchen Regionen der Welt halt aus religiösen und kulturellen Gründen üblich sei und man sich damit abfinden müsse, dass verwitweten Müttern ihre Kinder weggenommen würden.

Sie ist wohl Juristin und auch sonst von mäßigem Verstand, mutmaßt Paul, sich im selben Moment daran erinnernd, dass der geniale Satz *„ Er war Jurist und auch sonst von mäßigem Verstand"* urheberrechtlich wohl Wilhelm Busch zuzuordnen ist.

Immerhin enthält der Bescheid aber auch zutreffende Aussagen über die Sicherheitslage in Afghanistan, und die Passagen in dem amtlichen Schreiben, in dem das Abschiebeverbot begründet wird, sind durchaus zutreffend und überzeugend.

Zu Recht weist die Entscheiderin nämlich darauf hin, dass eine alleinerziehende Mutter von vier Kindern, die keine weiteren Verwandten mehr haben, derzeit keine Chance in Afghanistan habe, ihren Lebensunterhalt zu sichern. Deshalb sei es erforderlich, zunächst für ein Jahr befristet ein Abschiebeverbot auszusprechen.

Paul erklärt dem aufmerksam zuhörenden Nuri und der angespannt lauschenden Samira diese entscheidenden Passagen und fügt hinzu:

„Auch nach einem Jahr wird die Aufenthaltsgenehmigung verlängert werden müssen, denn es ist doch wohl mit großer Wahrscheinlichkeit davon auszugehen, dass sich auch in den nächsten Jahren die Situation für alleinerziehende Frauen in Afghanistan nicht verbessern wird. Ihr braucht also keine Angst haben, abgeschoben zu werden."

Er kann die Erleichterung im Gesicht von Samira, die das Meiste vermutlich verstanden hat, und ihrem ältesten Sohn – die drei kleineren Kinder sind offensichtlich schon im Bett -, sehen.

„Dennoch würde ich euch empfehlen, einen Rechtsanwalt aufzusuchen, da euch nach meiner Einschätzung der Flüchtlingsstatus hätte zuerkannt werden müssen. Wenn ihr wollt, mache ich für euch einen Termin bei einem Rechtsanwalt."

„Ja bitte, - kennst du einen guten Rechtsanwalt?", fragt Nuri.

Paul überlegt kurz:

„Ich glaube schon", erwidert er, obwohl er zu diesem Zeitpunkt noch keine Ahnung hat, welchen Rechtsanwalt er empfehlen soll.

„Ja, dann mach den Termin und vielen Dank für alles."

Auf der Rückfahrt beschäftigt Paul der Gedanke, auf welches Glatteis man sich begibt, wenn man anderen einen Arzt oder Rechtsanwalt empfiehlt, weil diejenigen, denen gegenüber man eine Empfehlung ausgesprochen hat, häufig geneigt sind, den gut gemeinten Ratschlag im Nachhinein als schlecht zu bewerten, wenn der empfohlene Arzt die Krankheit nicht beseitigt hat, wegen der er aufgesucht worden ist, beziehungsweise es dem als gut gepriesenen Rechtsanwalt nicht gelungen ist, den Prozess, für dessen Führung er beauftragt worden ist, zu gewinnen.

44

Es ist nicht immer leicht, einen für sein Anliegen kompetenten und engagierten Rechtsanwalt zu finden, denkt Paul und dabei kommt ihm wieder die leidvolle Angelegenheit mit einer Frankfurter Anwaltskanzlei in den Sinn, die er einer anderen Flüchtlingsfamilie empfohlen hatte.

Ein Ehepaar aus Afghanistan, Ali und Leila Rahimi, hatte einen Asylantrag gestellt und ein Schreiben des Bundesamtes für

Migration und Flüchtlinge mit der Mitteilung bekommen, dass das Dublin II -Verfahren eingeleitet werde. Dieses besagt, dass unter Umständen Asylbewerber an das Land zur Prüfung ihres Asylbegehrens zurücküberstellt werden können, in welchem sie zuerst den Boden der Europäischen Union betreten haben.

Da Ali und Leila über Ungarn eingereist und dort Fingerabdrücke von ihnen abgenommen waren, hatten sie sehr große Angst davor, nach Ungarn, also in das Land zurückgeschickt zu werden, in dem sie während ihrer Flucht so schreckliche Erfahrungen gemacht hatten.

Paul wusste zwar, dass es inzwischen etliche Gerichtsurteile gibt, wonach eine Rücküberführung nach Ungarn wegen systemischer Mängel im Asylverfahren nicht zulässig ist, aber dennoch wollte das verängstigte Ehepaar Rahimi unbedingt schon in diesem Stadium des Asylverfahrens einen Anwalt aufsuchen.

Für ihn stand deshalb fest, dass nur ein Anwalt in Frage kommt, der als Interessenschwerpunkte „Ausländer-und Asylrecht" im Branchenverzeichnis oder Internet angegeben hat, und er war nicht überrascht, dass es nicht allzu viele Anwälte gab, die sich auf dieses Rechtsgebiet spezialisiert haben. Denn er wusste, dass die Vergütung für die Vertretung in Ausländersachen nicht sehr üppig ist. Anwälte werden nämlich nicht nach Zeitaufwand bezahlt, sondern die Vergütung für ein Mandat richtet sich nach sogenannten Streitwerten und diese sind für Angelegenheiten aus dem Bereich des Ausländer-und Asylrechts nicht gerade hoch.

Er entschied sich für die Kanzlei Bitterling in Frankfurt, da diese auch häufig in Broschüren für Ehrenamtliche genannt wurde, und es gelang ihm, relativ zeitnah einen Besprechungstermin für das Ehepaar Rahimi zu vereinbaren. Dieser wurde dann jedoch mehrmals seitens der Anwaltskanzlei verschoben, so dass die Wartezeit für den ersten und, wie sich später herausstellte, einzigen Besprechungstermin, insgesamt fast zwei Monate betrug.

Eine Wartezeit von mehreren Monaten war damals allerdings durchaus normal, weil es wegen der vielen Flüchtlinge seit August 2015 nur wenige, auf Ausländerrecht spezialisierte Anwaltskanzleien in Deutschland gab.

Bei dem ersten und einzigen Termin in der Kanzlei Bitterling im Februar erklärte der relativ jugendlich aussehende Rechtsanwalt Meyer, dass er die Akten anfordern werde.

Seiner Einschätzung nach sei es äußerst unwahrscheinlich, dass das Dublin II–Verfahren durchgeführt werde. Die außergerichtliche Vertretung werde ungefähr fünfhundert Euro kosten. Auf Pauls Einwand, dass dies für eine Flüchtlingsfamilie viel Geld sei, er aber bereit sei, der Familie Rahimi bei der Aufbringung der Anwaltskosten behilflich zu sein, begründete Herr Meyer die Höhe der Kosten damit, dass er schließlich im Rahmen der außergerichtlichen Vertretung mit den Eheleuten Rahimi noch ein mehrstündiges, ausführliches Gespräch über deren Fluchtgründe führen und sie quasi auf den Anhörungstermin beim Bundesamt für Migration und Flüchtlinge vorbereiten werde.

Am Schluss der ungefähr dreißig Minuten dauernden Beratung unterschrieben die Eheleute Rahimi noch eine Vollmacht und bekamen ein Merkblatt über die Anhörung ausgehändigt.

Beim Hinausgehen wurden sie von dem durchaus kompetent wirkenden Anwalt, der, wie Paul zuvor im Internet recherchiert hatte, sogar einige Fachaufsätze zum Asylrecht verfasst hat, noch gebeten, sich schon einmal auf den nächsten Anwaltstermin vorzubereiten und zu versuchen, die wesentlichen Fluchtursachen zeitlich chronologisch festzuhalten.

Fast zwei Monate warteten die Eheleute Rahimi auf eine Nachricht von der Anwaltskanzlei und waren schon sehr beunruhig, weil einige ihrer Freunde aus Afghanistan inzwischen einen Anhörungstermin beim Bundesamt für Migration und Flüchtlinge hatten.

An einem Montag im April erhielt Paul am späten Nachmittag einen Telefonanruf von der Frankfurter Anwaltskanzlei, in dem ihm mitgeteilt wurde, dass der Brief mit der Ladung für den übermorgen stattfindenden Anhörungstermin der Eheleute Rahimi wieder zurückgekommen sei, da die Eheleute wohl inzwischen umgezogen seien. Ob er wisse, wo die Eheleute Rahimi inzwischen wohnten.

„Natürlich weiß ich das", erwiderte Paul der Büroangestellten aus der Anwaltskanzlei höflich, aber bestimmt und fügte hinzu:

„Auch Sie sollten das wissen, denn ich habe ja vor vier Wochen schriftlich und vorsorglich auch per email ihrer Anwaltskanzlei die umzugsbedingte Änderung der Anschrift der Eheleute Rahimi mitgeteilt."

Da Paul von anderen Anhörungsterminen wusste, dass die Flüchtlinge die Ladung zum Anhörungstermin mitbringen müssen, bat er die Angestellte, die Ladung für den in zwei Tagen stattfindenden Anhörungstermin vorbeizubringen, aber diese erklärte ihm unmissverständlich, dass sie hierzu nicht bereit sei und er ja morgen früh das Schreiben mit der Terminsnachricht abholen könne.

Paul legte daraufhin, was sonst nicht seine Art ist, fast kochend vor Wut, den Hörer auf.

Am nächsten Tag holte Maria die Ladung ab, und Paul fuhr einen Tag später zusammen mit seiner Ehefrau und dem Ehepaar Rahimi zu dem Anhörungstermin nach Gießen.

Etwa vier Wochen danach erhielten die Eheleute Rahimi von der Anwaltskanzlei einen Brief mit einer guten und einer schlechten Nachricht.

Den Eheleute Rahimi war die Flüchtlingseigenschaft zuerkannt worden, wie dem Anwaltsschreiben und dem diesem Schreiben beigefügten Bescheid des Bundesamtes für Migration und Flüchtlinge entnommen werden konnte.

„Sie haben den besten Status erhalten, den man bekommen kann", hieß es in dem Anschreiben.

Gleichzeitig war dem Schreiben aber eine Kostenrechnung der Anwaltskanzlei Bitterling über sechshundert Euro beigefügt.

Paul war zwar überglücklich, dass die Eheleute Rahimi einen positiven Bescheid des Bundeamtes erhalten hatten, aber er war auch sehr erbost darüber, dass die Anwaltskanzlei die Frechheit besessen hatte, eine Kostenrechnung in dieser Höhe zu erstellen.

Denn der Anwalt Meyer hatte ja bei dem Erstgespräch die Höhe seiner Gebühren für die außergerichtliche Vertretung von circa fünfhundert Euro primär damit begründet, dass er die Klienten durch ein mehrstündiges Gespräch über die Fluchtgründe auf die Anhörung beim Bundesamt für Migration und Flüchtlinge vorbereiten werde, und dieses Gespräch hatte ja unzweifelhaft nicht stattgefunden, weil durch grobes Verschulden seitens der Kanzlei die Mitteilung über die Änderung der Anschrift nicht in den Akten vermerkt worden war und deshalb schon aus Zeitgründen ein Vorbereitungsgespräch hatte nicht stattfinden können.

Aus diesem Grund teilte Paul unter Hinweis auf diese Sachlage der Anwaltskanzlei mit, dass er dem Ehepaar Rahimi nicht raten könne, die Rechnung in der ausgewiesenen Höhe zu begleichen und bat um Erstellung einer neuen Rechnung, wobei er sich einen Hinweis darauf nicht verkneifen konnte, dass er durchaus in Erwägung ziehe, gegebenenfalls die Anwaltskammer einzuschalten.

Darüber, ob dieser dezente Hinweis etwas bewirkt hat, lässt sich nur spekulieren.

Fest steht jedenfalls, dass die Eheleute Rahimi wenige Tage später eine korrigierte Rechnung über einen Betrag in Höhe von dreihundert Euro bekamen und dass Paul diesen Betrag ohne Murren auf das Konto der Anwaltskanzlei Bitterling in Frankfurt überwiesen hat.

45

Nicht nur auf der Rückfahrt von Samira, sondern auch noch zu Hause beschäftigt Paul die Frage, welchen Anwalt er mit der Wahrnehmung der Interessen der alleinerziehenden Mutter von vier wohlgeratenen Kindern beauftragen soll.

In den vielen, für ehrenamtliche Flüchtlingshelfer eigens hergestellten Hochglanzbroschüren wird zwar die Frankfurter Anwaltskanzlei Bitterling sehr empfohlen. Diese kommt jedoch für Paul angesichts der unerfreulichen Erfahrungen, die die Eheleute Rahimi machen mussten, nicht in Betracht.

Deshalb wirft er einen Blick in das Branchenverzeichnis und stellt enttäuscht fest, dass es in seine Heimatstadt nur zwei Anwälte mit dem Interessenschwerpunkt „Ausländerrecht" gibt:

Bei dem einen Anwalt ist er sehr überrascht. Er kennt ihn flüchtig vom Tennisspielen und wäre nie und nimmer auf die Idee gekommen, dass sich dieser Anwalt, der zugleich Notar ist und auch in seiner Freizeit vermutlich immer in Anzug und mit Krawatte rumläuft, in die Niederungen des Ausländerrechts begeben hat, in denen nur wenig Geld zu verdienen ist.

Paul ruft in der Kanzlei an und wird, weil er auf die Frage, in welcher Angelegenheit er anrufe, antwortet, es gehe um einen privaten Tennistermin, direkt mit Herrn Leibfried verbunden, der ihm nach kurzem Small Talk – „ wie geht es dir denn", „lange nicht mehr gesehen, …"–, erklärt, das müsse wohl ein Versehen sein, denn seine Kanzlei habe noch nie ein Mandat aus dem Bereich des Ausländerrecht übernommen.

Mit den in den Telefonhörer von Rechtsanwalt Leibfried gesäuselten Worten „wir können ja vielleicht mal zusammen Tennis spielen", endet das Telefonat und Paul befasst sich mit dem zweiten Anwalt.

Zwar ist er etwas irritiert, dass dieser Rechtsanwalt in dem Branchenverzeichnis der Stadt Oberursel mit so vielen Interessen–und Arbeitsschwerpunkten angegeben ist. „Ordnungswid-

rigkeitsrecht", „Verkehrsrecht", „Kaufvertragsrecht", „Straßen-
verkehrsrecht", „Ausländerrecht" ,"Ausländisches Familienrecht", „Strafrecht" und „Vertragsrecht"

Deshalb sagt er kopfschüttelnd zu Maria, die neben ihm auf
dem Sofa sitzt und Zeitung liest:

„Also, wenn man das auf den Medizinsektor überträgt, dann
handelt es sich bei Rechtsanwalt Kluge um „Mr. Omnikompe-
tent", der einem Arzt vergleichbar ist, der eine Zulassung als
„Augen",-„Zahn",–„Hals – Nasen und Ohren – Arzt" hat und
zugleich noch Unfallchirurg ist," woraufhin Maria ihn aufklärt,
dass sie schon von mehreren Helfern aus der Kleiderkammer, in
der sie mittwochs immer ehrenamtlich tätig ist, gehört habe,
dass Rechtsanwalt Kluge sehr gut sei.

So nimmt er sich vor, morgen einen Termin bei Rechtsanwalt
Kluge für Samira zu vereinbaren und spricht sich Mut zu, dass
dieser Mehrkämpfer unter den Anwälten wohl der Richtige ist,
zumal er eine gewisse Sympathie für Mehrkämpfer hat, was mit
seiner Jugend zusammenhängt.

Als Jugendlicher hatte er nämlich relativ intensiv Leichtathle-
tik betrieben und es über 1500 Meter immerhin bis in den End-
lauf bei den Deutschen Jugendmeisterschaften gebracht, wäre
allerdings viel lieber als Zehnkämpfer gestartet, obwohl er hierfür viel weniger Talent hatte.

Beim Zubettgehen kommen ihm allerdings auch Zweifel, ob
der vielseitige Rechtsanwalt aus Oberursel mit dem Namen Kluge der Richtige ist.

Vielleicht ist er ja auch nur ein Schaumschläger, der meint,
überall gut zu sein, und in Wirklichkeit in keinem Rechtsgebiet
kompetent ist.

Bei der Erinnerung an längst vergangene Zeiten, als er selbst
Rechtsanwalt in der Kanzlei des späteren Bundeskanzlers
Schröder war und genügend dieser Nieten in Nadelstreifen

„kennengelernt" hatte, schläft Paul ein und hat einen merkwürdigen Traum:

Auf der Treppe vor dem Frankfurter Gerichtsgebäude stehen viele Männer. Sie tragen unterschiedliche, aber sehr elegante Anzüge. Einige haben einen Frack und manche sogar einen Stresemann an. Die Männer sehen sich ziemlich ähnlich, haben lässig über ihrem gebeugten, rechten Arm, stolz und gut sichtbar, ihre Robe drapiert und schauen grinsend auf einen vor der Treppe stehenden Mann mit langen, schwarzen Haaren, der eine an Fritz Teufel erinnernde Nickelbrille und einen dunkelblauen Anzug trägt.

Am Morgen versucht sich Paul, der früher viel von, nicht über Freud gelesen hat, beim Duschen an einer Traumdeutung, aber er kommt nicht weit.

Ihm fällt zwar eine gewisse Ähnlichkeit der grinsenden Männer mit Herrn Leibfried auf, mit dem er gestern telefoniert hat, und es scheint klar zu sein, dass er selbst der Mann mit der Nickelbrille ist.

Aber er hat keine spontane Idee dazu, warum ihn die anderen Männer von oben herab angrinsen, und somit bleibt das, was sich letztlich dahinter verbirgt, im Verborgenen.

Beim Frühstück fällt ihm allerdings plötzlich ein, dass er im Traum einen dunkelblauen Anzug getragen hat.

Er erinnert sich, dass er während seiner Zeit als Rechtsanwalt mit Blue Jeans - aha, blau, aber das kann es ja nicht sein -, und weißem Hemd bei Gericht aufgetreten ist und niemals einen dunkelblauen Anzug getragen hat.

Beim gedanklichen Verharren auf dem dunkelblauen Anzug kommt die Erinnerung in ihm hoch, dass er vor langer Zeit für eine Beerdigung einen Anzug brauchte, weil er aus dem einzigen Anzug, den er bis dato jemals hatte, seinem Konfirmationsanzug, herausgewachsen war, obwohl seine Mutter ihm diesen seinerzeit viel zu groß gekauft hatte, und dass der Verkäufer eines Herrenausstatters in Frankfurt, dem er erklärt hatte, dass er einen Anzug für eine Beerdigung brauche, es aber gut wäre, wenn er den Anzug auch für andere feierliche Anlässe tragen könne, wie beispielsweise einer Hochzeit oder der Taufe eines Enkelkindes, daraufhin fachmännisch die Empfehlung von sich gab:

„Dann nehmen Sie am besten den Zehnkämpfer unter den Anzügen,- einen dunkelblauen. Den können Sie bei allen Anlässen tragen, ohne unangenehm aufzufallen."

Beim Wort „Zehnkämpfer" wird Paul abrupt in seinen Traumdeutungsversuchen unterbrochen, denn es fällt ihm plötzlich ein, dass er ja den Zehnkämpfer unter den Anwälten in Oberursel, der laut Angaben im Branchenverzeichnis viele Disziplinen beherrscht, anrufen wollte.

„Anwaltskanzlei Kluge", meldet sich sehr zu seiner Überraschung eine männliche Stimme, denn der Beruf des Rechtsanwaltsgehilfen oder wie das seit einiger Zeit heißt Rechtsanwaltsfachangestellten ist eigentlich eine Domäne von Frauen.

Paul vereinbart mit dem Rechtsanwaltsgehilfen für Samira und Nuri einen Besprechungstermin.

46

Rechtsanwalt Leibfried legt den Telefonhörer auf.

Ein merkwürdiger Anruf, denkt er.

Dass Paul Herbst ehrenamtlich für Flüchtlinge tätig ist, wundert ihn nicht. Er hat ihn schon immer im Verdacht gehabt, „die Grünen" oder was noch schlimmer wäre, „die Linke" zu wählen und immer schon den Eindruck gehabt, dass Paul in den Tennisclub, in dem sie sich früher manchmal über den Weg gelaufen sind, nicht nur wegen seiner politischen Anschauungen, sondern auch wegen seines Outfits, beispielsweise den billigen Nichtmarken-T-Shirts, mit denen er immer auf den Platz ging, nicht hineinpasst.

Rechtsanwalt Leibfried ist überrascht, ja fast sogar entsetzt, dass nach den Angaben im Telefonbuch der Stadt Oberursel in „seiner Kanzlei" – er spricht immer von seiner Kanzlei, obwohl er sie nicht gegründet hat und noch drei weitere, gleichberechtigte Partner in ihr tätig sind –, ein Interessenschwerpunkt das Asyl – und Ausländerrecht sein soll.

Er wird morgen auf alle Fälle der Frage nachgehen, wer für diesen Eintrag in das Telefonbuch verantwortlich ist. Er nimmt sich außerdem vor, unbedingt die Löschung des geschäftsschädigenden Eintrages zu veranlassen, denn er befürchtet, dass seine Mandanten, die überwiegend zum Kreis der Wohlhabenden gehören, Anstoß daran nehmen könnten, dass er auch Ausländer vertritt, die eher zu den „Schmuddelkindern" gehören, mit denen man nicht spielen sollte, und bei denen ohnehin kein Geld zu holen ist.

Bei diesem Gedanken stutzt er und ihm fallen die längere Zeit in Vergessenheit geratenen beiden Briefe ein, die offenkundig von einem Ausländer geschrieben worden sind, und von denen er bisher nur einen gelesen hat.

Wie hieß der noch, der die Briefe geschrieben hat und worum ging es dabei?

Ach ja, da war einer, der wollte noch mal anrufen und mitteilen, wann der Brief in dem kleinen Umschlag geöffnet werden darf. Wie lange war das her? Vielleicht sechs Wochen oder mehr?

Er hatte den Brief ganz vergessen.

„Clara!", ruft er der jungen Auszubildenden zu, die ihm einen Kaffee gebracht hat und gerade im Begriff ist, sein Büro zu verlassen.

„Hat in letzter Zeit mal ein Ausländer, mir fällt der Name partout nicht ein, angerufen und mitgeteilt, dass ein Brief geöffnet werden könne?"

Clara wird kreidebleich.

Sie hat den Tag, an dem alles drunter und drüber zu gehen drohte, weil zwei Kolleginnen krank waren, noch gut in Erinnerung. Sie war zum Telefondienst eingeteilt und quasi ins kalte Wasser geworfen worden, hatte aber ihre „Meisterprüfung" bestanden, denn sowohl die strenge Bürovorsteherin, die zwei Tage später wieder gesund war, als auch Herr Leibfried, hatten sie gelobt, wie gut sie sich „geschlagen" habe.

Sie hatte das Lob zwar gern entgegengenommen, aber dennoch ein schlechtes Gefühl dabei, weil sie sich nicht getraut hatte, Herrn Leibfried über den merkwürdigen Anruf, wonach ein Brief geöffnet werden könne, zu informieren, denn sie hatte ja nicht den vollständigen Namen des Anrufers notiert, notieren können, weil dieser schnell, viel zu schnell den Hörer aufgelegt hatte. Der Anrufer hatte sich mit Malak oder so ähnlich gemeldet. Das weiß sie noch, denn sie hat ein relativ gutes Namensgedächtnis. Aber da sie keine Akte mit diesem oder einem ähnlich klingenden Namen gefunden hatte, hatte sie beschlossen, Herrn Leibfried nicht über den Anruf zu informieren, in der Hoffnung, dass das Ganze, was ja ohnehin etwas merkwürdig war, im Sande verlaufen würde.

Aber es ist nicht im Sande verlaufen, was ihr auf Grund der Frage von Herrn Leibfried schlagartig bewusst wird.

Sie antwortet mit zittriger Stimme:

„ Ja, da hat vor ein oder zwei Monaten, ich weiß das nicht mehr so genau, aber jemand hat angerufen. Er hieß Malak oder Malek oder so ähnlich. Er hat gesagt, dass ein Brief geöffnet werden kann und ich Ihnen das mitteilen soll. Herr Leibfried, sie waren an dem Tag aber nicht da. Ich glaube, Sie waren bei Gericht."

Bei den Worten „es tut mir so leid", bricht sie in Tränen aus und nur mit Mühe gelingt es dem überraschten Rechtsanwalt Leibfried sie zu beruhigen.

Der ansonsten manchmal tyrannisch und unbeherrscht auf-
tretende Rechtsanwalt, der die junge Anwaltsgehilfin gerne
einmal verführen würde, aber noch nicht weiß, wie er das einfä-
deln kann, legt etwas schüchtern die Arme um die Schulter von
Clara und sagt mit tröstenden Worten:

„Wir machen doch alle mal Fehler. Das wird schon nicht so
schlimm sein. Der Mandant hätte sich ja sicherlich wieder gemeldet, wenn es eilig wäre. Aber wir sollten den Brief suchen,
denn er hat uns ja beauftragt den Brief zu öffnen. Gehen Sie bitte
die nächsten Wochen systematisch mal sämtliche Akten durch.
In irgendeiner Akte muss der Brief ja abgeheftet sein. Machen
Sie sich keine Sorgen, der Brief wird sich schon wieder anfin-
den."

Sichtlich erleichtert entzieht sich Clara vorsichtig der unangenehmen Umarmung ihres Chefs und verlässt dessen Arbeitszimmer mit den Worten:

„ Ja, vielen, vielen Dank, ich werde mir gleich heute schon einige Akten vornehmen."

47

Kurz vor Ende der Sommerferien erfahren Paul und Maria
bei einer Stippvisite beim Ehepaar Nazemi - sie haben es sich zur
Angewohnheit gemacht, zumindest alle vierzehn Tage einmal
kurz bei den von ihnen betreuten Flüchtlingen reinzuschauen
und nachzufragen, ob es Probleme gibt und ob Post gekommen
ist -, dass Samir und Kira blad einen Integrationskurs machen
können. Stolz zeigen diese nämlich zwei von der Volkshochschule Oberursel ausgestellte Anmeldekarten für einen Integrationskurs (Sprachkurs für das Sprachlevel A 2.1), die sie vor einigen Tagen zugeschickt bekommen haben und aus denen hervorgeht, dass für beide in gut einer Woche, nämlich am vier-

zehnten August ihr Integrationskurs beginnt, der montags bis freitags in der Zeit von 8:45 Uhr bis 12:00 Uhr stattfinden soll.

Beim anschließenden Plaudern, Teetrinken sowie Aufpulen und Essen der Pistazien, die Maria und Paul mitgebracht haben, ist Paul nachdenklicher als sonst, was aber niemandem außer Maria, mit der er nun schon seit mehr als fünfzehn Jahren zusammenlebt und die er vor einigen Jahren geheiratet hat, aufzufallen scheint.

Schon auf der Rückfahrt nach Hause fragt Maria, die von sich selbst nicht zu Unrecht behauptet, „Antennen" zu haben, mit denen sie manchmal etwas wahrnimmt, was anderen verborgen bleibt:

„Worüber machst du dir Sorgen?"

Und als Paul, wieder einmal fasziniert davon, dass sie seinen Gefühlszustand so genau wahrgenommen hat, antwortet, dass es vielleicht Ärger mit dem Jobcenter geben könnte, fragt sie nicht näher nach, sondern versucht ihn mit den Worten „wird schon alles gut gehen", aufzumuntern, was ihr auch ein bisschen gelingt.

Am Abend sitzt Paul stundenlang an seinem Schreibtisch und Maria weiß, dass es das Beste ist, wenn sie ihn in Ruhe lässt, denn er hatte vorhin wieder einmal seinen Du - Störst – Mich - Blick, als sie kurz von ihm wissen wollte, ob er morgen das Auto braucht.

Früher hat sie unter diesem Blick sehr gelitten. Aber inzwischen hat sie sich daran gewöhnt.

Sie hat ein feines Gespür dafür entwickelt, zu erkennen, ob Paul gerade mal wieder eine depressive Phase oder vielleicht zu viel Wein getrunken hat - zum Glück gibt es diese Phasen nur sehr selten –, oder ob er sehr konzentriert arbeitet, sei es, an einem neuen Klavierstück, einem Leserbrief, einer neuen Geschichte, einem Fachaufsatz oder der Neuauflage seines Fachbuches oder an der Lösung eines anderen Problems, das ihn gerade sehr beschäftigt.

Heute geht es um Samir und ein juristisches Problem, vermutet sie, und hat Recht, denn Paul versucht die Frage zu klären, ob
Samir seinen Job bei der Friedhofsgärtnerei Weilers kündigen
darf, um den sehnlichst herbeigesehnten Integrationskurs bei
der Volkshochschule besuchen zu können, ohne befürchten zu
müssen, dass ihm das Arbeitslosengeld II, das er inzwischen
wegen des Zuständigkeitswechsels nicht vom Sozialamt, sondern vom Jobcenter bezieht, auf Grund der im Sozialgesetzbuch
II enthaltenen Sanktionsvorschriften gekürzt wird.

Die Sachlage ist klar:

Samir kann nicht morgens von 8:30 Uhr bis 12:30 Uhr bei der
Gärtnerei Weilers arbeiten und fast gleichzeitig, nämlich in der
Zeit von 8:45 Uhr bis 12:00 Uhr den Integrationskurs an der
Volkshochschule besuchen.

Die Rechtslage ist allerdings nicht eindeutig, sondern vielmehr diffus, was Paul zu schaffen macht und ein entscheidender
Grund dafür ist, dass er nachts noch lange im Bett liegt und
nicht einschlafen kann, obwohl er mehr als einen Schlaftablet-
tenersatz, also fast eine Flasche Rotwein, zu sich genommen hat.

48

Am nächsten Morgen ist Paul wie gerädert. Er hat schlecht
geschlafen und ein unangenehmes Telefonat steht ihm bevor.

Früher hat er sich in solchen Situationen eine Zigarette angezündet und erst danach zum Telefonhörer gegriffen - die Zigarette als Sicherheit vermittelndes Treppengeländer, wie er das
manchmal genannt hatte -, aber vor elf Jahren, als er eine kurze
Herzattacke hatte, ist aus dem Intensivraucher, der täglich mehr
als fünfzig selbstgedrehte filterlose Zigaretten geraucht hat
(„Donker" und „Schwarzer Krause" waren seine bevorzugten
Marken) ein Nichtraucher geworden, allerdings nicht ein mili-

tanter Nichtraucher, wie aus so manch einem Wendehals aus seinem Bekanntenkreis, der nach seiner Befreiung von der Nikotinsucht nun sogar am liebsten das Nichtrauchen unter freiem Himmel verboten und unter Strafe gestellt hätte.

Er hatte während seiner fast fünfjährigen Zeit als Familienrichter an einem kleinen Amtsgericht in Hessen, immer dann, wenn ihn das Bedürfnis nach einer Zigarette überkam, von der ihm in der Zivilprozessordnung eingeräumten Möglichkeit Gebrauch gemacht, als „Herr des Verfahrens" die Sitzung einfach zu unterbrechen, um seiner Sucht nachzugehen.

Und auch später als Professor hatte er bei der Klausuraufsicht während der fünfstündigen Klausuren, sehr zur Freude seiner Studenten und Studentinnen, mindestens zwei Mal den Raum, in dem die Klausur geschrieben wurde, verlassen, nicht um auf die Toilette zu gehen, was erlaubt gewesen wäre, sondern um seinem Laster zu frönen.

Ja selbst beim Tennisspielen, mit dem er vor mehr als zwanzig Jahren angefangen hat, hatte er es sich nicht nehmen lassen, egal ob es ein Punktspiel war oder nicht, zwischen den einzelnen Sätzen, eine, manchmal sogar zwei Zigaretten durchzuziehen.

Aber das waren früher ja auch noch andere Zeiten.

Sowohl in den Seminarräumen als auch in Talkshows wurde damals mit einer Selbstverständlichkeit geraucht, wie man sich das heute gar nicht mehr vorstellen kann.

Beim „Internationalen Frühschoppen", der immer sonntags mittags auf ARD ausgestrahlt wurde, und bei dem verschiedene Journalisten aus dem Ausland ein aktuelles, außenpolitisches Thema diskutierten, wurde den teilnehmenden Diskutanten vom Moderator und Gastgeber, Werner Höfer, sogar Zigaretten angeboten.

Irgendwann hatte sich dann allerdings die Situation umgekehrt und die alltägliche, mitunter rücksichtslose Vorherrschaft der Raucher war umgeschlagen in das genaue Gegenteil:

den mitunter schikanösen Umgang der Nichtraucher mit den sich immer seltener in der Öffentlichkeit noch zu rauchen trauenden Rauchern.

Als es Paul vor elf Jahren gelungen war, mit dem Rauchen aufzuhören - so manch zuvor erfolgter Versuch, zum Beispiel durch Akkupunktur oder das Umsteigen auf Pfeife war leider nicht von Erfolg gekrönt -, hatte er sich vorgenommen, als Nichtraucher einen respektvollen und toleranten Umgang mit den Rauchern zu pflegen.

So ist es denn auch nicht verwunderlich, dass in der Wohnung von Paul und Maria nicht nur geraucht werden darf, zumal beide wissen, dass die wenigen Bekannten, die noch zur Minderheit der Raucher gehören, dies nicht durch Kettenrauchen ausnutzen würden.

Maria, die schon vor mehr als vierzig Jahren mit dem Rauchen aufgehört hat, sorgt sogar dafür, dass immer Zigaretten in der Wohnung sind, um für den Fall, dass ein Bekannter oder Verwandter einmal seine Zigaretten vergessen haben sollte, dem Besucher als gute Gastgeberin eine Zigarette anbieten zu können.

Paul schaut auf den Telefonhörer und widersteht der Versuchung, rückfällig zu werden und sich eine Zigarette zu holen.

Stattdessen wählt er die Telefonnummer der beim Jobcenter Frankfurt angestellten „persönlichen Ansprechpartnerin" und wundert sich beim Wählen darüber, dass er überhaupt im Besitz einer Durchwahlnummer ist.

Ihm fällt ein, dass Kira bei dem Termin über den Abschluss der Eingliederungsvereinbarung eine Visitenkarte von ihrer „persönlichen Ansprechpartnerin" erhalten und er sich irgendwann die Telefonnummer in sein Telefonbuch geschrieben hat, und er freut sich, dass er im Besitz der Telefonnummer ist, denn nach seinen Erfahrungen mit Behörden, ist es im Zeitalter der Telefonwarteschleifen schon fast wie ein Sechser im Lotto, eine

Durchwahlnummer von zuständigen Sachbearbeitern zu bekommen.

„Koblanski", meldet sich eine freundliche Stimme, und nachdem er sich vorgestellt hat, entwickelt sich folgender Dialog:

„Ich rufe für das Ehepaar Nazemi an. Es gibt da ein Problem. Brauchen Sie das Aktenzeichen?"

„Ja, das wäre besser."

„30005/ 251/ 17.."

Dann eine kurze Pause.

„Ja, ich habe die Akte jetzt auf meinem PC vor mir aufgerufen. Womit kann ich Ihnen helfen?"

„Herr Nazemi hat einen Integrationskurs von der Volkshochschule Oberursel angeboten bekommen. Der liegt allerdings vormittags, also zu einer Zeit, zu der er als Aushilfsfriedhofsgärtner beschäftigt ist. Er wird dann wohl den Job kündigen müssen, um seiner Pflicht nachkommen zu können, den Integrationskurs zu besuchen."

„Auf keinen Fall, das geht gar nicht, die Arbeit hat Vorrang."

„Ja aber dann kann er ja nicht an dem Integrationskurs teilnehmen."

„Doch, halt nicht nur an diesem. Er muss sich eben einen Nachmittagskurs suchen."

„Aber die Volkshochschule Oberursel bietet keine Nachmittagskurse an."

„Dann muss er sich bei einem anderen Kursanbieter anmelden. Es gibt ja genügend Sprachschulen und Bildungseinrichtungen, die auch nachmittags Kurse anbieten, und wenn er keinen findet, - Arbeit geht vor."

„Davon steht aber nichts in der Eingliederungsvereinbarung, und es ist doch wohl unzumutbar, wenn von Herrn Nazemi erwartet und verlangt wird, dass er halbtags erwerbstätig ist, halbtags eine Schule besucht und außerdem noch drei bis vier Stunden täglich Hausarbeiten für die Schule macht. Ich habe mich erkundigt. Die Kursanbieter und auch das Bundesamt für Migration und Flüchtlinge, so dessen fachlichen Weisungen, gehen davon aus, dass Integrationskurse grundsätzlich in *Vollzeit* angeboten werden, also zwanzig bis fünfundzwanzig Unterrichtstunden wöchentlich zuzüglich, ich wiederhole, zuzüglich Vor– und Nachbereitungsarbeiten. Wenn er also täglich acht Stunden für die Schule aufwenden soll und vier Stunden für die Tätigkeit in der Gärtnerei, dann hätte er ja einen Zwölfstundentag. Bei fünf Tagen in der Woche käme er also auf eine Sechzigstundenwoche. Das dürfte wohl nicht zumutbar sein und wohl auch gegen das Arbeitszeigesetz verstoßen, in welchem meines Wissens achtundvierzig Stunden pro Woche als Höchstgrenze verankert sind. "

„Das mag ja sein, aber es gibt auch Integrationskurse in *Teilzeit*. Arbeit geht in jedem Fall vor."

„Oh, das wusste ich nicht. Das kann man leider auch nicht der „maßgeschneiderten" Eingliederungsvereinbarung, die Sie mit Herrn Nazemi gemeinsam erarbeitet haben, entnehmen. Es wäre übrigens sicherlich hilfreich gewesen, wenn der Vorrang der Arbeit mit in die Vereinbarung aufgenommen worden wäre."

Nach einer kurzen Pause wieder das stereotype „Das mag ja sein", aber diesmal nicht mit dem Nachsatz „Arbeit geht vor", sondern mit einem konstruktivem Vorschlag der „persönlichen Ansprechpartnerin":

„Wissen Sie was? Ich versuche mal, telefonisch für Herrn Nazemi einen Integrationskurs zu finden, der nachmittags in Teilzeit stattfindet. Dann wären ja alle Probleme gelöst."

„Ja, danke, das wäre prima. Rufen Sie mich an, wenn es geklappt hat?"

„Ja, selbstverständlich rufe ich Sie dann an."

Nach dem Ende des Telefonats ist Paul erleichtert.

Endlich hat er wieder einmal erlebt, dass es in Behörden auch nette und hilfsbereite Beschäftigte gibt.

Frau Koblanski hält ihr Versprechen. Sie ruft am späten Nachmittag an und teilt Paul mit, dass sie einen Bildungsträger in Frankfurt gefunden habe, bei dem Samir ab dem achtzehnten September einen Teilzeitintegrationskurs von 15:00 Uhr bis 18:15 Uhr besuchen könne. Sie habe ihn auf die Liste setzen lassen und für ihn einen Platz reserviert. Er müsse sich allerdings binnen fünf Tagen dort anmelden und die Abmeldung von der Volkshochschule sowie den dort abgegebenen Kursteilnahmeberechtigungsschein mitbringen. Er brauche aber keinen Einstufungstest mehr machen, da er den ja schon bei der Volkshochschule in Oberursel gemacht habe. Er solle sich aber eine Bescheinigung ausstellen lassen, dass dort keine Nachmittagskurse angeboten würden, und diese Bescheinigung zur Anmeldung mitbringen, da er dann auch die Fahrtkosten von seiner Wohnung in Oberursel nach Frankfurt zum neuen Kursträger erstattet bekomme.

Zum Abschluss teilt Frau Koblanski noch mit, dass sie ab morgen nicht mehr die für das Ehepaar Nazemi zuständige Ansprechpartnerin sei, sondern eine Frau Schwertfeger.

Auf Nachfrage von Paul, womit das zusammenhänge, erklärt sie am Ende des Gesprächs fast beiläufig, dass sie nur für das Erstgespräch und den Abschluss der Eingliederungsvereinbarung zuständig sei und ab morgen eben Frau Schwertfeger die neue „persönliche Ansprechpartnerin" für die Eheleute Nazemi sei.

49

Nach dem Auflegen des Telefonhörers ist Paul nachdenklich.

Ihn beschäftigt die Frage, was mit dem Begriff „ persönlicher Ansprechpartner" gemeint sein könnte, und was wohl hinter der unsinnig anmutenden Regelung stecken mag, dass ein „persönlicher Ansprechpartner" nur für ein Erstgespräch zuständig ist.

Muss nicht ein „persönlicher Ansprechpartner" eine Beziehung aufbauen, die von Vertrauen geprägt ist, und bei der sich die Beteiligten auf Augenhöhe begegnen?

Auch der Gesetzgeber ist wohl von ähnlichen Vorstellungen ausgegangen, erinnert er sich, und holt den im Jahre 2017 erschienenen *„Leitfaden zum Arbeitslosengeld II"* aus seinem Bücherschrank, in dem auf Seite 696 sinngemäß steht, dass der Gesetzgeber davon ausgehe, dass für eine gute Arbeit eines „persönlichen Ansprechpartners" ausreichend Zeit, Erfahrung, eine adäquate Qualifikation und der Aufbau eines „belastbaren Vertrauensverhältnisses" erforderlich sei.

Aber wie soll das funktionieren, fragt sich Paul, wenn der „persönliche Ansprechpartner" nur für ein Erstgespräch zur Verfügung steht und danach eine andere, wieder zunächst fremde Person mit dem Arbeitslosengeld II – Bezieher ein *persönliches* Gespräch führen will?

Der Aufbau einer vertrauensvollen Beziehung braucht doch Zeit.

Ist der Begriff „persönlicher Ansprechpartner" nicht ohnehin scheinheilig, weil er eine vertrauensvolle Beziehungsqualität zwischen dem Beschäftigten des Jobcenters und dem Klienten suggeriert, die es vermutlich nur selten gibt?

Frau Koblanski mag da vielleicht eine Ausnahme sein. Zumindest erinnert sich Paul daran, neulich gehört zu haben, dass sich ihr eine Frau aus Syrien anvertraut und ihr offenbart haben soll, dass ihr Mann ihre aus erster Ehe mitgebrachten Kinder gelegentlich schlage.

Trotzdem:

Er wird den Begriff „persönlicher Ansprechpartner" in Zukunft vermeiden. Er ist ihm ideologisch zu sehr befrachtet.

Er vermittelt doch einen völlig falschen Eindruck.

Es gibt beim Bezug von Arbeitslosengeld II in der Regel doch keine Partnerschaft auf Augenhöhe, sondern nur ein Abhängigkeitsverhältnis, das nicht durch eine ausgewogene Mischung, sondern aus einer Asymmetrie von Fordern und Fördern gekennzeichnet ist.

Er wird den Begriff „ persönlicher Ansprechpartner" in Zukunft vermeiden.

Die Tatsache, dass der Mitarbeiter des Jobcenters Sanktionen verhängen kann, verhindert doch von vornherein das Entstehen von Vertrauen und fördert gegenseitiges Misstrauen.

Der auf Hartz–IV–Leistungen angewiesene Leistungsberechtigte wird doch nun mal häufig nicht als eine mit Menschenwürde ausgestattete Person behandelt, um die sich ein „persönlicher Ansprechpartner" kümmert, sondern als ein mit einem Aktenzeichen versehener Fall, der von einem Fallmanager gemanagt wird. Oder als eine Sache, die von einem Sachbearbeiter bearbeitet wird.

Das hat Paul doch mehr als nur einmal erlebt.

Ja, er wird den Begriff „persönlicher Ansprechpartner" in Zukunft vermeiden.

Aber auch mit dem Begriff des Fallmanagers, der in der juristischen Fachliteratur gelegentlich verwendet wird, wird er sich nie anfreunden.

Natürlich glaubt derjenigen, der diesen Beruf ausübt, es klinge besser, wenn er auf einer Party auf die oft fast obligatorisch gestellte Frage, was er denn beruflich mache, voller Stolz sagen kann, er sei Fallmanager.

Das kann Paul irgendwie verstehen, dass manch einer glaubt, es klinge besser, als wenn er sagen müsste, dass er Sachbearbeiter ist.

Denn bei dem Wort „Sachbearbeiter" haben viele Menschen doch die Assoziation, „er ist nur eine kleiner Sachbearbeiter", wohingegen einem Manager immer Wichtigkeit und Macht zugeschrieben werden.

„Er ist Manager, ein ganz hohes Tier bei...", hört man doch häufig.

„Er ist Sachbearbeiter, ein ganz hohes Tier".

Das hat Paul noch nie gehört.

Er wird auch den Begriff „Fallmanager" in Zukunft vermeiden.

Früher gab es den Beruf des Hausmeisters.

Und der Hausmeister war eine wichtige Person, so wichtig, dass man gut beraten war, sich mit ihm gut zu stellen. Egal, ob man Schüler war oder Lehrer.

Paul fragt sich, ob es wirklich erforderlich ist, dass der Hausmeister heutzutage als „Fachkraft im Schulgebäudedemanagement" bezeichnet wird?

Muss denn eigentlich wirklich jeder Mensch Manager sein?

Ist die inflationäre Verwendung des Begriffs Management wirklich notwendig?

Paul hat erhebliche Zweifel und er erinnert sich:

Seiner ältesten Tochter Lydia wurde bei ihrer Prüfung zum Zweiten Staatsexamen attestiert, dass sie eine sehr gute Unterrichtsstunde gehalten habe, aber dass das *Stuhl- und Raummanagement"* noch leicht verbesserungswürdig sei.

Was für ein Blödsinn. Auch ihre Schulleiterin wusste nicht, was die Wichtigtuerin von der Universität damit meinte. Wahrscheinlich: Sitzordnung. Aber warum hat sie dann nicht von Sitzordnung gesprochen? Warum immer neue Begrifflichkeiten?

Der alte Begriff des Sachbearbeiters trifft doch den Kern am besten.

Der Mensch wird zur Sache, die bearbeitet werden muss.

Paul wird, wie schon in der Vergangenheit weiter von Sachbearbeitern sprechen.

Was hat die Sachbearbeiterin vorhin eigentlich noch mal am Telefon gesagt, überlegt Paul

Ach ja, Samir kann demnächst nachmittags einen Integrationskurs besuchen. Er kann dann also seinen Halbtagsjob und seinen Wunsch nach einer Sprachförderung unter einen Hut bringen. Gott sei Dank.

Das muss er ihm morgen unbedingt mitteilen. Samir wird sich freuen.

Nach dem Telefonat mit Frau Koblinke ist Paul erleichtert und glaubt, dass nun alles bestens geregelt und geklärt sei.

50

Glaube ist Gewissheit ohne Beweise, und Paul wird schon am nächsten Tag eines Besseren belehrt, als er versucht, Samir zu erklären, dass alles gut sei und er trotz seines Vormittgasjobs an einem Integrationskurs teilnehmen könne, weil Frau Koblanski für ihn einen Teilzeitintegrationskurs für nachmittags gefunden habe, der um drei Uhr beginne.

Da seine Arbeit bei der Friedhofsgärtnerei um halb eins ende, habe er genügend Zeit, um im Anschluss daran zu der neuen Schule in Frankfurt zu fahren. Diese sei nämlich in fünfzig Minuten von der Gärtnerei aus oder innerhalb von sechzig Minuten von seiner Wohnung aus mit öffentlichen Verkehrsmitteln erreichbar.

Erst im weiteren Verlauf des Gesprächs wird Paul bewusst, dass er einen Fehler gemacht hat, als er Samir empfohlen hatte, den Job bei der Gärtnerei Weilers anzunehmen.

Er hätte sich vorher besser über diese Gärtnerei erkundigen sollen, dann wäre Samir vielleicht einiges erspart geblieben.

Samir fängt nämlich plötzlich an zu weinen und „beichtet", dass er täglich nicht nur vier, sondern bis zu sieben Stunden arbeite, weil er die ihm aufgetragenen Arbeiten in den ihm vorgegebenen Stundenplan nicht schaffe und auch nicht schaffen könne, so dass er meistens nicht vor halb drei, oft sogar aber auch erst um drei Uhr oder noch später mit der Arbeit fertig sei.

„Ich versuche, schnell zu arbeiten, aber ich nicht schaffe das", schluchzt er verzweifelt und fügt hinzu:

„Wie soll ich um drei Uhr in Frankfurt zu Integrationskurs? Ich muss da noch arbeiten."

Paul ist erschüttert.

Samir hat offensichtlich die letzten Wochen, seit er mit der Arbeit bei der Friedhofsgärtnerei angefangen hat, im Durschnitt täglich zwei bis drei Überstunden absolviert, ohne dass Paul dies wusste.

Paul hatte ihn zwar an dem Tag der Anmeldung bei der Volkshochschule gefragt, wie die Arbeit sei, und Samir hatte geantwortet, dass alles okay, die Arbeit allerdings sehr anstrengend sei.

Dass er jedoch auch viele Überstunden ableisten musste, hatte er nicht erwähnt.

Da Paul nicht mehr genau weiß, was im Arbeitsvertrag steht, bittet er Samir, den Ordner zu holen, und Tamina, die sofort versteht, worum es geht, holt den inzwischen mit vielen behördlichen Schreiben prall gefüllten Ordner. Sie gibt Paul nach kurzem Suchen die erbetenen Unterlagen.

Paul überfliegt den Arbeitsvertrag:

„ ....wird als Grabpfleger eingestellt. (...) Die Arbeitszeit beträgt 20 Stunden pro Woche. (...) in der Regel montags bis freitags von 8:30 Uhr bis 12:30 Uhr (...). Das Festentgelt beträgt 9,50 Euro pro Stunde. (...) Überstunden werden gezählt und sollen möglichst per Freizeit ausgeglichen werden. (...)Die Arbeit umfasst insbesondere die Grabpflege. Dazu gehören u.a.: das Jäten von Unkraut (auf der Grabstelle und auf dem Weg davor), das Laubharken vor und auf dem Grab und das Bewässern des Grabes, sofern erforderlich. Herr Nazemi hat einen Monat Zeit, die vorgegebene Arbeitszeit von 10 Minuten pro Grab zu erreichen. (...) Leichte Abweichungen werden auch im 2ten Monat toleriert (...) Vertragsstrafe."

Paul rechnet:

Zehn Minuten pro Grab. Also muss Samir in vier Stunden vierundzwanzig Gräber schaffen.

„Wie viele Gräber musst du denn immer täglich bearbeiten?"

„Ich bekomme immer eine Liste mit vierundzwanzig Gräbern."

„Dann arbeitest du wohl zu langsam", schlussfolgert Paul.

„Aber es ist normal, dass man in den ersten Wochen manchmal mehr Zeit braucht, als im Arbeitsvertrag vorgesehen ist."

Paul erinnert sich an seinen ersten Tag als Assessor bei der Staatsanwaltschaft Frankfurt, als er von seiner Ausbilderin, Frau Dr. Kinder am ersten Arbeitstag, einem Montag, eine mehrere Leitzordner umfassende Akte mit der Aufforderung bekam:

„Machen Sie mal, da muss Revision beim Bundesgerichtshof eingelegt werden. Sie haben bis Freitag Zeit, dann läuft die Frist ab."

Er war über das arrogante Verhalten seiner Oberstaatsanwältin, die keinen Doktortitel besaß, sehr verärgert, weil er vermutete, dass sie vielleicht dem jungen Herrn Doktor, der während seiner Anwaltszeit den Titel des Doktors erworben hatte, eins auswischen und ihm seine Grenzen aufzeigen wollte.

Und er war entsetzt; denn noch nie in seinem Leben hatte er eine Revisionsschrift der Staatsanwaltschaft zum Bundesgerichtshof verfasst, und er war auf diese Aufgabe, die er als Herkulesaufgabe empfunden hatte, auch nicht durch sein Jurastudium vorbereitet.

Aber er machte sich an die Arbeit und es gelang ihm, nach einer von nur mit Arbeit und kaum Schlaf ausgefüllten Woche ohne eine Minute Freizeit, eine Revisionsbegründung anzufertigen.

Paul war ein bisschen stolz, als Frau Kinder ihn einige Tage später lobte:

„Ich weiß, das war eine harte Nuss, die ich Ihnen zum Knacken gegeben habe. Aber ich bilde nach dem Prinzip des Forderns und Förderns aus und habe mich in Ihnen nicht geirrt.

Ihre Revisionsbegründung hat mich überzeugt."

„Ich glaube, ich kann nicht das schaffen", unterbricht Samir den kurz in seine Erinnerungen eingetauchten Paul.

„Ich will Integrationskurs in Oberursel mit Kira machen. Ich höre auf mit der Arbeit."

Paul versucht Samir zu erklären, dass er nicht so ohne weiteres seine Arbeit hinschmeißen kann. Er könne Ärger mit dem Jobcenter bekommen, weil dieses ihm möglicherweise das Arbeitslosengeld II kürzen werde. Und auch mit seinem Arbeitgeber könne es Probleme geben, weil er an diesen laut Vertrag eine Vertragsstrafe zahlen müsse, wenn er ohne Einhaltung der vierzehntägigen Kündigungsfrist zum Ende des Monats seine Arbeit aufgebe.

Nur dank Taminas guter Deutschkenntnisse gelingt es ihm, dies alles auch Samir bergreiflich zu machen, denn schließlich willigt dieser ein und sagt:

„Gut, ich will versuchen, schneller zu arbeiten. Ich glaube aber, ich kann nicht schaffen. Ich habe immer schlechte Gräber."

Paul wird stutzig.

„Was heißt das?", fragt er und Samir entgegnet:

„Ich habe viel schlechte Gräber, die anderen haben nicht viel schlechte Gräber."

Paul versteht zunächst nicht, was Samir mit „schlechten Gräbern" meint, aber im weiteren Verlauf des Gesprächs stellt sich heraus, dass er offensichtlich überwiegend Doppelgräber pflegen muss, während die anderen Beschäftigten vorwiegend für die Pflege der Einzelgräber eingeteilt werden.

Als Samir dann auch noch erzählt, dass er manchmal sogar auch Familiengrabstätten bearbeiten muss, von denen es allerdings wohl nicht so viele gibt, kann sich Paul des Verdachts nicht erwehren, dass Samir, wie so viele andere Menschen auch - oder sollte man besser Sklaven sagen, weil das die in Deutschland in manchen Bereichen vorherrschenden Verhältnissen besser beschreibt -, ausgebeutet wird.

Er hat die Vermutung, dass die vertraglich vorgegebenen Zeitvorgaben für die Grabpflege im Idealfall zwar möglicherweise eingehalten werden können, wenn nur Einzelgräber zu pflegen sind, aber in Wirklichkeit eine Farce sind, wenn auf dem Dienstplan etliche Doppelgräber oder gar Familiengräber stehen.

Über die verschiedenen Tricks, gesetzliche Vorgaben über Mindestlöhne zu umgehen, hat er schon des Öfteren in der „Frankfurter Rundschau" gelesen, die als links –liberal gilt und die er abonniert hat. Sogar in der konservativen „Frankfurter Allgemeine", die er gelegentlich an einem Zeitungsstand im Citycenter kauft und in einem nahegelegenen Café „studiert", war erst vor kurzem ein Bericht über diese Missstände erschienen.

Im Hotelgewerbe, so erinnert er sich, werden beispielsweise, den Zeitungsberichten zu Folge, die Zimmermädchen und die immer häufiger als roomboys eingesetzten Flüchtlinge oft schamlos ausgebeutet.

Ein roomboy ist das männliche Pendant eines Zimmermädchens und hat dieselben Tätigkeiten zu verrichten wie ein Zimmermädchen, weshalb sich Paul wieder einmal über die neumodischen Begriffe ärgert, die vermutlich nur erfunden worden sind, um wahre Sachverhalte zu verschleiern oder zu verniedlichen. Denn „roomboy" klingt besser als Zimmermädchen und suggeriert, dass dieser ein gänzlich anderes Aufgabengebiet hat und viel wichtiger ist als ein Zimmermädchen. Dabei muss ein „roomboy" die gleichen Tätigkeiten ausführen wie ein Zimmermädchen, und ebenso wie dieses, häufig unbezahlte Überstunden ableisten, weil die Zeitvorgaben für die Reinigung der Zimmer viel zu knapp bemessen sind.

Vielleicht gehört der Beruf des roomboys ja demnächst der Vergangenheit an und es gibt nur noch Roommanager – die Inflation des Begriffs „Manager" schreitet fort-, stellt Paul resigniert fest.

Er erinnert sich aber nicht nur an Zeitungsberichte über den *Raubtierkapitalismus* - Helmut Schmidt, der kürzlich verstorbene und allseits geschätzte Altbundeskanzler, der wahrlich kein Sozialist war, hat schon vor mehr als zehn Jahren die *„Gier nach immer mehr"* und die Auswüchse des ungezügelten Kapitalismus mit diesem Begriff zutreffend kritisiert.

Nein, er erinnert sich auf auch an die harte Zeit, als Maria unverschuldet ihren Arbeitsplatz verloren hat.

Maria war mehr als fünfunddreißig Jahre als Arzthelferin tätig, und wurde vor mehr als zehn Jahren im Alter von fünfundfünfzig Jahren arbeitslos, weil niemand die Landpraxis ihres Arztes übernehmen wollte.

Ihre intensiven Bemühungen, eine neue Stelle als Arzthelferin zu finden, endeten schließlich in einem Vollzeitjob bei einem ambulanten Pflegedienst, bei dem die Fahrtzeiten zwischen den Wohnungen der Pflegebedürftigen laut Dienstplan jeweils mit vier Minuten berücksichtigt wurden.

Sehr schnell bemerkte sie, dass es nur selten vorkam, dass zwei Pflegebedürftige in unmittelbarer Nachbarschaft wohnten. Im Normalfall mussten vielmehr etliche Kilometer von einem Einsatzort zum anderen zurückgelegt werden, so dass die Fahrtzeitvorgaben von vier Minuten völlig unrealistisch waren. Dies hatte zur Folge, dass sie zwischen sechs und zehn unbezahlte Überstunden pro Woche leistete.

Auf Pauls Ratschlag begann sie, heimlich die täglichen Dienstpläne zu kopieren, auf denen die Anschriften der Pflegebedürftigen vermerkt waren, und dieser Umstand trug entscheidend dazu bei, dass sie in einer späteren arbeitsgerichtlichen Auseinandersetzung sämtliche Überstunden vergütet bekam.

Sich an all dies erinnernd, reift in Paul der Entschluss, Samir zu raten, die täglichen Dienstpläne zu kopieren oder, falls dies nicht möglich sein sollte, jeden Tag die Nummern der Gräber zu notieren, die er laut Dienstplan bearbeiten muss.

Paul unterbreitet Samir außerdem den Vorschlag, dass er jetzt noch einen Monat, so gut es gehe, seinen Job machen solle. Wenn sich herausstellen sollte, dass er die Arbeit nicht innerhalb der vorgegeben Zeit habe schaffen können, weil er immer „schlechte Gräber" bekommen habe, dann müsste die Kündigung des Arbeitsvertrags spätestens am vierzehnten August zum Ende des Monats erfolgen. Dabei werde er ihm helfen, und er gehe davon aus, dass er bei diesem Vorgehen keinen Ärger mit seinem Arbeitgeber bekommen würde und den Integrationskurs im September anfangen könne.

Er könne zwar nicht garantieren, dass das Jobcenter seine Kündigung als gerechtfertigt ansehe. Er werde ihm aber selbstverständlich auch helfen, wenn das Jobcenter gegen ihn eine Sanktion in Form einer Leistungskürzung verhängen sollte.

Samir ist mit dem Vorschlag von Paul einverstanden und bevollmächtigt ihn, die Abmeldung bei der Volkshochschule sowie die Anmeldung bei der Sprachschule in Frankfurt vorzunehmen.

51

Am nächsten Tag wählt Paul die Telefonnummer der neuen Sachbearbeiterin von Samir, Frau Schwertfeger.

Er hatte die Nummer freundlicherweise von Frau Koblanski bei dem letzten Telefonat bekommen und ist überrascht, dass er schon nach wenigen Sekunden eine freundliche Stimme sagen hört:

„Schwertfeger, Jobcenter Frankfurt, was kann ich für Sie tun?"

Paul teilt ihr das Aktenzeichen mit und erklärt seiner Gegenüber, dass Herr Nazemi, in dessen Auftrag er ehrenamtlich tätig sei, ein Problem habe. Er könne den von Frau Koblanski bei der

Schule in Frankfurt reservierten Integrationskurs nicht besuchen, weil er fast täglich zwei bis drei Überstunden machen müsse.

Sehr zu seiner Überraschung vernimmt er die energisch gesprochenen Worte:

„Der Integrationskurs geht vor."

Er ist überrascht, weil er sich vor kurzem mehrmals die Worte „Die Arbeit geht vor" hatte anhören müssen, ehe Frau Koblanski dann den Kompromiss mit dem Teilzeitintegrationskurs in den Nachmittagsstunden unterbreitet hatte, aber er versucht, sich seine Überraschung nicht anmerken zu lassen und verkneift sich die ihm auf der Zunge liegende bissige Bemerkung, man müsse sich im Jobcenter schon zwischen „Hü" und „Hott" entscheiden

Stattdessen fragt er etwas scheinheilig:

„Haben Sie einen Vorschlag, wie das Problem gelöst werden kann?"

Prompt bekommt er zur Antwort:

„Der Integrationskurs geht vor. Sie müssen mit dem Arbeitgeber klären, dass Herr Nazemi immer rechtzeitig zum Integrationskurs gehen kann."

Und dann, nach einer kurzen Pause.

„Als was ist Herr Nazemi denn beschäftigt?"

„Als Aushilfsgärtner in einer Friedhofsgärtnerei."

„ Ah, ja", seufzt Frau Schwertfeger.

„Das kommt leider gerade in diesem Arbeitsbereich oft vor, dass unbezahlte Überstunden anfallen. Da müssen Sie mit dem Arbeitgeber reden, dass der Integrationskurs vorgeht."

Paul ist außer sich:

Die Mitarbeiter im Jobcenter wissen, dass in bestimmten Branchen Ausbeutung an der Tagesordnung ist und vermitteln dennoch ihre Klienten in diese Jobs?

Aber da es ja nicht Frau Schwertfeger war, die Samir den Job bei der Gärtnerei Weilers unter Androhung von Sanktionen aufgenötigt hat, unterdrückt er seine Empörung und bedankt sich für den hilfreichen Tipp, dass sich Samir mit seinem Arbeitgeber in Verbindung setzen solle.

Nach dem Telefonat fertigt Paul, wie er dies auch sonst nach Telefonaten mit Behörden zu tun pflegt, einen kurzen Telefonvermerk mit dem wesentlichen Inhalt des Gesprächs an.

Er ist gut gelaunt und auch das anschließende Telefonat mit Frau Füllkrug, der Inhaberin der Friedhofsgärtnerei Weilers, verläuft zu seiner Zufriedenheit. Frau Füllkrug bestätigt, dass Samir viele Überstunden gemacht hat, vielleicht, weil er zu langsam sei, möglicherweise aber auch, weil er mitunter zu gründlich arbeite. Auf Dauer gehe das natürlich nicht, da es sich der Betrieb nicht leisten könne, so viele Überstunden zu bezahlen. Man wolle es aber im nächsten Monat noch mal probieren, vielleicht werde es ja besser und dann stünde ja dem Integrationskurs nichts im Wege.

So, so, denkt Paul sofort nach Beendigung des von beiden Seiten in freundlichem Ton geführten Gesprächs.

Die bezahlen also Überstunden, das ist ja interessant. Und obwohl Samir angeblich so langsam ist, dass er, wie Frau Füllkrug selbst bestätigt hat, manchmal sogar drei Stunden länger braucht, als vorgesehen, wollen sie ihn zunächst weiterbeschäftigen. Wieso wohl? Wahrscheinlich wollen sie ihn nur weiter ausbeuten und bezahlen die Überstunden nicht, vermutet Paul.

Deshalb nimmt er sich vor, die nächste Gehaltsabrechnung sorgfältig zu prüfen, und ist sich nunmehr sicher, dass der eingeschlagene Weg der richtige ist:

Samir wird auf alle Fälle den Integrationskurs in Frankfurt im September machen können, weil er entweder in Zukunft keine Überstunden mehr wird ableisten müssen, oder für den Fall, dass die Überstunden nicht abnehmen, den Arbeitsvertrag kündigen wird.

Deshalb meldet er ihn noch am nächsten Tag von der Volkshochschule ab und in der Schule in Frankfurt an.

52

Pünktlich um fünf Uhr nachmittags, wie telefonisch verabredet, treffen sich Paul, Samira und Nuri vor dem Büro des Rechtsanwalts Kluge.

Es befindet sich in einem heruntergekommenen, baufällig wirkenden, vierstöckigen Haus.

Da der Fahrstuhl defekt ist und Paul seit einiger Zeit Probleme mit seinen Knien hat - er vermutet, dass es sich um Arthrose handelt, unter der auch seine von ihm sehr geschätzte Großmutter sehr gelitten hat, schiebt allerdings den längst fälligen Arzttermin trotz von Woche zu Woche zunehmender Schmerzen immer wieder hinaus, da er Angst vor der Diagnose hat und dem eventuellen Ratschlag, er müsse mit dem Tennisspielen aufhören - , ist er nicht nur außer Atem, als sie im vierten Stock ankommen, sondern hat auch nicht unbeträchtliche Schmerzen in beiden Knien. Er lässt sich das allerdings, anders als mancher Fußballspieler in der 1. Bundesliga, der sich schon bei einer leichten Berührung mit schmerzverzerrtem Gesicht auf dem Boden rumwälzt, nicht anmerken.

Erst nach einer längeren Zeit des Wartens wird ihnen auf ihr Klingeln eine Stahltür geöffnet, und sie werden von einem ungefähr dreißig Jahre alten Mann ohne besondere Eigenschaften in das Büro des Rechtsanwalts hineingelassen.

Im Flur des offensichtlich nur aus zwei Räumen bestehenden Büros sieht Paul eine eindrucksvolle Symbiose aus Chaos und Ordnung:

durch eine halboffenstehende Tür nimmt er einen Aktenschrank mit vielen, ordentlich aufgereihten Akten wahr, aber gleichzeitig auch einen Fußboden, auf dem viele Papiere, Briefumschläge, Briefe und Akten herrenlos, wie weggeworfen, rumliegen.

Aber noch ehe er sich darüber im Klaren ist, ob er dies gut oder schlecht findet - in den Zeiten während der Studentenbewegung und kurz danach hätte er dieses Ambiente sicherlich noch vertrauenseinflößend gefunden und wäre optimistisch gewesen, dass insbesondere die nicht versteckte Unordnung ein Zeichen dafür ist, dass es dem Anwalt nicht um den Schein, sondern um das Sein geht, nicht ums Geldverdienen, sondern um Gerechtigkeit -, öffnet sich die zweite, zum Flur führende Tür und ein ungefähr sechzigjähriger Mann mit fast weißen, zu einem Zopf zusammengebunden Haaren, der aussieht wie ein gealterter Hippie, und der nicht nur eine Zigarette in der linken Hand hält, sondern auch viele Akten zwischen seinen rechten Arm und den Brustkorb geklemmt hat, begrüßt die drei mit einem freundlichen „Guten Tag, gehen Sie ruhig schon in mein Büro und nehmen Sie Platz, ich muss erst noch ein paar Akten wegbringen und komme gleich."

Im Büro setzen sich Paul, Samira und Nuri auf die vor einem Besprechungstisch stehenden, abgewetzten, schmuddeligen Ledersessel und warten darauf, dass auch der vierte, einzig noch freie Ledersessel besetzt wird.

Nachdem Rechtsanwalt Kluge den noch freien Sessel in Beschlag genommen hat, beginnt Paul das Gespräch mit den Worten:

„Mein Name ist Paul Herbst und ich betreue ehrenamtlich seit einiger Zeit die Familie Fani. Ich habe vorgestern ja schon die Kopie des Bescheides des Bundesamtes für Migration und Flüchtlinge vorbeigebracht, damit Sie sich schon ein bisschen einlesen können. Ich..."

Der Anwalt unterbricht ihn:

„Oh, da muss ich mal nachschauen, die habe ich noch gar nicht gesehen", und verlässt fast fluchtartig das Büro.

Aus dem Nachbarzimmer sind Stimmen zu hören.

Zunächst nur undeutlich, aber es dauert nicht lange, bis nicht nur Wortfetzen und einzelne Worte, sondern kurz darauf sogar ganze Sätze zu verstehen sind, da der Streit zwischen dem Anwalt und seinem Bürovorsteher mehr und mehr eskaliert:

„....Unordnung."

„Was liegen hier auch so viele Akten auf dem Boden?"

„Wo ist die Kopie?"

„Habe ich nie bekommen."

„Suchen Sie sie gefälligst."

Ich habe die Kopien nie bekommen, suchen Sie sie gefälligst selber."

„Wo kommen wir denn da hin, bin ich ihr Knecht?"

„Nein, aber ich auch nicht ihrer, machen Sie doch ihren Mist alleine."

Eine Tür knallt zu.

Dann plötzlich Stille. Totale Funkstille.

Krabbeln die beiden jetzt gemeinsam auf dem Fußboden rum und suchen nach der Kopie vom Bundesamt für Migration und Flüchtlinge, malt sich Paul gerade aus und kann sich ein Schmunzeln nicht verkneifen, als Herr Kluge mit einem Lächeln, dem man das Gespielte ansieht, zurückkommt und erklärt, man könne momentan die Kopie nicht finden, ob denn das Original des Bescheides noch vorhanden sei. Paul bejaht dies, und nachdem der Anwalt eine Kopie vom Original angefertigt hat, kommt er zurück.

Es ist bereits das dritte Mal, dass er das Besprechungszimmer betritt.

Er zündet sich hektisch eine Zigarette an und beginnt in aller Ruhe mit dem Lesen des Bescheides.

Er liest langsam, sehr langsam und so vertreibt sich Paul die Zeit damit, sich das Arbeitszimmer des Anwalts genauer anzuschauen:

ein sorgfältig aufgeräumter, großer Schreibtisch, der ihn an den Schreibtisch des netten Mitarbeiters bei der AOK erinnert, zumal sich auf ihm auch ein PC und ein Schreibset befindet; einige Hirschgeweihe und hässliche Jagdbilder an den in grauenhaft geschmacklosem Jägergrün gestrichenen Wänden sowie ein verwaistes Bücherregal aus Eiche und ein billiges Ikea Regal, in dem sich zumindest einige, wenn auch nur sehr wenige Bücher befinden.

Da Paul nicht weit entfernt von diesem Bücherregal sitzt, kann er einige Buchtitel lesen:

ein Buch über Immobilienrecht, ein Kommentar zum Bürgerlichen Gesetzbuch, der Palandt, wie er sofort erkennt, vermutlich aber schon über zwanzig Jahre alt, ein Buch über Mietrecht *„Mietrecht für Mieter"*, das auch nicht mehr den neusten Eindruck macht, ein dickes Buch über Versicherungsrecht und von Schaub das Handbuch des Arbeitsrechts sowie – sehr zu seiner Überraschung –, kein Buch über Ausländerrecht.

Herr Kluge hat ja viele Interessenschwerpunkte und ist wohl so eine Art Zehnkämpfer, denkt sich Paul, ist allerdings doch etwas beunruhigt, dass es in der Kanzlei insgesamt nur so wenige Bücher und nicht ein einziges Buch über das Rechtsgebiet zu geben scheint, auf dem sich ein unter anderem auf das Ausländerrecht spezialisierte Anwalt auskennen sollte, wenn er professionell und nicht dilettantisch für die Familie Fani tätig sein will.

Plötzlich fällt sein Blick auf ein hinter dem Schreibtisch befindliches, kleines Wandregal, auf dem „sage und schreibe" weitere fünf Bücher stehen. Vielleicht Bücher zum Ausländer – und Asylrecht, hofft er.

Er ist neugierig, geht, seine Kinderstube vergessend, ohne Herrn Kluge, der nach wie vor eifrig mit Lesen beschäftigt ist, um Erlaubnis zu fragen, zu dem kleinen Wandregal hinter dem Schreibtisch, um sich Gewissheit zu verschaffen und erlebt eine herbe Enttäuschung:

auch hier keine Bücher über Asyl – und Ausländerrecht, dafür aber fünf Fachbücher über das Jagdrecht.

Wenn es wenigstens Bücher mit den *„Fünf Freunden"* von Enid Blyton gewesen wären, die er in seiner Jugend so gerne gelesen hat, aber nein, Bücher über das Jagdrecht und kein einziges Buch über das Asylrecht.

Pauls Zweifel, ob er den richtigen Rechtsanwalt für die Familie Fani ausgewählt hat, nehmen zu.

Doch plötzlich muss er schmunzeln, denn er erinnert sich an einen Fall aus dem Bereich des Jagdrechts, mit dem er während seiner wenig geliebten Tätigkeit als Staatsanwalt befasst war.

Während seiner Assessorenzeit musste Paul als Staatsanwalt vor einem kleinen Amtsgericht eine Anklage vertreten, die einen Verstoß gegen das Jagdrecht zum Gegenstand hatte. Angeklagt war ein *„armes Schwein"*, das während der Jagdschonzeit einen Hasen geschossen haben soll. Da es für Kaninchen keine Schonzeit gab, kam es entscheidend darauf an, was für ein Tier der Angeklagte getötet hatte: ein Kaninchen oder einen Hasen.

Paul hatte sich, auch mit Hilfe seines Exschwiegervaters Heinz, der im Forstdienst beschäftigt war, und ihm genau den Unterschied zwischen einem Hasen und einem Kaninchen erklären konnte, sehr gut auf den Prozess vorbereitet.

Er nahm die beiden etwas einfältigen Polizisten, die den Vorfall polizeilich aufgenommen hatten, ins Kreuzverhör und befragte sie intensiv, ob sie den Unterschied zwischen einem Kaninchen und einem Hasen kennen. Durch seine vielen Fragen waren die Polizisten so verunsichert, dass sie nicht mehr genau sagen konnten, um was es sich bei dem getöteten Tier handelte.

Die beiden Polizisten hatten sich bei der Vernehmung noch dümmer, als die Polizei erlaubt, angestellt. Da auch kein Foto von dem erlegten Tier gefertigt worden war, musste der Angeklagte, so wie Paul es beantragt hatte, freigesprochen werden, denn er hatte genug Zweifel gesät, und ein Richter darf einen Angeklagten zum Glück nur dann verurteilen, wenn er keine Zweifel an dessen Schuld hat.

Rechtsanwalt Kluge liest weiter seelenruhig den Bescheid des Amtes für Migration und Flüchtlinge.

Währenddessen versucht Paul sich in Erinnerung zu rufen, weshalb er überhaupt fast ein Jahr lang als Staatsanwalt tätig war, obwohl nicht das Anklagen, sondern eher das Verzeihen seinem Naturell entspricht.

Er erinnert sich, dass er während seiner Assessorenzeit zunächst die „Station" der Staatsanwaltschaft durchlaufen musste, um Richter auf Lebenszeit werden zu können.

Ja, so bescheuert waren die damaligen Gegebenheiten, und sind es auch heute noch, konstatiert er und setzt seine Überlegungen im stillen Kämmerlein fort:

Man muss die harte Schule der Staatsanwaltschaft durchlaufen, weil der Gesetzgeber am Vor – und Idealbild des Volljuristen festhält, der Illusion, dass ein Volljurist alles kann, obwohl die Realität so aussieht, dass in einer komplexen und ausdifferenzierten Welt mit ihren ausgebildeten Spezialisten natürlich auch Juristen nur in den Rechtsbereichen kompetent tätig sein können, auf die sie sich spezialisiert haben, so dass diejenigen, die weiterhin darauf bestehen, dass Jurastudenten zum Volljuristen ausgebildet werden sollten, von denjenigen, die für eine Spezialisierung schon während der Ausbildung votieren, mitunter als Vollidioten bezeichnet werden.

Paul ist unschlüssig, zu welcher Ansicht er in diesem Meinungsstreit tendiert.

Eine Ausbildung zum Spezialisten birgt das Risiko, ein Fachidiot zu werden, und bei einer Ausbildung zum Generalisten besteht die Gefahr, später einmal als Schwafeler und Schaumschläger auf die Menschheit losgelassen zu werden.

Ursula von der Leyen spukt in seinem Kopf herum, und er beschäftigt sich gerade mit der Frage, wie es kommt, dass Vollblutpolitiker und - rinnen in einem Jahr als Ministerin für Familie und „ son Gedöns", wie Gerhard Schröder einmal gesagt hat, einige Jahre später als Ministerin für Arbeit und Soziales und danach als Verteidigungsministerin tätig sein können, als er plötzlich aus seinen Gedanken gerissen wird, weil Herr Kluge die Kopie des Bescheides des Bundesamtes für Migration und Flüchtlinge auf den Tisch legt und an Samira die Frage richtet:

„Von wann ist denn der Bescheid und wann haben sie ihn bekommen?"

Samira schaut Paul hilfesuchend an, der daraufhin den Zehnkämpferanwalt Kluge darüber aufklärt, dass das Datum des Bescheides, wie allgemein üblich, rechts oben auf der ersten Seite desselben stehen dürfte, und der Tag der Zustellung auf dem gelben Briefumschlag, den er ihm vor ungefähr einer halben Stunde gegeben habe, vermerkt sein müsste.

„Ach ja, natürlich, nun dann will ich mal den Fristenkalender holen und die Frist notieren. Das ist ja das Wichtigste, dass da nichts anbrennt."

Wieder verlässt Herr Kluge das Besprechungszimmer, kommt jedoch diesmal schon kurze Zeit später freudestrahlend zurück, vermutlich glücklich darüber, dass er den Fristenkalender so schnell gefunden hat.

Er braucht allerdings ungefähr eine viertel Stunde, um auszurechnen, bis wann die Klage spätestens eingereicht werden muss, so dass Paul schon etwas genervt ist, da er nach flüchtigen Blicken in seinen Terminkalender schon etliche Minuten zuvor ermittelt hat, dass die Klage spätestens am kommenden Mittwoch beim zuständigen Verwaltungsgericht eingereicht sein muss.

Herr Kluge ist ja fürchterlich langsam, regt er sich auf, tröstet sich aber mit dem Gedanken, dass der zerstreute Anwalt vielleicht nur gründlich und sehr gewissenhaft arbeitet.

Und in der Tat. Er scheint mit seiner Vermutung richtig zu liegen.

Im Anschluss an die langwierige Klärung der Fristenfrage erfragt Rechtsanwalt Kluge nämlich einfühlsam und ausführlich die spezifischen Fluchtgründe, so dass er genügend Informationen hat, um eine sorgfältig begründete Klageschrift anfertigen zu können.

Nach drei anstrengenden Stunden verlassen Paul, Nuri und Samira die Anwaltskanzlei.

Paul ist beeindruckt, wie viel Zeit sich der Anwalt insgesamt für das Mandantengespräch genommen hat.

Er hat unter dem Strich, trotz des Fehlens von Literatur zum Ausländerrecht, das Gefühl, dass die Familie Fani bei Rechtsanwalt Kluge in guten Händen ist.

Aber zwei Monate später fragt er sich verzweifelt, ob er Samira den richtigen Anwalt empfohlen hat.

53

Mitte September, also etwa drei Monate nach der Geburt des kleinen Mohammad, ruft Ali bei Paul an:

„Hallo, wie geht es dir?"

„Danke, gut, und dir?", fragt Paul zurück, der sofort an der Stimme von Ali erkannt hat, dass etwas Schlimmes passiert sein muss.

„Es ist schlecht, wir brauchen Nebattivscheid", vernimmt Paul die aufgeregte Stimme von Ali, kann aber mit dem gehörten Wort nicht so richtig etwas anfangen und ist unsicher, ob dies an seiner Schwerhörigkeit liegt, die in letzter Zeit zugenommen hat, oder an der mitunter undeutlichen Aussprache von Ali, der ab und zu, anders als Leila, einzelne Buchstaben oder Silben verschluckt.

Es gelingt ihm, Ali zu beruhigen, und dieser erklärt ihm, dass heute Morgen ein „schlechtes Schreiben" im Briefkasten war.

Paul bittet Ali, das Schreiben zu fotografieren und auf das Smartphone von Maria zu schicken.

Er selbst hat kein Smartphone, aber manchmal nutzt er wie selbstverständlich die von ihm zwar nicht verteufelten, aber seiner Meinung nach überflüssigen neuen Kommunikationsmittel, wenngleich er für deren Benutzung immer auf fremde Hilfe angewiesen ist.

Kurze Zeit später hört er einen kurzen Klingelton.

Er weiß zwar schon seit längerem, dass durch diesen Ton der Eingang einer SMS signalisiert wird. Aber mehr eben auch nicht. Zum Glück ist seine Frau zu Hause.

Mit Hilfe von Maria, die den Anhang geöffnet und inzwischen auch gelernt hat, wie man denselben vergrößern kann, hat er nur wenige Minuten nach dem Telefonat mit Ali das an diesen gerichtete Schreiben, wenn auch nicht auf Papier, so doch zumindest auf dem Display vor sich und liest:

„Sehr geehrter Herr Rahimi......

Sie haben am 30. Juli 2017 einen Antrag auf Elterngeld gestellt. (...). Für die weitere Bearbeitung benötigen wir noch einen Negativbescheid von der AOK, dass Ihre Frau kein Mutterschaftsgeld bekommt."

Paul ist beruhigt, denn nun ist klar, worum es in dem „schlechten Schreiben" geht, und was Ali vor wenigen Minuten mit „Nebattivscheid" gemeint hat.

Ihm ist nämlich bekannt, dass abhängig beschäftigte Frauen in der Regel während der Mutterschutzfrist Mutterschaftsleistungen in Form von Mutterschaftsgeld von der gesetzlichen Krankenkasse erhalten, und dass diese Leistungen mit dem Elterngeld verrechnet werden müssen.

Dass für die Einzelheiten der Verrechnung zwar kein Mathematikstudium, aber vermutlich eine mehrere Monate dauernde Fortbildungsveranstaltung nötig ist, weil auch diese Rechtsmaterie äußerst kompliziert ist, hat er erst später in einem anderen Zusammenhang erfahren.

Er ruft Ali an und teilt ihm mit, dass er sich keine Sorgen machen muss. Er müsse morgen nur mit dem Schreiben zur AOK gehen und solle sich dort eine Bescheinigung abholen.

„Du kannst die Bescheinigung dann ja zu mir bringen. Ich werde sie dann an die Elterngeldstelle schicken", verspricht er dem hörbar erleichterten Ali, der mit diesem Vorschlag einverstanden ist.

Am Abend sitzt Paul am Schreibtisch, der vor dem Fenster steht, und Putzi, seine Katze, hat es sich mal wieder auf der Fensterbank bequem gemacht.

Diese Sesselpfurzer, denkt er. Können die nicht von sich aus bei der AOK nachfragen und mit einer E-Mail klären, ob Frau Rahimi abhängig beschäftigt war und Anspruch auf Mutterschaftsgeld hat. Warum muss nun die Mutter mit dem kleinen Säugling sich auf den Weg zur AOK machen, dort vielleicht stundenlang warten, um eine Bescheinigung darüber zu bekommen, dass sie während der Mutterschaftsfrist nicht beschäftigt war? Oder:

Warum muss der Vater des kleinen Mohammad, der zur Zeit einen Integrationskurs besucht, dem Kurs für einen Vormittag fernbleiben, um eine Information zu bekommen, die seitens der Behörde durch moderne Kommunikationssysteme vielleicht innerhalb von wenigen Minuten von Behörde zu Behörde beschafft werden könnte?

Paul ist ärgerlich, weil er weiß, dass im Umgang des Staates mit seinen Bürgern manchmal durchaus eine andere Maxime, nämlich die Devise *„Der Kunde ist König"* vorherrscht:

dies allerdings vornehmlich dann, wenn der Kunde zum kleinen Kreis derer gehört, deren Einkommen und Vermögen trotz Wirtschafts – und Finanzkrise von Jahr zu Jahr anwächst.

So gibt es beispielsweise bei der staatlichen Unterstützung wegen der finanziellen Belastungen, die Eltern zwangsläufig durch ihre Kinder entstehen, zwei unterschiedliche Leistungsangebote von *„Väterchen Staat"*:

Wer zu den schlecht, mittelmäßig oder gut Verdienenden gehört, bekommt auf Antrag Kindergeld in Höhe von 192,00 Euro für das erste und zweite Kind, 198,00 Euro für das dritte Kind und 223,00 Euro ab dem vierten Kind.

Gehört man hingegen zu dem exklusiven Kreis der sehr gut Verdienenden, so kommt man in den Genuss üppiger steuerlicher Vergünstigungen, die sich mit weitaus mehr als 192,00 Euro pro Monat im privaten Haushaltsbudget niederschlagen. Damit die „armen" Menschen, wie beispielsweise Vorstandsvorsitzende von Automobilkonzernen oder Fußballprofis auch tatsächlich diese Steuervorteile nutzen können, lässt der Staat durch seine Finanzbeamten von Amts wegen prüfen, ob sie zum Kreis der hohen Einkommensbezieher gehören. Die vielbeschäftigten Vielverdiener brauchen also, wahrscheinlich wegen ihrer großen Verdienste für das Gemeinwohl, keinen Finger dafür krumm machen, dass sie noch mehr verdienen.

Paul ist ärgerlich, weil er genau weiß, dass die Beantragung und Bewilligung von Elterngeld für Ali und Leila keinerlei Verbesserung ihrer finanziellen Situation mit sich bringt, weil das Elterngeld in vollem Umfang auf das Arbeitslosengeld II angerechnet wird.

Sein Ärger steigert sich fast zur Wut, als er sich vor Augen hält, was von deutschen oder ausländischen Eltern verlangt wird, die Arbeitslosengeld II beziehen.

Sie müssen zunächst ein viele Seiten umfassendes Antragsformular ausfüllen, dem ein Anhang von noch mehr Seiten mit Ausfüllhinweisen beigefügt ist.

Sie bekommen dann, wenn der Antrag bei der zuständigen Stelle eingegangen ist und nicht wegen fehlerhafter Ausfüllung wieder zurückgeschickt wird, was im Hinblick darauf, dass die Fragen mitunter missverständlich formuliert sind, leicht passieren kann, ein Standardschreiben mit dem Hinweis, dass sie von ihrer Krankenkasse eine Negativbescheinigung vorlegen müssen, aus der sich ergibt, dass sie kein Mutterschaftsgeld beziehen.

Dass schon das Wort „Negativbescheinigung" Ängste auslösen kann, wie bei Ali, ist nur zu verständlich.

Nach Erhalt der Negativbescheinigung durch die Krankenkasse müssen sie schließlich die Bescheinigung an die für die Bearbeitung von Anträgen auf Elterngeld zuständige Stelle weiterleiten und erhalten dann zu guter Letzt einen Bescheid, dass sie monatlich dreihundert Euro Elterngeld bekommen.

Die Freude über diesen Geldsegen, währt jedoch, wie Paul weiß, nicht lange, weil die Eltern schon bald erfahren werden - sofern sie es nicht bereits vorher gewusst haben - , dass sie wegen des Bezugs von Elterngeld in Höhe von monatlich dreihundert Euro in Zukunft pro Monat exakt in Höhe desselben Betrages weniger Arbeitslosengeld II bekommen werden.

Dieses Nullsummenspiel, das auch als Verarschung bezeichnet werden kann, hält Paul für ungerecht, weil er nicht nachvollziehen kann, dass die Ehefrau eines gut verdienenden Chefarztes, die bis zur Geburt ihres Kindes überwiegend auf Tennis – oder Golfplätzen oder in Sonnenstudios verbracht hat und keiner Erwerbstätigkeit nachgegangen ist, für ein Jahr lang monatlich zusätzlich dreihundert Euro Elterngeld erhält, wohingegen Hartz IV – Empfängern diese Leistung faktisch vorenthalten oder genauer gesagt durch das Jobcenter wieder geraubt wird.

Der Begriff „Raubtierkapitalismus" fällt ihm wieder ein, und auch, was er sich zunächst nicht erklären kann, der Name Ursula von der Leyen, bis er sich erinnert, dass die frühere Familienministerin und jetzige Verteidigungsministerin, die tüchtige Mutter von sieben Kindern, die neben der Erziehung ihrer Kinder und der Betreuung ihres dementen Vaters auch noch politisch Karriere gemacht hat, Ministerin für Arbeit und *Soziales* war, als diese ungerechte Regelung unter Führung einer von der CDU geführten Regierung Gesetz geworden ist.

Sozialstaat, klingt gut, denkt er, aber vieles klingt gut, wie beispielsweise das „Christlich –Demokratisch" in der CDU, denn wer kann schon allen Ernstes gegen das Markenzeichen des Christentums, die Nächstenliebe und die Solidarität mit den Schwachen sein oder das „Christlich –Soziale" in der CSU, denn Christentum mit einer Prise Soziales gemischt, ist doch durchaus positiv, auch wenn es den Anschein hat, dass den beiden Attributen „christlich" und „sozial" etwas Tautologisches anhaftet.

Aber ist das, was gut klingt auch wirklich immer gut?

Entscheidend ist doch, davon ist Paul fest überzeugt, nicht nur, welche Noten auf dem Notenpapier stehen, sondern auch, welche Noten tatsächlich gespielt werden.

Ähnlich wie in der Musik, die tagtäglich im Radio gespielt wird, und wie in der veröffentlichten Meinung, die jeden Tag über die Printmedien sowie die Fernsehsender verbreitet wird, ist auch bei den Parteiprogrammen, vor allem bei denen der sogenannten Volksparteien, mehr und mehr ein Trend zum Einheitsbrei, zum Profil der Profillosigkeit zu konstatieren, der dazu führt, dass Querdenker kaum noch eine Chance haben, wahr- und, was noch viel wichtiger ist, ernstgenommen zu werden.

Sie werden zwar gelegentlich noch zu Talkshows eingeladen, aber nicht, um ihnen eine faire Chance zur Überzeugungsarbeit für ihre politischen Vorstellungen zu geben, sondern um sie vorzuführen und dem Publikum zu beweisen, dass die vorherrschende Einheitsmeinung die richtige ist.

So ist Paul auch nicht überrascht, dass die beiden großen Volksparteien einige Tage nach dem Anruf von Ali bei der Bundestagswahl abgestraft werden.

Auch das gute Abschneiden der AFD kommt für ihn nicht überraschend.

Aber es erfüllt ihn mit großer Sorge.

54

Einige Tage nach der Bundestagswahl sieht Paul gerade im „Heute – Journal" einen Bericht über die erste Rede von Trump vor der UNO, in der dieser Nordkorea mit Vernichtung droht, als das Telefon klingelt.

„Kannst du kommen, wir müssen Deutschland verlassen. Es ist dringend", vernimmt er Nuris aufgeregte Stimme und erinnert sich an dessen verzweifelten Anruf vor einiger Zeit, als Nuris Mutter den Bescheid des Bundesamts für Migration und Flüchtlinge mit der Ablehnung des Asylantrages erhalten hat.

Fünfzehn Minuten später sitzt er auf dem Sofa in der Wohnung von Samira, und ihr ältester Sohn Nuri zeigt ihm ein kurzes Schreiben des Ausländeramtes, wonach der Bescheid des Bundesamtes für Migration und Flüchtlinge rechtskräftig sein soll.

Paul ist entsetzt, weil er vermutet, dass das nur bedeuten kann, dass der Anwalt Kluge, den ausgerechnet er empfohlen hat, die zweiwöchige Frist zur Einreichung der Klage nicht eingehalten hat. Und er weiß, was das bedeutet:

Es gäbe dann keine Möglichkeit mehr, diesen Bescheid von einem Gericht überprüfen zu lassen, es sei denn man war unverschuldet verhindert, rechtzeitig Klage einzureichen, etwa weil man zur Zeit der Klagezustellung im Koma gelegen hat, was allerdings zum Glück nur selten vorkommt, aber die Möglichkeit eröffnen würde, die „Wiedereinsetzung in den vorigen Stand" zu verlangen, mit der Folge dass das Fristversäumnis unschädlich wäre.

Paul behält selbstverständlich sein Wissen für sich und beruhigt Nuri und dessen Mutter.

Die drei anderen Kinder sind schon im Bett.

„Ihr braucht keine Angst zu haben, denn ihr habt ja einen Bescheid bekommen, in dem ein Abschiebeverbot von einem Jahr angeordnet wurde. Ihr dürft also auf alle Fälle ein Jahr bleiben, unabhängig davon, wie das Klageverfahren ausgehen wird. Aber ihr dürft auch nach Ablauf eines Jahres in Deutschland bleiben, wenn sich die Lage in Afghanistan nicht verändert. Und davon muss man ja wohl ausgehen."

„Aber hier steht", wendet Nuri aufgeregt und ungläubig ein und zeigt ihm die vom Ausländeramt ausgestellte Fiktionsbescheinigung: „Gültig bis 2.11. 2017."

„Ich verspreche euch, dass ihr auf jeden Fall bis August 2018 in Deutschland bleiben könnt. Mit großer Wahrscheinlichkeit auch darüber hinaus, glaubt mir. Es wird sich alles aufklären. Ich werde morgen sofort zum Anwalt Kluge gehen und mich mit dem Ausländeramt in Verbindung setzen. Es wird sich schon alles aufklären. Es wird alles gut werden, glaubt mir."

„Danke", sagt Nuri.

Aber Paul bezweifelt insgeheim, dass dieser ihm wirklich glaubt, als er sich verabschiedet.

Am nächsten Morgen begibt er sich schon früh in die Kanzlei von Rechtsanwalt Kluge und bittet, dass man ihm die Akte Fani zeigt.

Da er dort inzwischen auch wegen einiger anderer Flüchtlingsfamilien, die er betreut, bekannt ist, händigt ihm der Rechtsanwaltsgehilfe, ohne zu zögern, die Akten aus.

Paul entdeckt nach einigem Suchen in der nicht sehr sorgfältig geführten Akte ein Schreiben des Verwaltungsgerichts, in dem dieses den Eingang der Klage am 2.8.2017 bestätigt hat.

„Gott sei Dank", murmelt er erleichtert vor sich hin, denn er hat auf Grund seines gestrigen Studiums der bei sich zu Hause befindlichen Kopien einiger Unterlagen, die die Familie Fani betreffen, noch in Erinnerung, dass der Bescheid des Bundesamtes für Migrationen und Flüchtlinge am 19. Juli 2017 zugestellt worden ist.

Rechtsanwalt Kluge hat die Klage zwar erst auf den letzten Drücker an das Verwaltungsgericht geschickt.

Aber die Klage ist rechtzeitig innerhalb der Zweiwochenfrist beim Verwaltungsgericht eingegangen. Und nur darauf kommt es an.

Da sich Paul jedoch nicht erklären kann, wieso das Ausländeramt die Familie Fani in Angst und Schrecken versetzt hat, und da er ganz sicher gehen will, dass alles in Ordnung ist, ruft er beim Ausländeramt an. Er gibt das Aktenzeichen durch, das er sich gestern vorsorglich notiert hat, und wird, sehr zu seiner

Überraschung relativ schnell mit der zuständigen Sachbearbeiterin verbunden, die ihm mitteilt, dass das Ausländeramt vom Amt für Migration und Flüchtlinge eine Nachricht erhalten habe, wonach der Bescheid rechtskräftig und damit nicht mehr anfechtbar sei.

Wie kommen die Damen und Herren vom Bundesamt für Migration und Flüchtlinge dazu, das Ausländeramt falsch zu informieren, schießt es ihm durch den Kopf, und er nimmt sich vor, dort gleich anzurufen.

Während Paul darauf wartet, endlich mit der Sachbearbeiterin des Amtes für Migration und Flüchtlinge verbunden zu werden, die Auskunft darüber geben soll, wieso man das Ausländeramt falsch informiert hat, erinnert er sich an den Stress, den er vor langer Zeit mit der Kindergeldkasse hatte.

Es fing schon bei der Geburt seiner zweiten Tochter an, als man bestritt, den Antrag auf Kindergeld bekommen zu haben.

Paul hatte daraufhin erneut den Antrag mit den erforderlichen Unterlagen an die zuständige Behörde mit einfachem Berief geschickt. Da jedoch trotzdem auch fünf Monate nach der Geburt seiner Tochter Sarah immer noch kein Kindergeld auf sein Konto überwiesen war, und da er wusste, dass Kindergeld rückwirkend nur bis sechs Monate nach der Geburt gezahlt wird, hatte er sich telefonisch nach dem Sachstand erkundigt.

Die Sachbearbeiterin bestritt erneut, dass sein Antrag auf Kindergeld eingegangen sei.

Paul hielt ihr entgegen, dass es äußerst unwahrscheinlich sei, dass in ein und derselben Sache zweimal ein Schreiben bei der Post abhandengekommen sei.

Er bat deshalb darum, einmal genauer nachzuschauen, da es ja auch sein könne, dass der Antrag versehentlich falsch abgeheftet worden sei.

Die Sachbearbeiterin erwiderte in schnippischen Ton, dass das bei ihnen nicht vorkomme. Paul entgegnete ihr in höflichem

Ton, dass es während seiner Zeit als Anwalt und Richter durchaus gelegentlich mal vorgekommen sei, dass versehentlich irgendwelche Schreiben falsch abgeheftet worden seien, und bat sie, noch einmal nachzuschauen.

Aber die unfreundliche Sachbearbeiterin beharrte auf ihrem Standpunkt, dass in ihrer Behörde keine Fehler passierten. Deshalb sah sich Paul gezwungen, eine härtere Gangart einzuschalten:

„Bitte verbinden Sie mich Ihrem Vorgesetzten", insistierte er und fügte nach kurzem Zögern ärgerlich hinzu, obwohl er normalerweise seinen Titel weder bei Telefonaten noch bei anderen Gelegenheiten erwähnt:

„Sagen Sie ihm bitte, dass Herr Prof. Dr. Herbst ihn sprechen möchte."

Der Vorgesetzte der unfreundlichen Sachbearbeiterin meldete sich kurz darauf und versprach, sofort zu veranlassen, dass nach dem Antrag gesucht werde.

Noch am selben Tag rief der Vorgesetzte bei Paul an und entschuldigte sich mehrmals dafür, dass der Antrag versehentlich in der Kindergeldakte der älteren Tochter Lydia abgeheftet worden war.

Auch später hat Paul des Öfteren unangenehme Erfahrungen mit den Mitarbeitern der Kindergeldkasse gemacht, insbesondere nach Volljährigkeit seiner Töchter, als permanent Immatrikulationsbescheinigungen, Verdienstnachweise und sonstige Unterlagen in nicht immer angemessenem Ton jeweils mit der Androhung der Leistungseinstellung bei nicht rechtzeitiger Mitwirkung angefordert wurden.

So hat er dann all seinen über zwei Jahrzehnte angesammelten Frust in seinem letzten Schreiben an die Kindegeldkasse ausgelassen, dem Schreiben im Jahre 2015, als seine jüngste Tochter das fünfundzwanzigste Lebensjahr vollendet hatte, und das mit den Worten endete:

„Was bleibt, ist die Hoffnung, dass eines von wenigen leidigen Kapiteln meines Lebens, nämlich die „Korrespondenz mit der Familienkasse" für mich mit diesem Schreiben endgültig erledigt ist, und meine Kinder, wenn diese einmal Kinder haben sollten, davon verschont werden mögen, kostbare Zeiten ihres Lebens mit zum Teil sehr überflüssigem und unerfreulichem Schriftwechsel mit der Familienkasse verbringen zu müssen.

Mit freundlichen Grüßen
Paul Herbst""

Nach einer längeren Wartezeit in der Telefonwarteschleife wird Paul von furchtbar eintöniger und lauter „Musik" erlöst, als sich endlich eine Frauenstimme meldet.

Paul erklärt der Frau mit der unangenehm hartklingenden Stimme sein Anliegen, woraufhin diese ihn kurz und bündig sowie belehrend darauf hinweist, dass sie ihm eigentlich keine Auskunft geben dürfe.

Paul versucht, die strenge Frau am anderen Ende der Leitung zu besänftigen.

Er deutet an, dass er Jurist sei und Verständnis dafür habe, dass sie sich an Vorschriften und Datenschutzbestimmungen halten müsse.

Und es klappt. Die Frau scheint wie verwandelt und säuselt geschmeichelt:

„Ja, ja, der Datenschutz, aber ich sage Ihnen das mal ganz im Vertrauen. Wir bekommen normalerweise relativ schnell Nachricht vom Verwaltungsgericht, ob fristgerecht Klage eingereicht worden ist. Im Fall der Familie Fani haben wir jedoch keine Nachricht innerhalb von sechs Wochen, nachdem wir den Bescheid erlassen haben, vom Verwaltungsgericht bekommen, so dass wir davon ausgegangen sind, dass keine Klage eingereicht worden ist. Deshalb haben wir dann das Ausländeramt informiert, dass der Bescheid rechtskräftig ist. Ich darf Ihnen das aber eigentlich nicht sagen."

Mit den Worten „ das weiß ich", und „ich bin Ihnen sehr zu Dank verbunden, seien Sie gewiss, ich kann schweigen wie ein Grab", beendet Paul das Telefonat.

Es ist nicht zu fassen, was sich die Behörden in Deutschland mitunter erlauben, sinniert er und lässt seinen Gedanken freien Lauf:

Vermutungen werden zu Tatsachen verfälscht.

Normalerweise teilt das Verwaltungsgericht also immer relativ zeitnah mit, ob Klage eingereicht worden ist, und wenn man längere Zeit, wie im Fall Fani nichts vom Verwaltungsgericht gehört hat, dann geht man im Bundesamt für Migration und Flüchtlinge halt davon aus, dass wohl vermutlich keine Klage eingereicht wurde, und macht dann aus einer Vermutung eine Tatsache, die man einem anderen Amt, nämlich dem Ausländeramt mitteilt.

Andere Erklärungsmöglichkeiten werden erst gar nicht in Betracht gezogen. Denkbar wäre doch auch, dass die Mitteilung des Verwaltungsgerichts über die Klageeinreichung versehentlich vergessen wurde oder sich aus anderen Gründen verzögert hat. Ein einfacher Telefonanruf seitens des Amtes für Migration und Flüchtlinge beim Verwaltungsgericht hätte ausgereicht, um sich zu vergewissern, ob tatsächlich keine Klage eingereicht worden ist. Aber stattdessen hat man sich einfach mit einer bloßen Vermutung begnügt und ein Schreiben versandt, durch das die Familie Fani in Angst und Schrecken versetzt worden ist.

Unglaublich, denkt Paul und erinnert sich an einen Zeitungsartikel, den er vor einigen Tagen gelesen hat:

„Rücknahme einer Todesanzeige
Ich freue mich, mitteilen zu können, dass ich nicht verstorben bin.
Mein Freund hatte längere Zeit nichts von mir gehört und deshalb vermutet, ich sei verstorben. Aber ich lebe noch."

Diese „Rücknahme einer Todesanzeige" fällt Paul ein, kurz nachdem er den Hörer aufgelegt hat.

Er lässt seinen Gedanken weiter freien Lauf:

So ähnlich dumm hat sich das Bundesamt für Migration und Flüchtlinge verhalten, wenngleich bei dem Mitarbeiter dieser Behörde vermutlich das Bestreben, den Fall vom Tisch zu bekommen, also begraben zu können, im Vordergrund gestanden haben dürfte, wohingegen bei dem Freund in der „Rücknahme der Todesanzeige" wahrscheinlich freundschaftliche Gefühle maßgeblich waren.

Paul ist unschlüssig, ob er die Öffentlichkeit darüber informieren soll, dass das Bundesamt für Migration und Flüchtlinge wieder einmal sehr schlampig gearbeitet hat, indem es Vermutungen zu Tatsachen umgedichtet hat.

Er könnte das ohne schlechtes Gewissen tun. Denn er hat der netten Frau am Ende des Telefonats ja nur gesagt:

„Ich kann schweigen wie ein Grab."

Dass er schweigen *werde*, wie ein Grab, hat er ihr nicht versprochen.

55

Ali und Leila haben endlich eine neue Wohnung gefunden.

Leila ist oft beim Sozialamt und beim Amt für Wohnungsangelegenheiten vorstellig geworden und dort allen Mitarbeitern bekannt, denn sie ist eine sehr selbstbewusste Frau, eine Frau, die nicht locker lässt.

Oft hat sie die Mitarbeiter mit der Frage genervt:

„Warum, warum? -, warum kriegen wir keine Wohnung?"

Paul sitzt an seinem Schreibtisch und sieht, wie sich seine auf der Fensterbank liegende Katze Putzi wieder mal putzt, als das Telefon klingelt.

„Wir haben eine Wohnung gefunden", sagt Leila, deren Stimme er sofort erkennt.

Noch ehe Paul, der weiß, wie schwer es für Flüchtlinge ist, eine eigene Wohnung zu bekommen, Leila gratulieren kann, fährt diese fort:

„Kannst du uns helfen? Wir müssen Mietvertrag unterschreiben und Wohnung renovieren."

Paul antwortet spontan:

„Ja , natürlich."

Aber fast im selben Augenblick bereut er diese Antwort, denn erstens hat er überhaupt keine Lust, seine Zeit mit dem Renovieren einer Wohnung zu verplempern und zweitens ist er handwerklich äußerst unbegabt und hat zwei linke Hände, so dass er keine besondere Hilfe sein wird.

Sobald nämlich von ihm erwartet wird, dass er handwerklich tätig sein soll, fühlt er sich überfordert.

Wenn er beispielsweise Farbe in einem Baumarkt kaufen soll, kann es vorkommen, dass er schweißüberströmt vor einem Regal steht und verzweifelt ist, weil er den Wald vor lauter Bäumen nicht sieht: so viele Farbtöpfe. So viele Farben. So viele verschiedene Aufschriften auf den Farbtöpfen: „Lack", „für Außenanstriche", „für Innenanstriche", „für Außen – und Innenanstriche", „ohne Vorstreichen", „mit Vorstreichen", „matt".

Ja, unglaublich matt und verloren fühlt sich Paul, wenn sich vor seinen Augen eine solche Farbpalette auftut.

Auch Schrauben sind für ihn ein Horror: Schrauben mit Kreuzschlitz, Schrauben ohne Kreuzschlitz. Schrauben mit unterschiedlichem Durchmesser, unterschiedlicher Länge, aus unterschiedlichem Material und in unterschiedlichen Farben. Mit und ohne Farbstoffen, biologisch einwandfrei oder ohne Biogütesiegel.

Alles dreht sich, ihm wird schwindelig, wenn er nicht das findet, was er kaufen soll.

Dann überkommt ihn das beklemmende Gefühl, noch nie in seinem Leben das Richtige aus einem Baumarkt mit nach Hause gebracht zu haben.

Und nun soll er, ausgerechnet er, Ali und Leila beim Renovieren helfen? Vielleicht sogar federführend?

Aber da er es den beiden versprochen hat, überlegt er, wie er aus der Nummer wieder rauskommt. Er könnte ihnen von seinen bisherigen Renovierungserfahrungen erzählen, die er bei seinen vielen Umzügen sammeln konnte:

Bei seinem Umzug in das Elternhaus und später bei dem Einzug in das kleinere Haus in der Gartenstraße nach dem Tode seiner Mutter konnte er zwar keine Erfahrungen sammeln, weil er, zusammen mit seiner geschiedenen Ehefrau Edeltraut, Maler und andere Handwerker mit den anstehenden Arbeiten beauftragt hatte.

Bei den anderen Umzügen jedoch, hat er die auf Grund des jeweiligen Mietvertrages notwendigen Auszugs- oder Einzugsrenovierungen im Do-It-Yourself-Verfahren zusammen mit Freunden durchgeführt.

Dabei war er allerdings stets nur ein einfacher Helfer, der Hilfsarbeiten verrichtete. Wenn beispielsweise Maler – und Tapezierarbeiten erforderlich waren, dann war er dazu auserkoren, die notwendigen Vorarbeiten durchzuführen, wie das anstrengende und mühevolle Abkratzen alter Tapeten und Tapetenreste.

Paul hat Umzüge und die damit verbundenen Renovierungsarbeiten immer als etwas sehr Lästiges empfunden.

Nicht, dass er sich zu schade gewesen wäre, mitanzufassen. Aber er fühlte sich nun einmal nicht sonderlich wohl bei diesen Arbeiten. Es dauerte ihm oft zu lange und er hatte außerdem meistens den Eindruck, dass die Renovierungen viel zu gründlich vorgenommen würden.

„Muss denn wirklich die alte Tapete erst entfernt werden? Ist ein Voranstrich wirklich nötig?"

Das waren Fragen, die er seinen hilfsbereiten und fachkundigen Freunden häufig während der Renovierungsarbeiten stellte.

Äußerlichkeiten waren ihm halt noch nie wichtig.

Wegen dieser Einstellung wurde er des Öfteren von Edeltraud und Maria kritisiert, und so manche kleinere Ehekrise ist auf seine laxe Einstellung zu Äußerlichkeiten zurückzuführen.

Ja, Paul hat eine gewisse Bereitschaft zum Pfusch, was auch seinen beiden Kindern nicht verborgen geblieben ist:

Edeltraut hatte ihn einige Monate vor seinem Auszug aus der Gartenstraße in seine Dreizimmerwohnung gebeten, eine Truhe mit farblosem Lack zu lackieren. Ihre Bitten äußerte sie allerdings nicht in der allgemein üblichen Weise, indem sie etwa sagte:

„Paul, kannst du bitte heute oder morgen mal die Truhe lackieren."

Nein, „Bitten" äußerte sie vielmehr zumeist in einem Befehlston, der irgendwie keiner war, aber dennoch einem Befehlston gleichkam, weil er keinen Widerspruch duldete:

„Die Truhe im Esszimmer müsste mal lackiert werden", so pflegte Edeltraut ihre Wünsche zu formulieren.

Paul hatte daraufhin den sichtbaren Teil der Truhe, die in einer Ecke im Kinderzimmer stand, gestrichen, allerdings nicht mit farblosem Lack, sondern versehentlich mit Farbe, weil er wieder mal nicht das Richtige im Baumarkt eingekauft hatte.

Als Edeltraut abends mit Sarah und Lydia nach Hause kam, war sie zwar entsetzt, dass Paul wieder einmal alles falsch gemacht hatte, aber seine Kinder waren begeistert, denn sie fanden das blasse Rosa der Truhe, die wie neu aussah, sehr schön und, wie Lydia bemerkte, „sehr originell."

Als Paul sich dann einige Monate später von Edeltraut getrennt hatte und die Truhe wegen des hierdurch erforderlichen Umzuges in den angemieteten Kleintransporter verstaut wurde, hätten sich seine beiden Kinder fast „totgelacht", als sie die Truhe sahen, die Truhe, die von vorne, von oben und von einer Seite mit einem blassen Rosa gestrichen war, an der Hinterfront und einer Seite jedoch noch ihre ursprüngliche Farbe hatte.

Ja, Paul neigt zum Pfusch, aber er hat nun einmal Leila zugesagt, beim Renovieren zu helfen.

Einige Tage nach dem Anruf von Leila betritt er deshalb zusammen mit ihr, Ali und Maria eine Zweizimmerwohnung in der Geschwister-Scholl-Straße in Oberursel, nachdem Leila ihm zuvor auf der Autofahrt von der alten zur neuen Wohnung stolz den Mietvertag gezeigt hat, den er sich nur flüchtig angeschaut hat, weil ihm beim Lesen während des Autofahrens immer schlecht wird.

Die Wohnung ist in einem, selbst nach Pauls Einschätzung, sehr renovierungsbedürftigem Zustand.

„Oh je, hier ist aber noch viel zu tun", stellt Paul erschrocken fest.

Die Wohnung steht, wie er von Leila erfährt, schon seit einigen Monaten leer, was Paul verwundert, da das Angebot für bezahlbare Wohnungen in Oberursel, wie im gesamten Gebiet der Bundesrepublik Deutschland, sehr knapp ist.

Auf diesen Missstand hat Sigmar Gabriel, der frühere Parteivorsitzende der SPD schon vor etwa zwei Jahren hingewiesen und auch darauf, dass durch die große Anzahl von Flüchtlingen der Kampf um den wenigen zur Verfügung stehenden, bezahlbaren Wohnraum sich verschärfen werde, weshalb es dringend geboten sei, mehr in den sozialen Wohnungsbau zu investieren, eine Äußerung, die ihm damals nicht nur von vielen Parteigenossen übelgenommen wurde, weil er hierdurch Ausländerfeindlichkeit schüre und Flüchtlinge gegen deutsche Hartz IV-Empfänger ausspiele, obwohl er doch nur auf ein objektiv bestehendes Problem aufmerksam gemacht hatte.

Gabriel hat doch damals nur erkannt und auch gewagt auszusprechen, was den Stadtvätern erst im Spätsommer 2017 aufgefallen ist und was Paul zu dem Schreiben eines Leserbriefes im Wochenblatt veranlasst hat:

„Der Rat der Stadt hat, wie das Wochenblatt in seiner Ausgabe vom 30.08.2017 berichtet hat, festgestellt, dass es zu wenig Wohnungen im niedrigpresigen Segment gibt und mehrheitlich ein „Wohnraumversorgungskonzept" verabschiedet.

Es ist beruhigend, zu wissen, dass die Mehrheit im Stadtrat eine schnelle Auffassungsgabe besitzt und rechtzeitig auf Mangellagen reagiert.

Paul Herbst."

Zuvor sollen in der Wohnung zwei junge Männer gewohnt haben, ein gebürtiger Syrer und ein Mann aus Afghanistan, weiß Leila zu berichten. Da diese jedoch die letzten Monate keine Miete mehr gezahlt hätten und niemand wisse, wo sie sich derzeit aufhielten, sei die Wohnung vor kurzem vom Vermieter aufgebrochen worden. Die meisten Möbel gehörten ohnehin dem Vermieter, und die wenigen Habseligkeiten der früheren Bewohner habe dieser in seiner Garage untergebracht. Der Vermieter sei froh, endlich wieder Mieter zu haben, bei denen er sich sicher sei, dass er die Miete pünktlich in bar bekomme, denn, so berichtet Leila stolz, sie habe wohl einen sehr guten Eindruck auf ihn gemacht.

Als Paul hört, dass die Vormieter bislang die Miete immer in bar bezahlt hätten, wird er stutzig und bittet Leila:

„Zeig mir doch bitte noch mal den Mietvertrag."

Schnell findet er die Passage über die Miethöhe und stellt fest, dass in dem Mietvertrag vorgesehen ist, dass Leila und Ali für die teilmöblierte Zweizimmerwohnung mit 44 Quadratmetern laut § 4 monatlich eine Kaltmiete in Höhe von 825,00 Euro zahlen sollen.

Nur mit viel Mühe gelingt es ihm, Leila davon zu überzeugen, dass sie und Ali auf keinen Fall diesen Mietvertrag unterschreiben dürfen. Denn er weiß, dass das Jobcenter den Wuchermietpreis mit Sicherheit nicht übernehmen wird, und wie schwer es in Deutschland ist, von vertraglich eingegangenen Verpflichtungen mit Hilfe der Zivilgerichte unter Berufung auf den Wucherparagraphen des Bürgerlichen Gesetzbuches befreit zu werden.

Auch ist ihm bekannt, dass der Wucherparagraph des Strafgesetzbuchs ein zahnloser Tiger ist. Kriminelle, wie der Vermieter der 44-Quadratmeter-Wohnung in Oberursel werden nämlich nur selten nach § 291 des Strafgesetzbuchs zur Rechenschaft gezogen.

Zwar droht nach dieser Vorschrift eine Freiheitsstrafe von bis zu drei und in besonders schweren Fällen sogar bis zu zehn Jahren, also dann, wenn bei einem Vertrag ein auffälliges Missverhältnis zwischen der vereinbarten Leistung und Gegenleistung besteht und die Vereinbarung durch das Ausnutzen einer Notlage zustande gekommen ist.

Aber Paul kann sich nicht daran erinnern, jemals ein Strafurteil gelesen zu haben, wonach eine Verurteilung wegen Mietwuchers erfolgt ist, obwohl er auch nach seiner Pensionierung regelmäßig Fachzeitschriften liest, um auf dem Laufenden zu bleiben.

Leila ist auch auf der Rückfahrt noch sehr traurig, dass es wieder nicht mit einer neuen Wohnung geklappt hat. Aber sie vertraut Paul, dass es richtig war, den Mietvertrag nicht zu unterschreiben.

Auch Paul ist geknickt, dass Leila und Ali wieder einmal keine Wohnung gefunden haben, aber er ist irgendwie auch glücklich, weil der Kelch, bei der Renovierung helfen zu müssen, an ihm vorbeigegangen ist.

56

Clara Jung, die Auszubildende in der Rechtsanwaltskanzlei Leibfried ist endlich fündig geworden.

Unter dem Buchstaben R ist eine Akte mit dem Namen Rashid, Malek angelegt.

Aufgeregt zieht sie die Akte aus dem Registrierschrank und - tatsächlich.

In der Akte befindet sich außer einem kurzen Schreiben noch ein kleiner, ungeöffneter Briefumschlag.

Clara hat Recht gehabt. Der Anrufer hieß tatsächlich Malek, allerdings mit Vornamen, so dass sie die Akte seinerzeit nicht finden konnte.

Eilig bringt sie die Akte ihrem Chef, Rechtsanwalt Leibfried, der vor wenigen Minuten von einem Gerichtstermin zurückgekommen ist.

„Ich habe sie gefunden."

Rechtsanwalt Leibfried entgegnet mit freundlichen Worten:

„Na sehen Sie, alles findet sich wieder an. Bleiben Sie ruhig hier. Da wollen wir doch mal schauen, was der Herr, wie heißt er noch?, ach ja, Rashid, so geheimnisvolles auf dem Herzen hat."

Er öffnet den Briefumschlag und beginnt laut zu lesen:

„Ich kann nicht mehr, ich habe meine Hoffnung verloren. Ich habe meine Familie, die noch in Syrien ist, schon so lange nicht mehr gesehen. Ich habe gehofft, sie können nachkommen. Aber dann kam das Verbot, dass sie nicht kommen dürfen. Das war furchtbar, als ich das gehört habe.

Ich habe im Integrationskurs gelernt, dass es in Deutschland ein Grundgesetz gibt. Das finde ich gut, auch das mit der Würde des Menschen und dass die Ehe und Familie besonders wichtig sind. Aber wenn das Grundgesetz nur für die Deutschen gilt, ist es kein gutes Gesetz.

Warum, warum wird nicht auch meine Familie geschützt. Im Grundgesetz steht doch nicht, dass die deutsche Ehe und die deutsche Familie unter dem besonderen Schutz des Staates stehen.

Warum, warum haltet ihr euch nicht an das Grundgesetz?

Ich habe auf das Gnadengesuch gehofft, aber auch das wurde abgelehnt. Da war meine Hoffnung schon fast ganz gestorben, aber ich habe mir gesagt, ich schaffe das, es kann doch nicht alles umsonst gewesen sein, ich schaffe das, ich muss dann eben noch bis nächstes Jahr warten.

Ich hatte mich schon damit abgefunden, dass meine Familie dann eben erst nächstes Jahr kommen kann.

Ich habe viel im Internet gelesen, und viele Angst vor AFD und CSU gehabt und immer noch.

Und mich gefragt, ob die wirklich wollen, dass ich meine Frau und mein Kind auch nächstes Jahr nicht zu mich holen kann.

Ich habe im Internet gefunden aus Parteiprogramm der AFD Beschluss in Köln am 22./23. April 2017:

„Wir lehnen jeglichen Familiennachzug ab, da die deutschen Sozialsysteme diese Lasten nicht tragen können."

Und von der CSU habe ich gelesen: Beschluss von CSU – Parteivorstand vom 17. Juli 2017 in München. „Für Flüchtlinge mit nur vorrübergehendem Schutzrecht soll es über 2018 hinaus bei der Aussetzung des Familiennachzuges bleiben."

Ich war schockiert. Ich habe lange geweint. Soll ich noch länger warten müssen oder meine Frau vielleicht nie sehen?

Aber ich kann auch nicht zurück, sie werden mich dort töten.

Ich weiß nicht mehr weiter.

Mein Leben hat keinen Sinn, ich glaube AFD und CSU gewinnen die Wahl und dann ist alles aus.

Vielleicht gibt es noch eine Chance, nicht für mich, für mich nicht mehr, aber für die anderen, wenn die Presse berichtet, warum ich das getan habe, was ich tun werde.

Ich werde nach München fahren und mich auf den Hauptbahnhof stellen, da wo ich mal vor langer Zeit wie viele andere Flüchtlinge mit Trinken und Essen begrüßt wurde.

Ich werde mir ein Schild um den Hals hängen auf dem steht „Warum? Warum?"

Die Leute werden an mir achtlos vorbeigehen.

Ich habe große Angst zu sterben, aber ich bin ja schon seit einigen Tagen tot, seit ich keine Hoffnung mehr habe.

Ohne meine Frau und mein Kind bin ich ja tot

Du darfst nicht töten. Ja, andere, das stimmt, und das ist nicht gut, wenn Terroristen töten.

Aber ich passe auf, dass niemand etwas passiert, außer mir.

Ich werde Sie kurz anrufen, dass Sie diesen Brief an die Presse geben sollen. Vielleicht rüttelt er wach und hilft anderen Flüchtlingen.

Ich werde nur mich töten, mich verbrennen, auf dem Bahnhof.

Ich bin ja schon tot. Einen Toten kann man nicht töten.

Ich habe keine Angst mehr vor dem Tod, ich kenne ihn ja schon, aber ich habe Angst vor dem Sterben."

Rechtsanwalt Leibfried legt den Brief beiseite und ist schockiert.

Er hat zum ersten Mal in seinem Leben einen Brief gelesen, in dem ein Mensch seine aussichtslose, verzweifelte Situation schildert. Aber das macht ihm nur einen kurzen Moment zu schaffen, denn sehr schnell wird ihm seine eigene prekäre Lage bewusst und er stellt sich die Frage, ob er den Brief an die Presse weitergeben soll.

Aber dann wird er viele unbequeme Fragen beantworten müssen, vor allem die Frage, warum er den Brief erst jetzt weitergegeben hat.

Der sonst so souveräne, von sich überzeugte Rechtsanwalt ist verunsichert, weiß nicht, wie er sich verhalten soll, aber eines ist ihm sofort klar: Vorerst darf nichts nach außen dringen.

„Sie wissen ja, Frau Jung, dass auch Sie der Schweigepflicht unterliegen, obwohl Sie ja nur Auszubildende sind. Also zu niemandem ein Wort! Kann ich mich darauf verlassen?", redet er deshalb beschwörend auf die sichtlich von dem Gehörten sehr beeindruckte junge Auszubildende ein.

„Selbstverständlich, Sie können sich ganz und gar auf mich verlassen."

„ Gut, dann gehen Sie jetzt bitte wieder an ihre Arbeit und machen die Tür hinter sich zu."

Noch lange, sogar noch am Abend, als er längst schon zu Hause ist, überlegt Rechtsanwalt Leibfried, was er tun soll.

57

Amir und Ariana sind aus dem Irak geflüchtet.

Ariana sollte mit einem anderen Mann zwangsverheiratet werden, und Amir hat sie noch vor ihrer Heirat kennengelernt. Er hat einige Monate vor der geplanten Zwangsverheiratung mit ihr geschlafen, obwohl beide Muslime sind und wussten, dass nach Islamischem Recht ein außereheliches Verhältnis mit der Todesstrafe bedroht ist und sie ihres Lebens nicht mehr sicher gewesen wären, wenn der zukünftige, zwanzig Jahre ältere Mann, dem sie versprochen war, von dieser Beziehung erfahren hätte.

Als die damals sechzehnjährige Ariana ihrem Freund offenbarte, dass sie schwanger sei, blieb den beiden nichts anderes übrig, als zu flüchten, weil sie die Rache des zukünftigen Ehemannes von Ariana und dessen Familienclan fürchteten. Sie versteckten sich zunächst längere Zeit im Irak und beschlossen eines Tages, nach Europa zu fliehen, weil sie ständig in der Angst lebten, gefunden zu werden.

Auf der Flucht über die Balkanroute wurde ihr gemeinsames Kind Mehmet unter abenteuerlichen Bedingungen geboren und sie haben im September 2015 Deutschland erreicht.

Paul hat Amir und Ariana Tarzi vor fast neun Monaten auf der Silvesterparty im Gemeindehaus der evangelischen Kirche in Oberursel kennengelernt und die beiden auch zu ihrer Anhörung beim Bundesamt für Migration und Flüchtlinge begleitet, wodurch er die genauen Umstände, die zu ihrer Flucht geführt haben, kennt.

Einige Wochen nach der Bundestagswahl steht Amir vor der Haustür von Paul, der etwas überrascht ist, weil Amir und seine Frau bisher noch nie bei ihm zu Hause gewesen sind.

Nach einer herzlichen Begrüßung sagt Amir:

„Ali hat gesagt, du wohnst hier. Ich komme, weil ich habe Brief und nicht verstehe. Kannst du helfen?"

„Komm erst mal rein", schlägt Paul vor und kurze Zeit später sitzen die beiden auf der Terrasse und Amir gibt Paul zwei gelbe Briefumschläge.

Paul befürchtet schon, dass die Anträge auf Asyl oder Zuerkennung der Flüchtlingseigenschaft abgelehnt sind, weil Amir ein bedrücktes Gesicht macht, aber sehr zu seiner Freude haben sowohl Ariana als auch Mehmet die Flüchtlingeigenschaft erhalten.

„Das ist ja super, alles ist okay", jubelt er, wird jedoch in seiner Euphorie abrupt gebremst, als Amir fast ängstlich flüstert:

„Aber was ist mit mir?"

„ Hast du denn nicht auch einen Bescheid bekommen?", fragt Paul erstaunt, und als Amir antwortet, dass nur zwei gelbe Briefumschläge im Briefkasten gelegen haben, ist Paul zwar zunächst etwas stutzig, aber nach kurzem Überlegen fest davon überzeugt, dass auch Amir in den nächsten Tagen einen positiven Bescheid bekommen wird. Deshalb sagt er mit gutem Gewissen:

„Du brauchst dir keine Sorgen machen, du bekommst bestimmt auch in den nächsten Tagen einen Brief, in dem steht, dass du als Flüchtling anerkannt bist."

Auf dem Gesicht des häufig so ernst und nachdenklich dreinschauenden Amir meint Paul ein leichtes, erleichtertes Lächeln zu sehen.

Zwei Tage später fällt er aus allen Wolken.

Amir hat einen Bescheid vom Bundesamt für Migration und Flüchtlinge erhalten, aus dem hervorgeht, dass seine Anträge auf Asyl und auf Anerkennung der Flüchtlingeigenschaft abgelehnt sind und ihm nur „subsidiärer Schutz" bewilligt wird, was bedeutet, dass er zunächst nur eine Aufenthaltserlaubnis für ein Jahr bekommen wird.

Paul liest den Bescheid nun bereits zum dritten Mal. Aber dennoch versteht er beim besten Willen die Begründung für diese merkwürdige Entscheidung nicht.

Immer wieder fragt er sich: „Warum?, warum?"

Er hält es zwar für völlig absurd und abwegig, dass Amir eines Tages wegen seines im Vergleich zu Ariana schlechteren Aufenthaltsstatus, von ihr und Mehmet getrennt werden kann. Denn die drei sind eine glücklich Familie, auch wenn Amir und Ariana nicht verheiratet sind und Amir nur der biologische Vater von Mehmet ist.

Trotzdem ist es seiner Einschätzung nach angebracht, dass Amir gegen den Bescheid gerichtlich vorgeht, und deshalb empfiehlt er ihm, auch im Hinblick auf die sehr kurzen Fristen in Asylsachen, sich möglichst noch heute mit einem Rechtsanwalt in Verbindung zu setzen, um einen Termin zu vereinbaren.

„Habe schon Termin morgen bei Rechtsanwalt Otte in Frankfurt", sagt Amir, und Paul erfährt im weiteren Verlauf des Gesprächs, dass ihm dieser Anwalt, den er nicht kennt, von einem Freund empfohlen worden ist.

Auf Pauls Hinweis, dass er wegen eines anderen Termins leider morgen nicht zum Anwalt mitkommen kann, entgegnet Amir:

„Kein Problem, ich habe einen Dolmetscher, der kommt."

Abends sitzt Paul an seinem Schreibtisch und grübelt. Maria kommt in sein Arbeitszimmer und will ihn etwas fragen, aber nimmt sofort von diesem Vorhaben Abstand, als sie seinen „Stör–mich–nicht–Blick" sieht. Deshalb verlässt sie etwas resigniert den Raum.

Da Paul ihr am Nachmittag von der Ungeheuerlichkeit erzählt hat, dass das Bundesamt für Migration und Flüchtlinge Amir einen schlechteren Aufenthaltsstatus zuerkannt hat als Ariana, vermutet sie zu Recht, dass Paul mit den sich daraus vielleicht ergebenden Problemen beschäftig ist.

Und in der Tat: Paul überlegt nun schon seit fast einer Stunde, welche Schritte unternommen werden sollten, damit die aufenthaltsrechtliche Situation von Amir verbessert werden kann, und er gelangt zu dem Ergebnis, dass es Sinn macht, zwei Ämter aufzusuchen.

Das Jugendamt und das Standesamt der Stadt Oberursel: Denn Amir sollte unbedingt heiraten und die Vaterschaft von Mehmet anerkennen.

58

Einige Wochen hat Her Leibfried nun schon hin und her überlegt, ob er den Brief an die Presse weiterleiten oder einfach verschwinden lassen soll.

Er entscheidet sich dafür, den Brief an die Presse zu schicken, allerdings anonym und ohne Anschreiben.

59

Einige Tage später begibt sich Paul nachmittags in das Standesamt, nachdem er durch das Internet sehr zu seiner Freude in Erfahrung gebracht hat, dass das Standesamt an fünf Tagen in der Woche vormittags und an zwei Tagen sogar nachmittags geöffnet hat und eine telefonische Voranmeldung nicht erforderlich ist.

Das Standesamt befindet sich im zweiten Obergeschoss des Rathauses.

Paul klopft an die halbgeöffnete Tür des Büros der Standesbeamtin, die für den Buchstaben „T" zuständig ist.

Die Standesbeamtin zeigt auf einen im Flur befindlichen Sessel und bittet ihn, noch einen kurzen Moment zu warten.

Was für ein Unterschied zwischen dem Jobcenter der Stadt Frankfurt und dem Standesamt der Stadt Oberursel, denkt Paul. Bequeme Sessel für die Wartenden, längere Öffnungszeiten, keine Warteschlangen, kein Sicherheitsdienst und eine fast himmlische Ruhe.

„Kommen Sie bitte rein", vernimmt er wenige Minuten später die warmherzig klingende Stimme einer älteren Frau, die ihm einen Platz vor dem Schreibtisch anbietet und sich auf ihren dicken Ledersessel hinter ihrem Schreitisch setzt.

„Was kann ich für Sie tun?", fragt sie in freundlichem Ton.

„Mein Name ist Paul Herbst. Ich betreue ehrenamtlich einige Flüchtlinge aus Afghanistan, Syrien und dem Irak, unter anderem ein Paar aus dem Irak, das ein gemeinsames Kind hat, das auf der Flucht geboren ist. Die Eltern leben mit ihrem Kind seit zwei Jahren in Deutschland, haben aber ihre Papiere auf der Flucht verloren und möchten gerne heiraten."

Das Gesicht der Standesbeamtin verfinstert sich und sie entgegnet überraschend wirsch:

„Ohne Papiere, das geht überhaupt nicht."

Nach kurzem Zögern weist Paul die Standesbeamtin darauf hin, dass eine Eheschließung doch auch ohne Papiere möglich sein müsse, da die Ehe doch gemäß Artikel. 6 des Grundgesetzes unter dem besonderen Schutz des Staates stehe, und der Schutzbereich dieses Grundrechts auch das Eheschließungsrecht betreffe.

„Das mag zwar sein, aber ohne Papiere geht gar nichts", wiederholt die Standesbeamtin.

„Dann verstehe ich nicht den § 9 des Personenstandgesetzes, wonach bei erheblichen Schwierigkeiten bei der Beschaffung an sich erforderlicher Urkunden zum Nachweis der tatsächlichen Behauptungen unter Umständen auch die eidesstattliche Versicherung der Betroffenen ausreichend sein kann", protestiert Paul zaghaft.

„Das ging früher mal mit den eidesstattlichen Versicherungen der Betroffenen, aber heutzutage geht das nicht mehr", belehrt ihn die Standesbeamtin.

Paul wagt einen letzten Versuch:

„Das bedeutet also, dass dem Flüchtlingspaar auf unabsehbare Zeit die Eheschließung versagt wird mit all den sich daraus ergebenden rechtlichen Konsequenzen:

bei Aufnahme einer Erwerbstätigkeit die ungünstige Steuerklasse für Ledige, kein Zeugnisverweigerungsrecht in gerichtlichen Verfahren, kein gesetzliches Erbrecht und Pflichtteilsrecht beim Tod eines der beiden, keine Familienversicherung in der gesetzlichen Krankenkasse, wenn einer der beiden sozialversicherungspflichtig tätig ist."

Er hält inne, weil ihm einfällt, dass er mit Samir vor einiger Zeit bei der AOK war, und dass Kira sowie die Kinder Tamina und Ariana trotz Fehlens von Heirats – und Geburtsurkunden über Samir in der AOK gesetzlich familienversichert werden konnten, nachdem Samir die notwendigen tatsächlichen Angaben eidesstattlich versichert hatte.

Als Paul die ihm gegenübersitzende Standesbeamtin hierauf hinweist, holt diese aus dem hinter dem Schreibtisch stehenden Regal einen Ordner, beginnt darin herumzublättern und querzulesen.

Es ist mucksmäuschenstill im Raum der Standesbeamtin, bis diese kleinlaut von sich gibt:

„Oh, pardon, hier steht es."

Leise vor sich her murmelnd liest sie:

„Wenn ein Ausländer keine Geburtsurkunden, Heiratsurkunden und andere wichtige Urkunden besitzt, aber im Besitz eines Passes oder Reisepasses ist, dann kann bei Anwendbarkeit deutschen Rechts eine Eheschließung unter besonderen Umständen auch ohne Vorlage der an sich grundsätzlich erforderlichen Urkunden erfolgen. Die notwendigen Tatsachen können in Ausnahmefällen auch durch eidesstattliche Versicherungen nachgewiesen werden. Aber ein Pass oder Reisepass muss in jedem Fall vorgelegt werden."

„Gut", sagt Paul erleichtert, „das hilft mir schon weiter. Dann werde ich Frau Tarzi und den Vater ihres Kindes darüber informieren, dass sie einen Termin mit Ihnen vereinbaren können, wenn sie im Besitz eines Reisepasses sind. Das wird vermutlich so in etwa einem Monat der Fall sein. Sie haben derzeit nämlich nur eine Fiktionsbescheinigung, die immer nach Abschluss des Asylverfahrens ausgestellt wird. Soviel ich weiß, dauert es ungefähr einen Monat, bis das Ausländeramt die neuen Ausweispapiere mit dem aktuellen Aufenthaltstitel ausstellt."

Mit den Worten „Vielen Dank, dass Sie sich Zeit genommen und mich so geduldig über die Rechtslage aufgeklärt haben", verabschiedet er sich, ohne sich anmerken zu lassen, dass ihm diese Worte nur schwer über die Lippen kommen, weil er die Standesbeamtin ziemlich unverschämt fand, die ihn ja zunächst falsch dahingehend informiert hatte, dass eine Eheschließung nur bei Vorlage bestimmter Urkunden möglich sei.

Auf dem Weg nach Hause fällt ihm ein, dass die Familie Nazemi ungefähr einen Monat nach der Zuerkennung der Flüchtlingeigenschaft nach der Genfer Flüchtlingskonvention von dem Ausländeramt die Reisepässe erhalten hat, aber er ist sich nicht sicher, ob auch Flüchtlinge, die nur „subsidiär Schutzberechtigte" sind, einen Reisepass bekommen.

Er nimmt sich deshalb vor, dies in den nächsten Tagen zu klären, da Amir ja nur diesen Aufenthaltsstatus zweiter Klasse hat.

60

Paul sitzt mit Maria am Frühstückstisch und liest die Tageszeitung.

Auf der Hauptseite wird berichtet, dass die Jamaikakoalition geplatzt sei und Herr Lindner von der FDP die Sondierungsgespräche mit dem Slogan *„besser nicht zu regieren als falsch zu regieren"*, abgebrochen habe.

Paul ist sich zwar angesichts der unterschiedlichen Darstellung der Beteiligten nicht im Klaren darüber, was letztendlich auschlaggebend für das Scheitern der Gespräche gewesen ist, aber es ist ihm sofort bewusst, dass einer der strittigsten Punkte der Sondierungsgespräche, nämlich die Frage, ob die Aussetzung des Familiennachzug für „subsidiär Schutzbedürftige" verlängert werden soll, durch den Abbruch der Gespräche erneut vertagt worden ist.

Ebenfalls auf der Hauptseite ist folgende Kurzmitteilung zu lesen:

„Bahnhofsselbstmord aufgeklärt

Wie die Polizei München mitgeteilt hat, ist ihr gestern ein Abschiedsbrief übersandt worden. Aus dem Brief gehe hervor, dass der Mann, der sich vor fünf Monaten auf dem Münchener Hauptbahnhof angezündet habe, aus Syrien stamme und nicht damit fertig geworden sei, dass er seine Familie lange Zeit wegen der Aussetzung des Familiennachzuges nicht werde sehen können. Die Identität des Mannes sei jedoch nach wie vor ungeklärt, ebenso wie die Frage, warum der Brief, der vermutlich authentisch sei, erst jetzt aufgetaucht und anonym übersandt worden sei. (Seite 14)"

Nachdem Paul den auf Seite vierzehn vollständig abgedruckten Brief gelesen hat, legt er erschüttert die Zeitung beiseite und weint, denn er hat keinen Zweifel daran, wer der Tote vom Hauptbahnhof in München ist:

Mustafa, der Flüchtling aus Syrien, der vor langer Zeit versucht hat, sich die Traurigkeit von der Seele wegzutanzen, und dem er nicht hat helfen können.

Aber Paul irrt sich, denn Mustafa lebt noch.

„Wir schaffen das", hat die Kanzlerin vor langer Zeit gesagt.

Malek hat es nicht geschafft.

Zeitfracht Medien GmbH
Ferdinand-Jühlke-Straße 7
99095 Erfurt, Deutschland
produktsicherheit@kolibri360.de